# श्रीलाल शुक्ल

**जन्म :** 31 दिसम्बर, 1925 को लखनऊ जनपद (उ.प्र.) के अतरौली गाँव में।

**शिक्षा :** इलाहाबाद विश्वविद्यालय से स्नातक।

**कृतियाँ :** सूनी घाटी का सूरज, अज्ञातवास, राग दरबारी, आदमी का जहर, सीमाएँ टूटती हैं, मकान, पहला पड़ाव, बिस्रामपुर का सन्त (उपन्यास); यह घर मेरा नहीं, सुरक्षा तथा अन्य कहानियाँ, इस उम्र में (कहानी); अंगद का पाँव, यहाँ से वहाँ, मेरी श्रेष्ठ व्यंग्य रचनाएँ, खबरों की जुगाली, उमरावनगर में कुछ दिन, कुछ जमीन पर कुछ हवा में, आओ बैठ लें कुछ देर, अगली शताब्दी का शहर, जहालत के पचास साल (व्यंग्य); अज्ञेय : कुछ रंग कुछ राग, कुछ साहित्य चर्चा भी (आलोचना); भगवतीचरण वर्मा, अमृतलाल नागर (विनिबन्ध); श्रीलाल शुक्ल संचयिता (संचयन); बब्बर सिंह और उसके साथी (बाल-साहित्य)।

**अनुवाद :** 'पहला पड़ाव' अंग्रेजी में अनूदित और 'मकान' बांग्ला में। 'राग दरबारी' सभी प्रमुख भारतीय भाषाओं सहित अंग्रेजी में।

**प्रमुख सम्मान :** 'ज्ञानपीठ पुरस्कार', 'साहित्य अकादेमी पुरस्कार', 'व्यास सम्मान', 'पद्मभूषण सम्मान', 'साहित्य भूषण सम्मान', कुरुक्षेत्र विश्वविद्यालय का 'गोयल साहित्य पुरस्कार', 'लोहिया अतिविशिष्ट सम्मान', म.प्र. शासन का 'शरद जोशी सम्मान', 'मैथिलीशरण गुप्त सम्मान'।

**निधन :** 28 अक्टूबर, 2011

# आदमी का ज़हर

श्रीलाल शुक्ल

राजकमल पेपरबैक्स

पहला पुस्तकालय संस्करण
राजकमल प्रकाशन प्राइवेट लिमिटेड द्वारा
1974 में प्रकाशित

राजकमल पेपरबैक्स में
**पहला संस्करण** : 1995
**नौवाँ संस्करण :** 2026



---

**राजकमल पेपरबैक्स** : उत्कृष्ट साहित्य के जनसुलभ संस्करण

---

राजकमल प्रकाशन प्रा.लि.
1-बी, नेताजी सुभाष मार्ग, दरियागंज
नई दिल्ली-110 002
द्वारा प्रकाशित

**शाखाएँ** : अशोक राजपथ, साइंस कॉलेज के सामने, पटना-800 006
पहली मंजिल, दरबारी बिल्डिंग, महात्मा गांधी मार्ग, प्रयागराज-211 001
1, अनमोल सोराबजी संतुक लेन, धोबी तलाव, मरीन लाइंस, मुम्बई-400 002

वेबसाइट : www.rajkamalprakashan.com
ई-मेल : info@rajkamalprakashan.com

बी.के. ऑफसेट
नवीन शाहदरा, दिल्ली-110 032
द्वारा मुद्रित

**मूल्य : ₹**250

AADMI KA ZAHAR
*Novel* by Shrilal Shukla

ISBN : 978-81-7178-665-7

यह उपन्यास हिन्दी के उन असंख्य कथाप्रेमियों को सस्नेह समर्पित है जिनकी परिधि में दास्तावस्की से लेकर काफ़्का और कामू तथा जैनेन्द्र से लेकर अज्ञेय और निर्मल वर्मा जैसे विशिष्ट कृतिकारों का अस्तित्व नहीं है।

# एक

खाना खत्म हो चुका था। बैरे ने मेज से जूठी प्लेटें, नैपकिन, छुरी-काँटे आदि हटा दिए; गिलासों में फिर से पानी भर दिया और शीशे के दो प्यालों में आइसक्रीम लाकर उनके सामने करीने से लगा दी।

हरिश्चन्द्र ने एक बार रूबी की ओर देखा, फिर चुपचाप खाना शुरू कर दिया। रूबी ने एक बार अपने आसपास देखा, फिर धीरे-से अपने सामने दीवार पर लगे शीशे की ओर निगाह फेर ली।

रेस्तराँ की दीवारें बिस्कुटी रंग की थीं, जहाँ शीशा नहीं था, वहाँ भी वे शीशे ही जैसी झिलमिलाती थीं। दीवारों में दो फुट की ऊँचाई पर चारों ओर लगभग एक फुट की चौड़ाई के शीशे जड़े गए थे। होटलों और दुकानों की दुनिया में किसी भी जगह को और बड़ी बनाकर दिखाने का एक खूबसूरत फरेब। बैठनेवालों को अपना अक्स इन्हीं शीशों में दिखाई देता था।

रूबी ने सोचा—मैं अब भी सुन्दर हूँ। अनजाने ही उसे अपने होंठों के कोनों पर मुसकान का आभास हुआ। दरअसल छत्तीस साल की उम्र में भी रूबी सिर्फ सुन्दर ही नहीं, बहुत सुन्दर थी। पर उसे लगा, शीशे में न दिखनेवाली इस कमर के पास जितना चाहिए, उससे कुछ ज्यादा भराव आ गया है। ब्लाउज के बाहर, कसी हुई बाँहों पर कुछ ज्यादा गोलाई है। गरदन अब भी पहले जैसी सुडौल है, पर उस पर चारों ओर एक हल्की-सी लकीर पड़ने लगी है।

बैरे को इशारे से पास बुलाकर उसने कहा, "मेरे लिए कॉफी लाओ!"

हरिश्चन्द्र ने कहा, "और यह आइसक्रीम?"

"वापस कर दो, या तुम खा लो! कुछ भी करो।"

हरिश्चन्द्र हँसकर बोला, "नहीं डियर, इससे वजन नहीं बढ़ेगा! मेरी राय में..."

"ऐसे मामलों में मेरी राय में डॉक्टर की राय पर ज्यादा भरोसा करना चाहिए!"

हरिश्चन्द्र ने नकली गम्भीरता से सिर हिलाया, जैसे किसी ने बड़ी गहरी बात कही हो।

रूबी अपने प्याले में गर्म कॉफी डालने लगी। उधर से अपनी निगाह हटाए बिना उसने धीरे-से कहा, "शाम को खाली हो न?"

"हूँ भी, और नहीं भी। क्यों?"

"ललित कला अकादमी में यतीन्द्र के चित्रों की नुमाइश है। हमें चलना है। सात बजे पहुँचना होगा।"

हरिश्चन्द्र ने सहसा कोई जवाब नहीं दिया। उसकी भौंहें धीरे से सिकुड़ीं। कुछ सोचकर बोला, "कैसे जा सकेंगे डियर?"

"क्यों नहीं जा सकेंगे डियर?" उसने चिढ़ाने की कोशिश की।

हरिश्चन्द्र ने इसके जवाब में रूबी पर अपनी निगाह टिका दी। उसे सिर्फ देखता रहा। उस निगाह से ही जाहिर हो गया कि उसे जवाब देने की जरूरत नहीं है। रूबी के चेहरे पर उलझन-सी झलकने लगी। उसने जोर से साँस खींची और दूसरी ओर देखते हुए कॉफी का प्याला होंठों की ओर बढ़ाया।

हरिश्चन्द्र ने लापरवाही से कहा, "शाम को मैं खाली नहीं हूँ। इतवार का दिन है। तुम जानती ही हो, आज शाम को हमें कहाँ जाना है!"

बैरे ने इशारा पाकर बिल पेश किया और थोड़ी देर बाद वे दोनों उठ खड़े हुए। वातानुकूलित कमरे से बाहर आते ही गर्मी और धूप का अचानक अहसास हुआ। रूबी ने खरगोश के बच्चों की अदा से नाक सिकोड़ी। पर हरिश्चन्द्र पर इसकी कोई प्रतिक्रिया नहीं हुई। वह अपने में खोया-खोया रहा। बाहर से देखनेवाले यही समझते होंगे, एक खूबसूरत जोड़ा, जिसे 'मेड फार ईच अदर' कांटेस्ट में पहला इनाम मिल सकता है, रेस्तराँ से निकलकर सड़क पर इन्तजार करती हुई कार की ओर बढ़ा जा रहा है। पर इस वक्त ये दोनों अपनी-अपनी निजी दुनिया की भूलभुलैया में अकेले भटकने लगे थे।

गाड़ी का दरवाजा रूबी के लिए खोलते हुए हरिश्चन्द्र ने लगभग लापरवाही से पूछा, "और कौन-कौन लोग होंगे?"

"कहाँ?"

"शाम को ललित कला अकादमी की नुमाइश में।"

रूबी का चेहरा खिंच गया। वह गाड़ी में बैठने जा रही थी, पर ठिठककर खड़ी हो गई। खिंची हुई आवाज में बोली, "ऐसा क्यों पूछ रहे हो?"

हरिश्चन्द्र ने रूबी को दुबारा कड़ी निगाह से देखा। उस निगाह के सामने वह कुछ कसमसाई-सी, पर अभिमान के साथ खड़ी रही। हरिश्चन्द्र ने शान्त स्वर में कहा, "गाड़ी में बैठ जाओ डार्लिंग।" और वह आगे की सीट पर बैठ गई। उसका चेहरा तमतमाया हुआ था।

हरिश्चन्द्र दूसरी ओर से आकर स्टियरिंग पर बैठ गया। शान्त भाव से उसने गाड़ी स्टार्ट की। दोपहर को सड़क पर भीड़ बहुत कम थी, फिर आज इतवार का दिन था। शहर के इस हिस्से में दुकानें बन्द थीं। थोड़ी ही देर में गाड़ी दफ्तरों की इमारतों, फैशनेबुल बाजारों, पार्कों आदि को तेजी से पीछे छोड़ती हरिश्चन्द्र के घर की ओर बढ़ने लगी।

रूबी की आवाज अब भी तीखी थी। एक-एक शब्द पर जरूरत से ज्यादा जोर देकर उसने कहा, "तुम जानना चाहते हो कि अकादमी की नुमाइश में कौन-कौन लोग आएँगे? साफ-साफ क्यों नहीं पूछते कि अजीतसिंह भी आएगा या नहीं?"

हरिश्चन्द्र ने आँखों पर धूप का काला चश्मा लगा लिया था। उसके चेहरे से नहीं लगा कि उसने कुछ सुना है।

सहसा रूबी ने धीमे स्वर में कहा, "तुम्हें क्या हो गया है? तुम समझते क्यों नहीं? इस तरह कैसे सोचने लगे हो?"

जैसे कोई फैसला सुनाया जा रहा हो, हरिश्चन्द्र ने जवाब दिया, "यह सवाल मुझसे नहीं, अपने-आपसे करो।"

रूबी ने अचानक तीखी आवाज में कहा, "गाड़ी धीमी करो, वरना ऐक्सीडेंट हो जाएगा।"

सचमुच ही गाड़ी की रफ्तार पचासी किलोमीटर फी-घंटे-से ऊपर हो गई थी। यह शहर की एक चौड़ी और वीरान सड़क थी, पर वहाँ भी इस रफ्तार पर चलना खतरनाक था। हरिश्चन्द्र ने ऐक्सिलेटर पर पैर ढीला कर दिया, गाड़ी धीमी हो गई। रूबी ने जोर की साँस ली।

यह क्रम कई सालों से चल रहा था। वे दोनों इतवार को दोपहर का खाना घर से बाहर खाते थे। खाने के पहले हरिश्चन्द्र एक खास 'बार' में जाकर 'बियर' या 'जिन' पीता था, और उस वक्त रूबी उसके साथ बैठकर अनन्नास का रस पीती थी। फिर वे दोनों इस रेस्तराँ में आकर खाना खाते थे। दोपहर के बाद वे सोते थे। शाम को साथ-साथ सिनेमा देखते थे। पति-पत्नी कई सालों से इतवार साथ-साथ बिताते थे। पिछले दिनों हरिश्चन्द्र के मन में रूबी के लिए कई बार सन्देह और खीझ का दौरा पड़ चुका था, फिर भी इतवार के इस क्रम में कोई खास फर्क नहीं आया था।

उनकी शादी हुए आठ साल हो गए थे, पर अभी तक परिवार में सिर्फ वही दोनों थे। शहर के छोर पर एक 'फैशनेबुल क्षेत्र' में उनका बँगला था, मखमली दूब का लॉन था, शहर में सबसे नई वेरायटी के गुलाब थे जिन पर हर साल मौसम आने पर 'फ्लावर शो' में इनाम मिलता था। उनके पास स्वास्थ्य था, सुन्दरता थी, काफी पैसा था और थी अच्छी सामाजिक हैसियत।

हरिश्चन्द्र रेफ्रिजरेटरों का कारोबार करता था। उसकी दुकान शहर की अत्याधुनिक दुकानों में से थी और अपने कारोबार की मार्फत शहर के सभी जाने-माने आदमियों से उसकी जान-पहचान थी।

जब वे लोग घर पहुँचे, तब लगभग तीन बज रहे थे। हरिश्चन्द्र ने पोर्टिको में कार रोककर रूबी की ओर कर दरवाजा खोला। वह तेजी से उतरकर चिकने फर्श पर ऊँची एड़ी के सैंडिलों से खट-खट की आवाज की चोटें देती हुई बँगले के अन्दर

चली गई। जाते-जाते सिर घुमाकर हरिश्चन्द्र से कहती गई, शाम को कार मेरे लिए छोड़ देना।

ज्यादातर वह इतवार को दोपहर के बाद दो-तीन घंटे सो लिया करता था, पर आज वह सोने के कमरे में नहीं गया। उसने यह जानने की भी कोशिश नहीं की कि रूबी कहाँ है और क्या कर रही है। वह ड्राइंगरूम में ही सोफे के ऊपर, कूलर चलाकर बिना कपड़े उतारे पड़ रहा। उसे नींद नहीं आई। एक घंटे तक वह करवटें बदलता रहा। उसके बाद वह ड्राइंगरूम से ही लगे हुए एक कमरे में जाकर बैठ गया। इस कमरे का इस्तेमाल पढ़ने और दफ्तर के काम के लिए होता था। एक रंगीन पत्रिका के पन्नों में वह थोड़ी देर सिर गड़ाए रहा। पर बाद में वह एक पन्ने पर रुक गया—सिर्फ उसे देखता रहा।

अचानक हरिश्चन्द्र ने झटके से पत्रिका बन्द कर दी। उसे कोने में रखी हुई एक निचली मेज पर लापरवाही से फेंक दिया। सामने मेज पर टेलीफोन रखा था। उसका रिसीवर उठाकर उसने एक नम्बर धुमाया।

रिसीवर कान में लगाए वह किसी के बोलने का इन्तजार करता रहा। उधर घंटी लगातार बजती रही। हरिश्चन्द्र के माथे पर दो लकीरें पड़ गईं। ऊबकर वह रिसीवर रखने ही जा रहा था कि उधर से उसे आवाज सुनाई दी। वह कुर्सी खिसकाकर इत्मीनान से बैठ गया।

"हलो, हाँ, मैं हरिश्चन्द्र..."

उस तरफ से किसी ने कोई हँसीवाली बात कही होगी। जवाब में हरिश्चन्द्र ने फोन पर एक खोखली हँसी हँसने की कोशिश की। कहा, "आज मुझे तुम्हारी कार की जरूरत पड़ेगी...नहीं-नहीं, ड्राइवर की फिक्र मत करो। वह छुट्टी पर है तो उसे वापस मत बुलाओ। अभी घंटे-भर बाद मैं खुद आकर तुम्हारे यहाँ से गाड़ी ले लूँगा।"...वह फिर हँसा,..."घबराओ नहीं, गाड़ी स्मग्लिंग के लिए इस्तेमाल नहीं होगी।"

साढ़े पाँच बजे के बाद वह जब घर से बाहर निकला तब उसका चेहरा शान्त, पर गम्भीर था। उसकी आँखों पर मोटे फ्रेम का काला चश्मा लगा हुआ था।

लॉन में एक माली काम कर रहा था। उससे उसने कहा, "मेम साहब सो रही होंगी। जगें तो बता देना—चाभी कार में ही लगी है। मैं एक दोस्त के घर जा रहा हूँ। देर से लौटूँगा।"

बँगले से बाहर आकर वह पैदल ही छायादार पेड़ों के नीचे फुटपाथ पर चल दिया।

लगभग पौन घंटे बाद वह उसी सड़क पर एक कार से वापस लौटा। वह हल्के नीले रंग की एक फिएट थी। इस तरह की कारें शहर में सैकड़ों की तादाद में होंगी। बँगले

के सामने से निकलकर उसने कार की खिड़की के बाहर देखा। उसकी गाड़ी—काली ऐम्बेसेडर—अभी पोर्टिको में ही खड़ी थी। काफी तेज रफ्तार से वह बँगले से आगे निकल गया। सड़क चौड़ी और सीधी थी और लगभग डेढ़ फर्लांग तक उस पर कोई चौराहा नहीं पड़ता था। अपने मकान से लगभग दो सौ गज आगे जाकर उसने कार सड़क के किनारे एक घने पेड़ के नीचे खड़ी कर दी। उसके बाईं ओर बच्चों का एक मॉन्टेसरी स्कूल था, जो गर्मियों के कारण बन्द हो गया था। वह गाड़ी में, सड़क की ओर पीठ का कुछ रुख देकर चुपचाप बैठा रहा और कार के 'बैकव्यू मिरर' में पीछे से सड़क पर आनेवाले लोगों को देखता रहा।

अभी सूरज पूरी तौर से डूबा न था। पर धूप खत्म हो चुकी थी और सड़क पर दोपहर की अपेक्षा ज्यादा हलचल थी। फिर भी भीड़ नहीं थी। चन्द रिक्शे, कुछ पैदल और दो-चार मिनट का अन्तर देकर आनेवाली इक्का-दुक्का कारें उसे 'बैकव्यू मिरर' में दिखाई दीं। उसकी काली ऐम्बेसेडर अभी तक बँगले के बाहर निकलकर सड़क पर नहीं आई थी। गाड़ी का रुख जिस ओर था, उधर ही ढाई मील आगे जाकर ललित कला अकादमी की इमारत पड़ती थी। हरिश्चन्द्र ने अभी तक काला चश्मा नहीं उतारा था। वह चुपचाप गाड़ी में बैठा हुआ 'बैकव्यू मिरर' पर निगाह जमाए रहा।

अब रोशनी इतनी कम हो गई थी कि आँखों से चश्मा हटा लेना जरूरी हो गया। फिर भी इतना उजाला था कि सड़क पर आनेवाली गाड़ियों ने अपनी बत्तियाँ नहीं जलाई थीं।

सहसा हरिश्चन्द्र ने 'बैकव्यू मिरर' में गौर से देखा, उसकी काली ऐम्बेसेडर बँगले से बाहर निकलकर सड़क पर आ गई है। पर वह उसकी ओर नहीं आ रही थी। ललित कला अकादमी की ओर जाने के बजाय, वह बिल्कुल दूसरी तरफ जा रही थी।

उसने अपनी गाड़ी स्टार्ट करके तेजी से मोड़ी और कुछ क्षणों के बाद रफ्तार कुछ कम कर दी। उसकी गाड़ी में और काली ऐम्बेसेडर के बीच लगभग सौ गज का फासला था। बीच में चन्द रिक्शे और एक बस पड़ती थी।

रोशनी और भी कम हो गई थी और सड़कों की बत्तियाँ जल चुकी थीं। अपनी कार की पार्किंग लाइटें जलाकर वह ऐम्बेसेडर के पीछे चलता रहा।

उसका चेहरा पत्थर की तरह सख्त हो गया था, क्योंकि रूबी उसकी गाड़ी लेकर ललित कला अकादमी की ओर नहीं जा रही थी। वह उस ओर बढ़ रही थी, जिधर अजीतसिंह का घर पड़ता था। लगभग एक मील आगे चलने पर रूबी ने ऐम्बेसेडर को दाईं ओर एक चहलपहलवाली सड़क पर मोड़ लिया। यह सड़क और भी ज्यादा चौड़ी थी। इसके साथ ही दूर-दूर बसे हुए बँगलों का क्षेत्र खत्म हो जाता था। दोनों ओर रोशनी में झिलमिलाती हुई दुकानें थीं। ये इतवार को खुली रहती थीं।

तीन फलांग चलने के बाद एक दुमंजिला इमारत पड़ती थी जिसकी निचली मंजिल से साप्ताहिक, 'जनक्रान्ति' का दफ्तर और जनक्रान्ति प्रेस पड़ता था। ऊपर की मंजिल में अजीतसिंह रहता था। वह प्रेस का मालिक और 'जनक्रान्ति' साप्ताहिक का सम्पादक, प्रकाशक, व्यवस्थापक—सभी कुछ था।

यह समझते हुए कि रूबी ऐम्बेसेडर को इसी इमारत के सामने रोकेगी, हरिश्चन्द्र ने फिएट धीमी कर दी। पर उसने तअज्जुब के साथ देखा, एम्बेसेडर जनक्रान्ति प्रेस के सामने नहीं, बल्कि उससे लगभग चालीस गज पहले ही रुक गई है। उसमें और हरिश्चन्द्र के दरम्यान बहुत कम फासला रह गया था। उसने तिरछे बैठकर सिगरेट सुलगाई और गर्मी के बावजूद खिड़की का शीशा चढ़ा लिया। बाहर दुकानों पर तेज रोशनी हो रही थी। इस कारण उधर से कार के अन्दर आदमी का चेहरा साफ नहीं दीख सकता था। वह चुपचाप सिगरेट पीता हुआ ऐम्बेसेडर पर निगाह जमाए रहा।

रूबी कार से नीचे उतरी और जनक्रान्ति प्रेस की ओर जाने के बजाय बिल्कुल पास की दुकान की ओर बढ़ी। उसके हाथ में कागज में लिपटा हुआ एक पैकेट था। जिस दुकान की ओर वह जा रही थी, उस पर 'क्वालिटी ड्राईक्लीनर्स' का विज्ञापन बिजली के अक्षरों में चमक रहा था। हरिश्चन्द्र ने सिगरेट का एक जोरदार कश खींचा।

लगभग पाँच मिनट बाद वह दुकान से बाहर आई और कार स्टार्ट की। वापस आते वक्त उसके हाथ में वह पैकेट न था। हरिश्चन्द्र ने भी गाड़ी स्टार्ट कर ली। उसका खयाल था कि रूबी गाड़ी मोड़कर ललित कला अकादमी की ओर वापस जाएगी, लेकिन उसने वैसा नहीं किया। वह सामने की ओर चल दी। रिक्शों और साइकिलों की भीड़ के कारण इस वक्त गाड़ी की रफ्तार बहुत कम थी। हरिश्चन्द्र उससे लगभग पचहत्तर गज पीछे चलता रहा।

बाजार की भीड़वाला हिस्सा पार करते ही रूबी ने ऐम्बेसेडर की रफ्तार काफी तेज कर दी, पर यहाँ सड़क साफ थी और हरिश्चन्द्र उससे एक फलांग पीछे रहकर भी आसानी से चल सकता था। कुछ दूर चलकर रूबी ने एक चौराहे पर गाड़ी को बाईं ओर मोड़ा। इस नई सड़क पर लगभग डेढ़ मील आगे चलकर उसने गाड़ी को फिर दाईं ओर मोड़ा। तब हरिश्चन्द्र को अहसास हुआ कि वे, एक दूसरे रास्ते से ललित कला अकादमी की ओर पहुँच रहे हैं। इस ओर से उन्हें करीब दो मील का रास्ता ज्यादा तय करना पड़ता था, पर इधर की सड़कें ज्यादा छायादार और साफ-सुथरी थीं। अच्छे मौसम में उन पर कार ड्राइव करते वक्त लगता था, जिन्दगी के क्षण कितने चिकने ढंग से फिसल रहे हैं।

अकादमी की इमारत से लगभग डेढ़ सौ गज पहले हरिश्चन्द्र ने एक पेट्रोल पम्प के पास गाड़ी धीमी की। वहाँ कोई भी पेड़ नहीं था, पर सड़क के किनारे खुली जगह में चार-छह गाड़ियाँ खड़ी थीं। दो गाड़ियों के बीच छूटी हुई जगह में उसने गाड़ी खड़ी कर ली।

एक दूसरी सिगरेट सुलगाकर वह कार से नीचे उतरा। गाड़ी में ताला लगाकर वह स्वाभाविक चाल से ललित कला अकादमी की इमारत की ओर बढ़ा। वहीं बहुत-सी कारों के बीच उसे अपनी काली ऐम्बेसेडर खड़ी दिखाई दी।

अपने चारों ओर पैनी निगाह डालकर वह अकादमी की इमारत में दाखिल हुआ। सामने ही चौड़ा जीना था। ऊपर की मंजिल पर एक बड़े कमरे में चित्र-प्रदर्शनी हो रही थी। नीचे दो-तीन लड़के खड़े हुए जोर-जोर से हँस रहे थे। उन पर ध्यान न देकर वह जीने की सीढ़ियों पर चढ़ने लगा। ऊपर की मंजिल एक गैलरी से शुरू होती थी जिसमें इस समय कोई नहीं था। पर उससे मिले हुए हॉल में स्त्री-पुरुषों के बोलने की सम्मिलित आवाजें बाहर तक आ रही थीं। हरिश्चन्द्र ने सोचा—उद्‌घाटन हो चुका है, और लोग अब चित्रों के इर्द-गिर्द टहल रहे हैं।

हॉल के प्रवेशवाले मुख्य दरवाजे को एक किनारे छोड़कर वह बरामदे में आगे बढ़ता गया और घूमकर दूसरी ओर पहुँचा। उधर भी बरामदा था। उधर के दरवाजे भी खुले हुए थे और कुछ लोग टहलते हुए बरामदे में आ गए थे। हरिश्चन्द्र ने रुक कर देखा, उनमें रूबी न थी। तब एक खिड़की के पास खड़े होकर एक कोने से उसने हॉल के अन्दर झाँका। पहली निगाह में ही उसे हॉल के दूसरे छोर पर वह दिखाई दे गई।

एक क्षण के लिए हरिश्चन्द्र भूल गया कि वह वहाँ क्यों आया है। उसके दिमाग में कुल इतनी बात रह गई कि रूबी की सुन्दरता किस तरह आसपास की पूरी फिजा को अपने में समेट लेती है। इस वक्त वह एक हल्की गुलाबी साड़ी पहने थी और बालों की सज्जा में रोज की अपेक्षा कुल इतना फर्क आ गया था कि वह अपेक्षाकृत कम उम्र की और ज्यादा लम्बी दिखने लगी थी। बिजली की रोशनी में हीरों-जैसे उसके दाँत और उसके कानों के टॉप्स के हीरे चमक रहे थे। वह हँस रही थी, पास खड़े दो नौजवान आर्टिस्ट बड़े ही दिलचस्प ढंग से उसे कोई बात समझा रहे थे। वह इस समय वहीं पर थी जहाँ उसे होना चाहिए था। हरिश्चन्द्र को बरामदे में खड़े-खड़े लगा, जैसे एक पूरा संसार उसके लिए बन्द पड़ा है।

खिड़की के पल्ले को घुमाकर, अपने को कुछ और छिपाते हुए उसने पूरे हॉल की तेज नजरों से छानबीन की, लेकिन अजीतसिंह उसे कहीं भी नहीं दिखाई दिया। बरामदे में, और अपने पीछे की ओर भी उसने निगाह डाली। पीछे कोई नहीं था, पर बरामदे में अब काफी लोग आ गए थे। उन में भी उसे अजीतसिंह नहीं दिखाई दिया। कुछ देर वहीं रुककर वह नीचे उतर आया और इमारत के बाहर एक पेड़ के नीचे ठहरकर सिगरेट पीता रहा। वहाँ वह लगभग पन्द्रह मिनट खड़ा रहा। फिर धीरे-धीरे पेट्रोल पम्प के पास जाकर अपनी गाड़ी में बैठ गया। अकादमी की ओर से दो-एक मोटरें आती हुई दिखाई दीं।

उसने गाड़ी मोड़कर इस तरह खड़ी कर ली कि उन कारों को वह अपने सामने से गुजरता हुआ देख सके। गाड़ियाँ गुजरती रहीं और बिना किसी इच्छा या मतलब

के, वह मन ही मन उन्हें गिनता रहा। एक...दो...तीन...चार...वह अठारह तक गिन गया। उन्नीसवीं गाड़ी उसी की काली ऐम्बेसेडर थी। गाड़ी उसके सामने से धीमी रफ्तार के साथ निकली। रूबी के एक गाल और इयर-टाप पर सड़क की नियोनलाइट फिसलते हुए पड़ी। हरिश्चन्द्र को लगा, हजारों बिजलियों के एकसाथ कौंध जाने के बाद सारी दुनिया में अचानक अँधेरा छा गया है। गाड़ी को स्टार्ट करने तक में, उसे लगा, काफी मेहनत पड़ रही है।

अपनी कार उसने तीन-चार गाड़ियों के बाद लगा ली। इस बार रूबी सीधे रास्ते से जा रही थी। कुछ देर बाद उसने उसे अपने बँगले में मुड़ते हुए देखा। फिएट को वापस मोड़कर वह फिर उसी रास्ते लौट आया। कुछ फर्लांग पर ही उसका क्लब पड़ता था। कार उसने अपने क्लब के सामने रोकी।

वह दोस्त, जिससे उसने गाड़ी माँगी थी, बाररूम में एक ऊँचे मोढ़े पर बैठा हुआ ह्विस्की पी रहा था। हरिश्चन्द्र ने गाड़ी की चाभी उसको दिखाकर उसकी बुश्शर्ट की जेब में डाल दी और मुस्कराकर कहा, ''थैंक्यू।'' यह देखकर कि दोस्त का गिलास खाली हो रहा है, उसने दो गिलासों में ह्विस्की का आर्डर दिया और एक-दूसरे मोढ़े पर बैठते हुए थकी आवाज में कहा, ''लगता है, सड़ी हुई गर्मी का मौसम आज से शुरू हो गया है।''

जैसे मौसम को छोड़कर उसकी जिन्दगी के भीतर-बाहर कुछ भी न बचा हो।

## दो

शाम के छह बजनेवाले थे। दुकानें बन्द होने में अभी दो घंटे की देर थी। उसी दिन दो ट्रकों पर रेफ्रिजरेटरों की नई खेप आई थी। उन्हें दुकान के सामने ही उतरवा लिया गया था। वे क्रेटों में करीने के साथ जकड़े हुए थे। एक की पैकिंग टूट गई थी। कागज की कतरनें, मोटी दफ्तियों के चीथड़े और लकड़ी के टुकड़े उसके इर्द-गिर्द बिखरे पड़े थे। हरिश्चन्द्र ने अपने मैनेजर से कहा, ''इन बाकी रेफ्रिजरेटरों को पीछे के गोदाम में रखवा देना, मैं जा रहा हूँ।''

पर हरिश्चन्द्र एकदम से गया नहीं। उठकर थोड़ी देर दुकान के दरवाजे पर खड़ा रहा और सामने फैले हुए माल को खोई-खोई निगाहों से देखता रहा। फिर लम्बे कदम रखता हुआ टेलीफोन के पास आया और एक नम्बर मिलाने लगा।

उधर से उस घर का नौकर बोला। उसने बताया, ''मेम साहब पाँच बजे के करीब गई हैं, लौटनेवाली होंगी।''

''कहाँ गई हैं?''

''कोई नुमाइश चल रही है।''

हरिश्चन्द्र ने आवाज पर काबू रखकर कहा, ''जाना था तो गाड़ी मँगा लेतीं।''

''गाड़ी से ही गई हैं।''

''किसकी गाड़ी से ?''

''यह नहीं मालूम, साहब! मैं भीतर किचन में था।''

हरिश्चन्द्र ने रिसीवर रख दिया। बहुत धीरे-धीरे बाहर निकलकर वह अपनी कार के पास पहुँचा। गाड़ी स्टार्ट करके वह बँगले की ओर बढ़ा। उसके चेहरे पर इस वक्त एक अजीब-सा खोखलापन था, जैसे किसी खूबसूरत तसवीर को धूल की हल्की पर्त ने ढँक लिया हो। गाड़ी बहुत धीमी रफ्तार से चलती रही।

बँगले के अन्दर घुसते ही नौकर ने पूछा, ''चाय बाहर लॉन में लगा दें।''

''नहीं, मैं पी चुका हूँ।'' उसने जैसे अपने-आपसे कहा।

अपने सोने के कमरे में वह वार्डरोब में थोड़ी देर तक कुछ तलाश करता रहा। उसके माथे पर लकीरें उभर आई थीं और चेहरे पर उलझन ने अपने पंजे के निशान छोड़ दिए थे।

वार्डरोब के एक खाने से उसने एक पिस्तौल निकाली। उसी के पास रखे हुए दफ्ती के एक डिब्बे से उसने कारतूस निकाले। फिर वार्डरोब बन्द करके उसने पिस्तौल की मेगजीन में चार कारतूस भरे। सेफ्टी-कैच लगाकर पिस्तौल उसने पतलून की जेब में डाल ली।

वह फिर अपनी गाड़ी में आ बैठा और ललित कला अकादमी की इमारत की ओर बढ़ चला। सड़कों पर चहल-पहल जरूर थी, पर उसे एक अजीब-सी वीरानी का अहसास हुआ।

आज वहाँ कल की अपेक्षा ज्यादा भीड़ थी। स्थानीय यूनिवर्सिटी के होस्टल से लड़कियों का एक जत्था चित्र-प्रदर्शनी देखने आया था। उन्हीं के साथ लड़कों के एक जत्थे ने भी प्रदर्शनी के हॉल पर हमला बोल दिया था। भीड़ थी और उससे भी ज्यादा शोर था।

हॉल में वह काफी देर घूम-घूमकर रूबी को खोजता रहा। पीछे के बरामदे में आकर भी उसने चारों ओर देखा। वह वहाँ नहीं थी। हॉल में वापस आकर उसने एक किनारे से तसवीरें देखनी शुरू कर दीं। ज्यादातर अमूर्त शैली की तसवीरें थीं, जो उसकी समझ के बाहर थीं। उन्हें तेजी से देखता हुआ वह एक ओर से दूसरी ओर तक चला गया। दूसरे कोने पर पहुँचते-पहुँचते उसने अपने-आपको लड़कियों के जत्थे से घिरा पाया।

वे चीख-चीखकर आपस में बात कर रही थीं और एक ऐसी जबान में बोल रही थीं जिसे सोलह से उन्नीस साल तक की खुशमिजाज लड़कियाँ ही समझ सकती

हैं। चित्रकला की दुनिया से बेगाने-अनजाने कितने किस्से वे एकसाथ एक-दूसरे को सुना रही थीं :

...उसने कहा...उसने उससे कहा था...वह पहले ही कहनेवाली थी कि...वगैरह-वगैरह।

एक ही वाक्य, जो खत्म नहीं हो रहा था।

रंग-बिरंगे कपड़ों और उड़ते हुए रूखे बालों में, ढीले कुर्तों और चुस्त चूड़ीदार या बेल-बाटम पायजामों और निहायत सादगी से सिली हुई कमीजों के माहौल में वे पूरे हॉल को एक बिलकुल ही अनूठे किस्म की प्रदर्शनी में बदले दे रही थीं। हरिश्चन्द्र के आसपास कई तरह के मिले-जुले सेन्ट की भीनी खुशबू उड़ रही थी और उसे लगा वह ईथर में तैर रहा है। अचानक उसे अफसोस हुआ—रूबी! मैं रूबी को खो चुका हूँ।

लड़कियों की भीड़ को मुलायमियत से एक किनारे करके वह फिर बरामदे में पहुँच गया। नीचे झाँकते हुए उसने एक सिगरेट सुलगाई। उसके कन्धे के पास किसी ने बड़ी मीठी आवाज में कहा, ''नमस्कार, भाई साहब।''

उसने घूमकर देखा—अशोक उसके पास खड़ा था। हरिश्चन्द्र ने कहा, ''हलो! तुम कैसे?''

अशोक स्थानीय संगीत कॉलेज में सितार सिखाता था। कुछ साल पहले वह बम्बई में था। वहाँ उसने दो-चार फिल्मों में संगीत के असिस्टेंट डायरेक्टर का काम भी किया था। सभी जानते थे कि बम्बई में उसका और अजीतसिंह का साथ था। बाद में, किस्मत अच्छी न होने या किसी और वजह से, वह लखनऊ चला आया और उसने सितार सिखाने की नौकरी कर ली। सितार वह बहुत अच्छा बजाता था। उसे किसी भी जलसे में, और किसी भी शराबखाने में, किसी भी समय पाया जा सकता था। लोग उसे देखकर साँसें भरते और कहते—इतना ऊँचा आर्टिस्ट! शराब इसको पिए जा रही है!

''मैं भी प्रदर्शनी देखने आया था।'' अशोक ने कहा। फिर कुछ रुककर बोला, ''भाभीजी भी तो अभी यहीं थीं।''

सुनकर हरिश्चन्द्र कुछ कहने को हुआ, पर उसने अपने को रोक लिया। एक सेकिंड रुककर उसने पूछा, ''तो क्या रूबी यहाँ से चली गई? उसे तो मुझसे यहीं मिलना था।''

अशोक बोला, ''अजीत भाई भी आए थे। उनकी कार थी ही। इसीलिए शायद इन्तजार नहीं किया।''

''ठीक है। ठीक है।'' हरिश्चन्द्र ने कहा और कहते ही सोचा, इतने जोर से बोलने की जरूरत नहीं थी। उसने कोशिश करके आवाज में खुशी पैदा की, ''अच्छा भाई अशोक, तब हम भी चले!''

उसे खयाल नहीं कि वह कितनी जल्दी अजीतसिंह के घर पर पहुँच गया। सामने जनक्रान्ति प्रेस खुला हुआ था और एक थका हुआ कम्पोजीटर एक टूटी हुई आरामकुर्सी पर लुढ़का पड़ा था। उस तक पहुँचते-पहुँचते हरिश्चन्द्र ने दो-तीन बार जोर-जोर से साँस ली और इधर-उधर की दुकानों पर निगाह दौड़ाई। इससे उसे यह समझने में मदद मिली कि वह वास्तविक दुनिया में चल रहा है। कम्पोजीटर से उसने पूछा, ''अजीत साहब ऊपर हैं?''

कम्पोजीटर ने चिढ़ी हुई आवाज में कहा, ''इतने वक्त कभी वह घर पर रहते भी हैं!''

''कहाँ गए हैं?''

''गए होंगे कहीं!''

''ऊपर इस वक्त कौन है?''

''होगा कोई!''

हरिश्चन्द्र प्रेस से लगे हुए जीने की ओर बढ़ा, तब तक कम्पोजीटर ने पूरी आँखें खोलकर देख लिया था कि बात करनेवाला कोई सफेदपोश है। उसने पीछे से कहा, ''नौकर होगा। घंटी बजा लें।''

ऊपर की मंजिल पर जाकर वह रुक गया। घंटी का बटन दबाने के पहले वह लगभग एक मिनट खड़ा रहा। बाद में घंटी बजने पर, चुस्त पतलून और बुश्शर्ट पहने हुए एक नौजवान ने दरवाजा खोला। हरिश्चन्द्र को उसने सवाल-भरी निगाह से देखा।

''अजीत साहब हैं?''

उसने होंठ दबाकर 'नहीं' कहने के लिए सिर हिलाया।

हरिश्चन्द्र एक क्षण चुप रहा। फिर कुछ सोचकर बोला, ''ताज्जुब है। मुझे तो इसी वक्त यहाँ आने को कहा था। हम लोग साथ ही बाहर निकलने वाले थे।''

नौजवान पर इसकी कोई प्रतिक्रिया नहीं हुई। हरिश्चन्द्र ने पूछा, ''तुम्हें पता तो होगा ही, वह कहाँ गए हैं?''

नौजवान ने सिर हिलाकर 'नहीं' का इशारा किया और बड़े साफ ढंग से कहा, ''सॉरी, मुझे बिल्कुल पता नहीं कि वह कहाँ हैं।''

वह दरवाजा बन्द करने जा रहा था, पर हरिश्चन्द्र ने अपना पैर आगे बढ़ाकर उसे रोक दिया। धीरे से कहा, ''देखो, हमें साथ ही एक जगह जाना था। उन्होंने मेरा इन्तजार भी किया होगा। हमें खाना भी बाहर ही खाना था।''

नौकर के चेहरे पर एक मुसकराहट का शुबहा-भरा हुआ। बोला, ''अगर आप साहब के दोस्त हैं तो जानते ही होंगे वह कहाँ मिलेंगे।''

''नहीं, उन्होंने यहीं आने को कहा था।'' फिर उसने लापरवाही से कहा, ''एक हमारी दोस्त भी यहीं आनेवाली थीं।''

नौजवान थोड़ी देर चुपचाप खड़ा रहा। अचानक उसने मुसकराकर कहा, ''आप लोगों की दोस्त तो साहब के साथ ही आई थीं। यहाँ से वे अभी आध घंटा हुआ बाहर गए हैं। डायमंड होटल—आप तो जानते ही होंगे?''

''डायमंड होटल...'' हरिश्चन्द ने बड़ी आत्मीयता से कहा और स्वाभाविक चाल से जीने के नीचे उतर आया। पर गाड़ी में बैठते-बैठते उसे लगा मानो जिस्म का सारा खून सिमटकर उसके सिर में पहुँच गया है। गाड़ी का स्टार्टर खींचने के बजाय उसने वाइपरों की स्विच खींच ली। बाद में किसी तरह गाड़ी स्टार्ट करके झटके से उसे चलाया और सड़क की भीड़ में अपने को डाल लिया। बड़ी कोशिश के बाद उसने यह अहसास किया कि वह भीड़ से होशियारी के साथ गाड़ी निकालता हुआ डायमंड होटल की तरफ बढ़ रहा है।

डायमंड होटल शहर के सबसे ज्यादा घने बाजार में था और औसत दर्जे के होटलों में माना जाता था। बाहर से आनेवाले मामूली सेल्समैन और पुराने ढंग के व्यापारी ही वहाँ आकर रुकते थे और उसे किसी भी तरह आधुनिक फैशनेबुल होटलों में शुमार नहीं किया जा सकता था। होटल बाजार की सड़क से हटकर एक छोटे-से पार्क के सामने था। उसकी तिमंजिली इमारत की नीचे की मंजिल में रसोईघर से उड़नेवाली गन्धों के फैलने का बराबर अहसास होता रहता था।

उसने अपनी गाड़ी होटल से लगभग सौ गज पहले ही खड़ी कर ली और होटल के पास आ गया। अजीतसिंह की कार उसे इमारत के सामने, सड़क के दूसरी ओर खड़ी मिली।

होटल के पोर्टिको के पास ही बरामदे से लगा हुआ एक छोटा-सा हॉल था जिसमें काउंटर के पीछे कोई कर्मचारी बैठा था। हरिश्चन्द्र ने उससे पूछा, ''मि. अजीतसिंह किस कमरे में हैं?''

''यहाँ कोई अजीतसिंह नहीं है।''

हरिश्चन्द्र थोड़ी देर चुप रहा, फिर बरामदे में चला आया।

बरामदे में आगे बढ़कर वह उस कमरे के पास पहुँचा जिसके सामने, सड़क के उस पार अजीतसिंह की कार खड़ी थी। दरवाजे के पास वह थोड़ी देर खड़ा रहा। कुछ ही देर में उसके कदम उसे निरुद्देश्य इधर-उधर भटकाने लगे। वह बरामदे का चक्कर लगाता ऊपर की मंजिल में चला गया। लगभग दस मिनट वह ऊपर के बरामदों में टहलता रहा, फिर बिना किसी से कोई बात किए नीचे उतर आया। टहलते हुए वह फिर उसी कमरे के पास पहुँचा जिसके सामने कुछ दूरी पर अजीतसिंह की कार खड़ी थी। लेकिन एक बैरे को अपनी ओर आता देख कुछ आगे बढ़ गया।

बैरा एक ट्रे पर दो प्लेटों में खाने का सामान, अनन्नास के रस का एक गिलास, एक गिलास में ह्विस्की और सोड़े की बोतल लेकर आ रहा था। उसने हरिश्चन्द्र की

ओर विशेष ध्यान नहीं दिया। एक हाथ से ट्रे को मुश्किल से सँभालते हुए, दूसरे हाथ से उसने दरवाजे पर दस्तक दी।

हरिश्चन्द्र का दिल धड़कने लगा। उसने सोचा—अजीतसिंह अब शायद आसानी से मिल जाएगा। किस्मत की खूबी! तभी उसके मन में एक कराह-सी उठी—"मैं कितना बदकिस्मत हूँ!"

कमरे के अन्दर से किसी ने अँग्रेजी में कहा, "आ जाओ।"

यह सचमुच ही अजीतसिंह की आवाज थी।

इस वक्त सात बज गए थे और दिन की रोशनी खत्म हो चली थी। हरिश्चन्द्र और आगे बढ़कर बरामदे के कोने में पहुँच गया और वहाँ धुँधलके में बैरे के बाहर आने का इन्तजार करता रहा।

थोड़ी देर में बैरा खाली ट्रे लेकर वापस चला गया। उसके बरामदे से गायब होते ही हरिश्चन्द्र तेजी से कमरे के सामने आ गया। उसने आजमाकर देखा, दरवाजा अन्दर से बन्द नहीं था।

अचानक दरवाजा खोलते हुए उसने भर्राई आवाज में कहा, "क्या मैं अन्दर आ सकता हूँ?"

अन्दर रूबी एक आरामकुर्सी पर पड़ी हुई थी। उसके हाथ में अनन्नास के रस का गिलास था। अजीतसिंह दरवाजे के पास खड़ा हुआ ड्रेसिंग टेबुल के सामने अपने जिस्म पर पाउडर छिड़क रहा था। ह्विस्की का गिलास ड्रेसिंग टेबुल पर ही था। वह अभी-अभी नहाकर बाहर आया होगा, तभी केवल पायजामा पहने था। तौलिया जमीन पर पड़ा था। कमरे का माहौल कुछ सस्ता-सा, कुछ अजीब-सा था।

हरिश्चन्द्र को दरवाजे पर देखते ही रूबी की निगाह एक जगह अचल-सी होकर रह गई। वह जगह हरिश्चन्द्र का दायाँ हाथ थी। उसमें एक पिस्तौल दिखाई दे रही थी। वह चीखी, पर चीख पूरी नहीं निकली। अजीतसिंह ने घूमकर देखा और उछलकर वह रूबी की तरफ बढ़ा। उसने हरिश्चन्द्र से कहा, "खबरदार! गोली मत चलाना। पहले मेरी बात..."

पर रूबी की अधूरी चीख ने ही हरिश्चन्द्र के सोचने की रही-सही ताकत खत्म कर दी थी। उसका सिर घूमने लगा था। उसे कुल इतना दिखाई दिया कि अजीतसिंह एक हाथ से रूबी को बाथ-रूम में ढकेल रहा है और उसका पैर एक कुर्सी को उसकी ओर उछालने के लिए बढ़ रहा है।

पहली गोली इतने नज़दीक होने के बावजूद दीवाल से जाकर टकराई। दूसरी गोली के चलते ही अजीतसिंह गिर गया। रूबी बाथरूम का दरवाजा मजबूती से पकड़कर खड़ी रही। उसने अपने को बचाने की कोशिश नहीं की। सिर्फ चीखकर कहा, "तुमने इसे मार डाला है।"

वह तीसरी गोली नहीं चला सका। बरामदे में दौड़ते हुए पाँवों की आवाजें फैलने लगी थीं और शायद चारों ओर लोगों ने जोर-जोर से चिल्लाना शुरू कर दिया था। भड़भड़ करके खुलते हुए दरवाजे। ऊपर की मंजिलों से उठनेवाली पुकारें। अचानक कहीं टेलीफोन की घंटी बजने लगी। हरिश्चन्द्र को लगा जैसे वह आवाजों के एक उफनते समुद्र में फँस गया है और उसकी लहरें उसे उछाल रही हैं, गिरा रही हैं।

उसने पिस्तौल रूबी की ओर फेंक दी और बोला, ''उसमें अभी दो गोलियाँ बाकी हैं। अच्छा होगा, तुम अब मुझे शूट कर दो!''

## तीन

दिन के बारह बजे थे। अप्रैल के आखिरी दिन थे और हल्की-सी लू चलने लगी थी।

लखनऊ की कैसरबाग कोतवाली। उसके एक छोटे-से कमरे में एक पुलिस इंस्पेक्टर बैठा था। इंस्पेक्टर के आगे लकड़ी की एक पुरानी मेज पड़ी थी, जिस पर एक बेंत और एक अखबार के अलावा कुछ भी न था। मेज के पास चार कुर्सियाँ रखी थीं। एक ओर दीवार से सटी हुई लकड़ी की एक बेंच। कमरे की दीवारें, एक कैलेंडर को छोड़कर, बिल्कुल सूनी थीं। कैलेंडर में एक शेर का फैला हुआ मुँह अपने भयानक जबड़ों और दाढ़ों के साथ कमरे में घुसते ही लोगों का स्वागत करता था।

पुलिस इंस्पेक्टर इस वक्त अपने एक सब-इंस्पेक्टर से बात कर रहा था। सब-इंस्पेक्टर एक कुर्सी का सहारा लेकर खड़ा हुआ था और कह रहा था, ''अखबारों ने डायमंड होटल के गोलीकांड पर काफी विस्तार से लिखा है और तअज्जुब की बात तो यह है कि लगभग सभी ने डायमंड होटल के बारे में राय दी है कि वहाँ व्यभिचार और अपराधों का सबसे बड़ा अड्डा है।''

इंस्पेक्टर के बाल कनपटियों पर सफेद हो रहे थे, उसका चेहरा पतला और आँखें बड़ी-बड़ी थीं। जब वह मुस्कराता तब आँखों की चमक बढ़ जाती। उसके विभाग में मशहूर था कि वह अपनी आँखों से हँसता है। उसने कहा, ''अखबारों की राय शायद गलत भी नहीं है, क्यों बेटे?'' उसकी आँखों की चमक बढ़ गई।

सब-इंस्पेक्टर ने गम्भीरता से कहा, ''हमें डायमंड होटल के बारे में ज्यादा पता नहीं है चचा, वह दूसरे थाने में पड़ता है। पर मेरा खयाल है, उसका रिकार्ड काफी साफ-सुथरा है।''

इंस्पेक्टर का रिटायरमेंट नजदीक था। उसके तजुर्बे की दाद देते हुए, उसके साथवाले और मातहत उसे चचा कहते थे। अपने से छोटों को बेटा कहने की उसे

आदत पड़ गई थी। कभी-कभी वह कम उम्रवाले अपने से ऊँचे अफसरों को भी बेटा बना देता, बाद में माफी माँगता था। हँसी-मजाक के बावजूद उसकी गिनती होशियार इंस्पेक्टरों में थी।

उसने डायमंड होटल के रिकार्ड के बारे में कोई राय नहीं दी। कुछ रुककर सब-इंस्पेक्टर ने नीचे से एक अखबार निकालकर उसे दिखाया। पूछा, "यह खबर तो आपने पढ़ ही ली होगी, चचा?"

चचा ने सिर हिलाकर 'हाँ' कहा। सब-इंस्पेक्टर बोला, "इसने अजीतसिंह की पिछली जिन्दगी पर बहुत-सी बातें लिखी हैं। साले को धोकर रख दिया है। लखनऊ में आकर बसने के पहले वह बम्बई में क्या करता रहा, इस पर कुछ मजेदार बातें भी बताई गई हैं। अगर अजीतसिंह जिन्दा रहता तो मानहानि का मुकदमा चलाने की नौबत आ सकती थी।"

"पर मुर्दे बोल नहीं सकते बेटा, यही गनीमत है।" इंस्पेक्टर ने हँसकर कहा, "तुम यह अखबार मौज से पढ़कर मजा लेते रहो।"

सब-इंस्पेक्टर कहता रहा, "'जनक्रान्ति' के नाम से अजीतसिंह जो साप्ताहिक पर्चा निकालता था, उसमें एक बार इस अखबार को खुलकर गालियाँ दी गई थीं। हो सकता है कि उन्होंने अजीतसिंह के बारे में तभी पूरी जानकारी हासिल की हो। वरना अजीतसिंह की पिछली जिन्दगी के बारे में लोगों को बहुत कम मालूम है।"

इंस्पेक्टर कुछ देर खामोशी से एक अखबार के पन्ने उलटता रहा। फिर पूछा, "पोस्टमार्टम की रिपोर्ट कब तक आ जाएगी बेटे?"

"लाश साढ़े आठ बजे पोस्टमार्टम के लिए भेजी गई थी। सर्जन ने ग्यारह बजे आने का टाइम दिया था। घंटे-दो घंटे में हमें रिपोर्ट मिल जानी चाहिए।"

कुछ रुककर वह फिर बोला, "पर चचा, पोस्टमार्टम की कार्रवाई तो औपचारिक ही है। मामला बिल्कुल साफ है। बाद में चाहे बदल जाए, पर हरिश्चन्द्र अभी तक तो मान ही रहा है कि गोली उसी ने चलाई थी।"

"फिर भी बेटे," इंस्पेक्टर ने कहा, "तुम्हारी दौड़-धूप कम नहीं होती। यह हत्या सोच-समझकर, पहले से तय करके की गई थी और इसके लिए अलग से पूरा-पूरा सबूत आना चाहिए। समझे?"

"उसे देख लिया गया है चचा। हत्या का हथियार 25 बोर का एक इटैलियन पिस्तौल है। हरिश्चन्द्र के पास इसका लाइसेंस है। वह यह पिस्तौल लेकर होटल तक गया था। ऐसी कोई वजह नहीं कि वह अपने बचाव के लिए इसे लेकर चल रहा हो। वह होटल जाने के पहले अजीतसिंह के घर भी गया था। उसके नौकर का बयान लिया जा चुका है। उसका कहना है कि हरिश्चन्द्र ने उसी से मालूम किया कि अजीतसिंह डायमंड होटल में है। इसमें कोई शुबहे की गुंजायश नहीं कि दोपहर के बाद से ही वह अजीतसिंह की हत्या की योजना बना रहा था। यही नहीं, उसने

डायमंड होटल में अपनी पत्नी रूबी को एक आरामकुर्सी पर बैठी हुई पाया था। उसके बारे में यह नहीं कहा जा सकता कि अजीतसिंह के साथ वह किसी ऐसी हालत में थी कि हरिश्चन्द्र पर एकदम से पागलपन सवार हो जाता और वह गोली चला देता। हरिश्चन्द्र इकबाल न करे तब भी यह दफा 302 का बहुत अच्छा केस है। अभियुक्त के बचने का कोई सवाल न उठना चाहिए।''

इंस्पेक्टर ने पूरी बात सुनकर पूछा, ''इन दोनों के घरों की तलाशी ली गई है या नहीं?''

सब-इंस्पेक्टर ने कुछ हिचककर कहा, ''इसकी भी जरूरत होगी चचा?''

''तुम बेटे, बछेड़ों की तरह कुलाँचें ही भरते रहोगे, कभी कुछ सीखोगे नहीं!'' चचा गम्भीर हो गए। बोले, ''सुनो बेटे, आकस्मिक उत्तेजना की थ्योरी पर अभियुक्त की ओर से हत्या के आरोप को हल्का कराया जा सकता है। हो सकता है कि कल हरिश्चन्द्र को अपने घर में या और कहीं कोई ऐसी बात मालूम हुई हो—चिट्ठी या फोटो—जिसकी वजह से वह अपना विवेक खो बैठा हो। रूबी और अजीतसिंह के सम्बन्धों की पूरी-पूरी जाँच करना जरूरी है।''

इंस्पेक्टर ने फिर पूछा, ''और रूबी का बयान?''

''अभी नहीं लिया जा सका है। कल रात वह अस्पताल भी गई थी, फिर यहाँ थाने पर हरिश्चन्द्र की कोठरी के पास काफी देर रुकी रही। बाद में वह फिर अस्पताल गई। वह कुछ भी बोल नहीं रही थी। अब भी वह सदमे की ऐसी हालत में है कि अभी उससे ठीक से बात नहीं की जा सकती। उसके एक रिश्तेदार आधी रात के बाद बड़ी कोशिश करके उसे अपने साथ ले जा पाए हैं।''

इंस्पेक्टर ने धीरे-से सिर हिलाया और अखबार के पन्ने आलस के साथ उलटने लगा।

सड़क पर इतनी गर्मी के बावजूद कोई जुलूस निकल रहा था। लोग नारे लगा रहे थे। सब-इंस्पेक्टर ने भौंहें सिकोड़ीं और कहा, ''अब तो कारपोरेशन के चुनाव के सिर्फ तेरह दिन रह गए हैं। शोरगुल बढ़ता ही जाएगा। साले पूरे शहर को कबाड़ी बाजार बनाए हुए हैं।''

अचानक इंस्पेक्टर ने पूछा, ''अजीतसिंह बम्बई छोड़कर कब आया था?''

''लगभग दस सल हुए।'' सब-इंस्पेक्टर ने रुककर बात शुरू की, ''इस समय उसकी उम्र, जैसा कि अखबार में दिया है, अड़तालीस साल की थी। वह मेरठ का रहनेवाला था और इक्कीस साल की उम्र में ही बम्बई चला गया था। यह तो आपने भी देखा होगा, वह अब भी काफी खूबसूरत और तन्दुरुस्त था। जवानी के दिनों में तो...''

सब-इंस्पेक्टर ने रुककर फिर अपनी बात शुरू की, ''बम्बई में उसने शुरू में आठ-दस फिल्मों में काम भी किया था, दो फिल्मों में तो उसे बाकायदा हीरो का

रोल मिला था...आपने तो चचा, वे फिल्में शायद देखी भी हों, आज से पच्चीस साल पहले की फिल्में। मैं तो तब बहुत ही छोटा था, मेरी उम्र फिल्म देखने लायक नहीं थी...। फिल्मों में उसका नाम अजीतसिंह नहीं, सन्तोषकुमार हुआ करता था।''

इंस्पेक्टर ने कहा, ''सन्तोषकुमार की फिल्में मैंने देखी थीं। कोई ऐसा तो खूबसूरत दिखता नहीं था, पर तुम लोगों के स्टैंडर्ड से...बस...ठीक ही था।'' उसकी आँखें चमकने लगीं, ''उन दिनों तो पृथ्वीराज, चन्द्रमोहन, सुरेन्द्र, अशोक कुमार वगैरह का जमाना था। सन्तोषकुमार को कौन घास डालता?''

''जो भी हो,'' सब-इंस्पेक्टर ने कहा, ''बम्बई में रहते हुए तीन-चार साल बाद उसने ऐक्टिंग छोड़ दी और कुछ सेठों की दोस्ती में फिल्म-प्रोडक्शन का धन्धा शुरू किया था। पर इस काम में भी वह जमकर नहीं रहा, कुछ दिनों तक उसने वहाँ से सिनेमा की एक मासिक पत्रिका भी निकाली। समझा यही जाता है कि वह बम्बई में बराबर अमीर लोगों की सोहबत में रहा, साले ने खूब शराब पी और रेस के मैदान में जुआ खेला। उसने शादी नहीं की थी, उसका कोई नजदीकी रिश्तेदार भी नहीं है, सिर्फ एक चचेरी बहन को छोड़कर, जो मेरठ में रहती है। अजीतसिंह के नौकर से पता लेकर उसे इस दुर्घटना की खबर फोन द्वारा कर दी गई है।''

इंस्पेक्टर ने कहा, ''अजीतसिंह के बारे में इतना जानना काफी नहीं है बरखुरदार। जरा और गहरे जाकर पता लगाओ!''

''बम्बई का तो इतना ही पता लग सका है। लगभग दस साल हुए वह लखनऊ आ गया था। उसके पास जरूर काफी रुपया होगा, क्योंकि एक साल के भीतर ही उसने एक प्रेस खरीद लिया था। उसके पहले वह डायमंड होटल में रहता था, प्रेस ले चुकने पर उसने उसकी इकमंजिली इमारत पर दूसरी मंजिल अपने रहने के लिए बनवा ली थी और आकर वहीं रहने लगा था।

''साप्ताहिक 'जनक्रान्ति' तो आप भी पढ़ते रहे हैं...'' सब-इंस्पेक्टर ने हँसकर अपनी बात खत्म की, ''एक बार जब आप चौक थाने में थे, उसने आपकी भी तारीफ की थी।''

''इसमें कौन-सी नई बात थी?'' इंस्पेक्टर ने कहा, ''सभी शोहदे मेरी तारीफ करते रहते हैं।''

साप्ताहिक 'जनक्रान्ति' दरअसल राजनीति के सभी नेता, ऊँचे अफसर और व्यापारी पढ़ते थे। इस पर्चे का जनक्रान्ति से कोई सम्बन्ध न था। इसमें शहर की सिर्फ सनसनीखेज़ खबरें छपती थीं और प्रायः ऐसा होता था कि एक सप्ताह में जिसके खिलाफ कोई अपमानजनक खबर छपती, फिर उसी के बारे में दो-तीन सप्ताह बाद कोई बहुत अच्छी खबर छप जाती थी। अजीतसिंह को शहर के सभी महत्त्वपूर्ण लोग जानते थे और कोई उसके साप्ताहिक अखबार से उलझना नहीं चाहता था।

सब-इंस्पेक्टर ने फिर कुछ सोचकर कहा, "एक बात और है। आज से दस साल पहले जब अजीतसिंह ने यहाँ आकर अपना प्रेस चलाया तो शुरू-शुरू में सोसाइटी के ऊँचे वर्गों में उसकी बड़ी पूछ हुई थी। तब तक उसके बारे में फिल्म लाइन के काम की हवा बँधी थी। खास तौर से वे लोग, जो उसकी उम्र के थे, उसे एक ऐक्टर या प्रोड्यूसर के रूप में देखते थे। यहाँ की दर्जनों महिलाओं ने उसे हाथों-हाथ लिया था और एकाध परिवारों में उसे लेकर झगड़े-फसाद भी हुए थे।"

इंस्पेक्टर ने आँखें मूँदे-मूँदे सिर हिलाकर कहा, "मैं जानता हूँ।" फिर उसने आँखें खोलीं और बोला, "रूबी का बयान काफी होशियारी से लेना।"

तब तक एक जीप कोतवाली के अन्दर आई। ड्राइवर उसे काफी रफ्तार से लाया था। इंस्पेक्टर के कमरे के सामने आकर उसने एकदम से ब्रेक लगाया। जीप रुक गई, पर उससे हल्की-सी धूल चारों ओर उड़कर फैल गई। इंस्पेक्टर ने नाक सिकोड़कर दरवाजे के बाहर देखा। जीप में कई झंडे लगे हुए थे और जाहिर था कि कारपोरेशन के चुनाव-अभियान में उसका इस्तेमाल हो रहा है। उसमें सात-आठ आदमी आलू के बोरों की तरह लदे हुए थे। तीन आदमी उतरकर कमरे के अन्दर आए। उनमें जो सबसे आगे था वह सिल्क का कुर्त्ता और कीमती धोती पहने था। उसकी अँगुलियों में दो-तीन अँगूठियाँ थीं। आँखों पर सुनहरे फ्रेम का चश्मा। होंठों पर पान की लाली। उम्र चालीस के पार हो चुकी होगी। रंग गोरा था, कद छोटा और जिस्म दुबला। कुल मिलाकर एक बड़े ही मधुर और आकर्षक व्यक्तित्व का आभास होता था उसे देखकर। उसके पीछे जो दो आदमी थे वे काफी लम्बे-चौड़े और तन्दुरुस्त थे और शक्ल से बाजारू किस्म के आदमी जान पड़ते थे।

इंस्पेक्टर ने उठकर सबसे आगेवाले आदमी से हाथ मिलाया और कहा, "बैठिए, शान्तिप्रकाश जी! इस धूल-धक्कड़ में कैसे तकलीफ की?"

वे सब कुर्सियों पर बैठे गए। शान्तिप्रकाश ने हँसकर कहा, "चुनाव। आपके हर सवाल का यही जवाब है।"

"आप तो सुना था...मेयर के पद के लिए खड़े हो रहे हैं?"

शान्तिप्रकाश ने कहा, "पर वह तो आगे की बात है, पहले हमारे कारपोरेटर तो शान्ति से चुन लिए जाएँ।"

"जहाँ शान्तिप्रकाश खुद मौजूद हैं, वहाँ शान्ति तो रहेगी ही।" इंस्पेक्टर ने हँसकर कहा। फिर पूछा, "क्यों, कोई दिक्कत है?"

वह बोले, "अभी ही मेरे एक आदमी ने गोलागंज की चोकी पर रिपोर्ट दर्ज कराई है। चुनाव के प्रचार में वह उधर गया था। आप जानते ही हैं उधरवाले गुंडों को। मारपीट कर बैठे। अभी कोई गिरफ्तार नहीं हुआ है। इधर से निकल रहा था। सुना, आप इस वक्त यहाँ हैं तो सोचा आपके कान में भी बात डाल दूँ।"

इंस्पेक्टर ने कहा, "अभी फोन करके चौकी से पूछ लेता हूँ।"

शान्तिप्रकाश और उनके आदमी उठ खड़े हुए। कमरे से बाहर निकलते-निकलते वे ठिठककर खड़े हो गए। बोले, "सुना है अजीतसिंह खत्म हो गया?"

इंस्पेक्टर ने कहा, "जी हाँ। डॉक्टरों ने कोशिश तो बहुत की, पर बेचारा बचा नहीं। आज सवेरे उसका देहान्त हो गया।"

शान्तिप्रकाश ने अफसोस के साथ कहा, "कल तो सुना था, ऑपरेशन करके गोली निकाल ली गई थी और उम्मीद थी कि वह बच जाएगा।"

"हाँ, उम्मीद तो हो गई थी। दरअसल गोली जिगर में नहीं पहुँची थी, और डॉक्टर का खयाल था कि मरीज बच सकता है।"

शान्तिप्रकाश ने पूछा, "फिर हो क्या गया?"

"यह तो भगवान ही बता सकता है।" इंस्पेक्टर ने कहा, "आखिर पेट में गोली गई थी। ऐसे मामलों में बचना मुश्किल ही होता है।"

शान्तिप्रकाश कहने लगे, "मैं तो हमेशा से अजीतसिंह की हिम्मत और ईमानदारी का कायल था। उसके साप्ताहिक पत्र 'जनक्रान्ति' को मैं हमेशा पढ़ता था। समाज की गन्दगी और भ्रष्टाचार का इतनी निर्भीकता से मुकाबला करनेवाले पत्रकार कितने हैं?"

इंस्पेक्टर ने अंग्रेजी में कहा, "एक भी नहीं।" फिर उसने अपने सब-इंस्पेक्टर की ओर देखा। वह अपनी मुस्कान छिपाने के लिए पीछे दीवार की ओर देखने लगा।

शान्तिप्रकाश ने उनसे विदा ली।

इंस्पेक्टर ने कलाई की घड़ी देखी, एक बजनेवाला था। कहा, "अभी पोस्टमार्टम रिपोर्ट नहीं आई!"

"मैंने हेड-कांस्टेबल दाताराम को तैनात कर दिया है। वह उसकी नकल लेकर ही आएगा।" सब-इंस्पेक्टर ने कहा, "आप चाहें तो कोर्ट हो आएँ। मैं वहाँ फोन से बता दूँगा।"

इंस्पेक्टर ने कहा, "हरिश्चन्द्र को हवालात से यहीं बुलवा लो। मैं उससे दो-एक बातें कर लूँ, तब जाऊँगा।"

थोड़ी देर में दो कांस्टेबुल हरिश्चन्द्र को लेकर कमरे में आये। उसकी शक्ल से लगता था, एक दिन में ही उसकी उमर में बीस बरस जुड़ गए हैं। पर आँखों से पता चलता था, वह शान्त है और आनेवाली मुसीबतों का सामना करने को तैयार है। इंस्पेक्टर ने उसे कुर्सी पर बैठने का इशारा किया और धीरे-से कहा, "आपको मालूम ही होगा, अजीतसिंह को बचाया नहीं जा सका। वह आज सुबह आठ बजे मर गया।"

हरिश्चन्द्र ने कोई जवाब नहीं दिया, पर उसकी चेष्टा से लगा कि उसे यह खबर मिल चुकी है। इंस्पेक्टर ने ही कहा, "कल की घटना की खबर अखबारों में भी आ चुकी है।" उसने मेज पर पड़े हुए अखबारों की ओर इशारा किया, "आप देखना चाहें तो देख लें।"

हरिश्चन्द्र ने बहुत धीरे-से कहा, ''शुक्रिया, उसमें मेरी दिलचस्पी नहीं है।''

इंस्पेक्टर थोड़ी देर हरिश्चन्द्र की ओर देखता रहा, पर उसने अपनी निगाह ऊपर नहीं उठाई। वह जमीन पर आँख गड़ाए रहा। तब उसने पूछा, ''आपकी शादी कब हुई थी?''

''सात साल पहले।'' कहकर हरिश्चन्द्र ने इंस्पेक्टर की ओर देखा और शान्त स्वर में कहा, ''देखिए, जो कुछ हुआ है उसकी पूरी इत्तला आपको है ही। उसके बाद भी क्या इस सवाल-जवाब की कोई जरूरत रह जाती है?''

इंस्पेक्टर ने मुलायमियत से जवाब दिया, ''सुनो बेटे,'' आदत के अनुसार उसे 'बेटा' कहकर वह थोड़ा हिचका, पर उसी लपेट में कहता रहा, ''तुम मेरी बातों का जवाब न देना चाहो तो न दो। कानून तुम्हें हक देता है कि तुम न चाहो तो कोई भी बयान न दो।''

कुर्सी पर थोड़ा खिसककर उसने कहा, ''तुम्हारी ओर से कोई वकील किया जा चुका है, या नहीं?''

हरिश्चन्द्र ने कहा, ''वकील का इन्तजाम हो चुका होगा, पर मुझे वकील की जरूरत नहीं, और न बयान देने में ही मुझे कोई हिचक है। पर जो बात मैं एक बार कह चुका हूँ, उसे बार-बार कहलाने की क्या जरूरत है?''

कमरे में थोड़ी देर शान्ति रही। फिर इंस्पेक्टर ने कहा, ''मैं सिर्फ एक बात जानना चाहता था, तुम्हारी मिसेज से अजीतसिंह की पहली बार मुलाकात कब हुई थी?''

हरिश्चन्द्र ने कुर्सी पर बैठने का ढंग बदला। थोड़ी देर वह सोचता रहा। फिर बोला, ''आज से दो साल पहले वह मेरे घर आया था—रत्ना के साथ। रत्ना उसकी चचेरी बहन है और मेरठ में लड़कियों के एक कालिज में पढ़ाती है, शादी के पहले रूबी भी उसी कालिज में पढ़ाती थी। रत्ना से उसकी बड़ी गहरी दोस्ती थी, और शायद अब भी है। अजीतसिंह को मैं खुद ज्यादा घनिष्ठता से नहीं जानता। रत्ना कुछ दिनों के लिए लखनऊ आई थी और उसके साथ रुकने के बजाय रूबी के कारण वह हमारे यहाँ रुकी। तभी अजीतसिंह पहली बार हमारे घर आया था। उसके बाद वह बराबर हमारे यहाँ आता-जाता रहा, शायद मेरी गैरमौजूदगी में भी आता रहा।

''लगभग साल-भर से उसने हमारे यहाँ आना-जाना काफी कम कर दिया था, शायद यह समझकर कि मैं उसे बहुत पसन्द नहीं करता। पर मुझे मालूम है कि रूबी उससे बराबर मिलती रहती थी।'' फिर कुछ रुककर हरिश्चन्द्र ने पूछा, ''आप कुछ और जानना चाहते हैं?''

इंस्पेक्टर के कुछ कहने के पहले ही एक कांस्टेबुल हाथ में टेलीफोन लिए कमरे के अन्दर दाखिल हुआ। उसने फोन का कनेक्शन दीवार के एक सॉकेट में लगाकर उसे मेज पर रख दिया और रिसीवर उसके हाथ में देकर बोला, ''आपका फोन है। हेडकांस्टेबुल दाताराम बोल रहे हैं।''

वह सेल्यूट करके कमरे के बाहर चला गया। इंस्पेक्टर ने फोन पर अपनी चुस्त आवाज में कहा, "हलो।" उधर हेडकांस्टेबुल दाताराम ने कुछ कहना शुरू किया। अचानक इंस्पेक्टर ने तीखेपन से पूछा, "हलो...हलो...यह क्या मामला है? फिर से बताओ?"

सब-इंस्पेक्टर भी यह समझकर कि फोन पर कोई महत्त्व की बात कही जा रही है, अपनी कुर्सी पर आगे बढ़ आया। इंस्पेक्टर का चेहरा गम्भीर हो गया था। हरिश्चन्द्र ने उसे घूरकर देखा। इंस्पेक्टर तीन मिनट तक उधर की बात सुनता रहा। बीच में 'हाँ'—'ठीक'...'अच्छा' के अलावा उसने कुछ भी नहीं कहा। पूरी बात सुनकर वह बोला, "ठीक है दाताराम, अब तुम्हें रिपोर्ट की नकल के लिए वहाँ रुकने की जरूरत नहीं । तुम सीधे यहीं आ जाओ।"

रिसीवर को फोन पर रखकर वह कुछ देर चुप रहा। फिर उसने जेब से रूमाल निकाला और अपना चेहरा पोंछा।

सब-इंस्पेक्टर को अपनी ओर देखता पाकर उसने कहा, "पोस्टमार्टम हो चुका है। सर्जन की राय है कि अजीतसिंह की मृत्यु पिस्तौल की गोली से नहीं हुई है।"

सब-इंस्पेक्टर ने चुपचाप इस सूचना को समझने की कोशिश की। हरिश्चन्द्र ने चौंककर उसकी ओर देखा। कुछ रुककर सब-इंस्पेक्टर ने पूछा, "फिर...मौत की कौन-सी वजह हो सकती है? हार्टफेल? हैमोरेज?..." वह भौंहें उठाकर उसकी ओर देखता रहा।

इंस्पेक्टर होंठ दबाकर कुछ सोच रहा था। उसने मेज की ओर देखते हुए कहा, "अजीतसिंह को ज़हर दिया गया है।"

"ज़हर!" हरिश्चन्द्र और सब-इंस्पेक्टर ने चौंककर लगभग साथ-साथ इस शब्द को दोहराया।

"हाँ, ज़हर! जिन्दगी इसी को कहते हैं बेटे।" थोड़ी देर सन्नाटा रहा। "उसे अस्पताल में ही किसी ने ज़हर दिया होगा। डॉक्टर ज़हर की किस्म के बारे में कोई राय नहीं कायम कर सका है। उसके लिए 'केमीकल एनालिसिस' जरूरी होगा। पर उसका खयाल है कि उसे अफीम-टिंक्चर पिलाई गई है।"

"चचा, अब तो हमें..."

"तुम्हें अब कुछ नहीं करना है, बेटे। मुकदमा तुम्हारी हैसियत से ऊपर उठ गया है। यह केस अब सी.आई.डी. के सुपुर्द होगा।"

वह कुर्सी से उठ खड़ा हुआ। बोला, "चलो, एम. पी. साहब से इसी वक्त बात करनी होगी। कागजात जल्दी से तैयार कर लो।"

हरिश्चन्द्र कुर्सी पर गुमसुम बैठा हुआ था। इंस्पेक्टर ने उससे कहा, "आप अपने वकील को बुलाकर अपने लिए जमानत की कोशिश कर लें। हो सकता है कि आप पर अब हत्या के बजाय, हत्या की कोशिश का ही जुर्म रह जाए।"

एक क्षण के लिए उसके चेहरे पर मजाक का पुराना धूप-छाँही रंग फैल गया। ''तुम्हारी किस्मत अच्छी है बेटे।''

## चार

सी. आई.डी. का दफ्तर। चारों ओर लगभग पाँच फुट ऊँची चहारदीवारी के अन्दर खड़ी हुई यह एक खूबसूरत इमारत थी। सामने चार-पाँच एकड़ जमीन। उसके एक हिस्से में यूकेलिप्टस का एक घना बाग, चहारदीवारी के अन्दर किनारे-किनारे गुलमोहर और अमलतास के पेड़ों की दोहरी कतारें। अप्रैल के अन्तिम दिनों में दोनों ही प्रकार के पेड़ लाल और पीले फूलों से ढके हुए थे। इमारत के पास लगभग एक एकड़ का विस्तृत लॉन था। उसी में दोनों सिरों पर 'टेनिस कोर्ट' बनाए गए थे। इस दुमंजिला इमारत के सामने के हिस्से की दीवारों पर कई तरह की लताएँ चढ़ाई गई थीं। पोर्टिको का बहुत-सा हिस्सा बेगनबेलिया के सुर्ख फूलों से ढका हुआ था।

कम्पाउंड में आते ही भारतीय महाराजाओं के बीते हुए वैभव की याद आने लगती थी। पर कुछ और अन्दर घुसने पर पोर्टिको में आते ही कमरों से उठनेवाली धीमी आवाजों को सुनकर और सधे हुए कदमों से बरामदों में चलते हुए चुस्त आदमियों को देखकर मालूम हो जाता था, यह किसी रईस का आरामगाह नहीं है, बल्कि वह जगह है जिसकी याद करके बड़े से बड़े अनुभवी अपराधी भी एक बार काँप जाते हैं।

इमारत की दूसरी मंजिल पर सामने की ओर बरामदे से मिला हुआ एक कमरा था। उस पर तख्ती लगी थी—विद्यानाथ सिन्हा, सुपरिटेंडेंट ऑफ पुलिस (क्राइम ब्रांच)। विद्यानाथ इस समय फोन पर सेंट्रल अस्पताल के सुपरिटेंडेंट डॉ. चटर्जी से बात कर रहे थे। अजीतसिंह की मृत्यु सेंट्रल अस्पताल में ही हुई थी। विद्यानाथ के कमरे में उनके अलावा एक और आदमी मौजूद था। वह मँझोले कद का बलिष्ठ व्यक्ति था। उसका चेहरा भरा हुआ था और लगता था, वह हर बात पर आसानी से हँस सकता है। आँखें छोटी, पर असाधारण रूप से तेज। वह विद्यानाथ के सामने मेज के दूसरी ओर एक दफ्तरवाली कुर्सी पर बिल्कुल सही ढंग से बैठा था। उसका नाम जे.ए. सिद्दीकी था और वह सी.आई.डी. का मशहूर इंस्पेक्टर था।

विद्यानाथ डॉ. चटर्जी से फोन पर बातें करते रहे, ''...आश्चर्य है कि जब अजीतसिंह बेहोशी की हालत में था और उसकी हालत बराबर गिरती जा रही थी, किसी भी डॉक्टर को यह सन्देह नहीं हुआ कि उसे ज़हर दिया गया है...!''

फिर वह थोड़ी देर तक उधर से डॉ. चटर्जी की बात सुनते रहे, फिर बोले, ''यह ठीक है, डॉक्टर। पर मुझे 'टॉक्सिकोलॉजी' का क-ख-ग सीखने की जरूरत नहीं। मैं जानता हूँ कि अफीम और उसके भिन्न-भिन्न रूपों का इन्सान पर क्या असर होता है, पर सुबह होने पर जब अजीतसिंह की नींद नहीं टूटी, तब किसी को तो शक होना ही चाहिए था!''

वह फोन पर थोड़ी देर चुप रहे, फिर हल्के ढंग से हँसकर बोले, ''माफ करना डॉक्टर, मैं अभी किसी को दोष नहीं दे रहा हूँ। पर मेरे दिमाग में एक प्रतिक्रिया थी, उसे आपसे बता देना जरूरी समझा।''

थोड़ी देर चुप रहने के बाद उन्होंने फिर कहा, ''वह ठीक है। अस्पताल के 'पैरा-मेडिकल स्टाफ' की कहीं-न-कहीं गलती और असावधानी तो थी ही। उनके खिलाफ आप जरूर कार्रवाई करें, पर मेरी राय है कि इधर चार-छह दिन रुके रहें। तब तक हम लोग शायद असलियत का पता लगा लेंगे। उस आधार पर असावधानी बरतनेवाले स्टाफ पर कार्रवाई करने का मसाला भी आपको मिल जाएगा।''

इस बार डॉ. चटर्जी काफी देर उधर से बोलते रहे। विद्यानाथ उनकी बातें ध्यान से सुनते रहे। अन्त में बोले, ''यह ठीक है। इस सिलसिले में हर छोटी से छोटी घटना का और हर टाइम का ब्योरा आप तैयार करा लें। वैसे हमारे इंस्पेक्टर आपके जूनियर डॉक्टरों से मिलकर कुछ बातें नोट कर लाए हैं। उनके बारे में वह आपसे मिलकर जल्दी ही दुबारा बात करेंगे।''

इंस्पेक्टर सिद्दीकी ने इसी बीच एक पैड पर पेन्सिल से कुछ लिखकर विद्यानाथ के सामने रख दिया था। विद्यानाथ ने फोन पर बात करते-करते उस पर नजर डाली और बोले, ''एक बात और है डॉक्टर। इंस्पेक्टर सिद्दीकी आपसे आज रात नौ बजे मिलने आएँगे। आशा है आपको असुविधा न होगी। नहीं, अब तो छह बजनेवाले हैं। आधे घंटे बाद ही उन्हें कहीं और जाना होगा। ठीक है। वह नौ बजे आपसे मिलेंगे।...शुक्रिया!...उसे छोड़िए, सनसनी तो ऐसे मामलों में होती ही है। हम सभी भरसक कोशिश करेंगे। आपका स्टाफ निर्दोष है, तो अस्पताल की बदनामी कैसे होगी! अच्छी बात है। थैंक्स अगेन।''

फोन रखकर उन्होंने सिद्दीकी ओर देखा। बोले, ''डॉ. चटर्जी का कहना है कि मरीज सवेरे तक सोता रहा था। रात को एक बार बेहोशी टूटने के बाद उसे जब नींद आई तब नर्सों को उसके बारे में इत्मीनान हो गया था। इसीलिए उसकी नब्ज आदि की परीक्षा फिर उस तरह नहीं हुई जैसे बेहोशी की हालत में की जा रही थी। सुबह साढ़े सात बजे उन्होंने देखा कि मरीज गहरी नींद में नहीं, बल्कि गहरी बेहोशी में है। उन्होंने उसी वक्त डॉक्टर को खबर की। पर तब तक काफी देर हो चुकी थी। आठ बजे तक वह मर गया। डॉ. चटर्जी खुद कल रात शहर से बाहर थे। वह आज ही दोपहर को लौटे हैं। यह मामला जूनियर डॉक्टरों के हाथों में था। उनका कहना है कि

डॉ. मिश्रा को, जो सुबह उस वार्ड में ड्यूटी पर थे, मरीज के मरते-मरते शक हो गया था कि इसकी मृत्यु किसी असाधारण कारण से हुई है। उसकी आँखों की पुतलियाँ सिकुड़-सी गई थीं और मरते ही उसके नथनों पर हल्का-सा झाग दिखने लगा था। तभी डॉ. मिश्रा ने लाश को तत्काल पोस्टमार्टम के लिए भिजवाया, सर्जन दास ने पोस्टमार्टम किया है। उनसे डॉ. मिश्रा ने अपना शुबहा बता भी दिया था। बहरहाल तुम्हें इन सबका बयान बहुत समझ-बूझकर लेना होगा।''

सिद्दीकी ने कहा, ''ज्यादातर ये बातें मुझे मालूम हैं, सर! आज ढाई बजे से पाँच बजे तक मैं अस्पताल ही में रहा हूँ। डॉ. चटर्जी को किसी भी मामले की निजी जानकारी नहीं, क्योंकि वह कल रात और आज सुबह अस्पताल में थे नहीं। मैंने अस्पताल के लगभग उन सभी लोगों से बात कर ली है जिनका इस घटना से सम्बन्ध हो सकता था। सिर्फ दो-तीन लोग छूटे हैं। आपकी इजाजत हो तो मैं शुरू से पूरी स्थिति बयान कर दूँ। लिखित रिपोर्ट मैं बाद में पेश करूँगा।''

इसी बीच टेलीफोन का बजर बज उठा। विद्यानाथ ने रिसीवर पर अपने पी.ए. की बात सुनी और बोले, ''मैं इस वक्त बात नहीं कर पाऊँगा। आधे घंटे तक जिन्हें तुम बहुत लाजिमी समझते हो, उनका फोन छोड़कर मुझे कोई भी कॉल मत देना।'' उसके बाद उन्होंने सिद्दीकी से कहा, ''हाँ...तुम शुरू से बता रहे थे।''

सिद्दीकी ने कहा, ''डायमंड होटल में कल शाम सात बजे के लगभग हरिश्चन्द्र ने अजीतसिंह पर गोली चलाई। उस पर .25 बोर के पिस्तौल से हमला किया गया था। उस वक्त हरिश्चन्द्र कमरे के बाहरी दरवाजे पर था, अजीतसिंह कमरे के दूसरे सिरे पर बाथरूम के पास था और दोनों में कम से कम सत्रह फुट का फासला था। गोली अजीतसिंह को सामने से नहीं लगी। नहीं तो वह उसके पेट में घुसकर पीछे से निकल सकती थी। अजीतसिंह उस वक्त मुड़ रहा होगा। तभी गोली एक साइड से उसके पेट में घुसी और दूसरी ओर कूल्हे की हड्डी के पास फँस गई। अजीतसिंह गोली चलते ही गिरकर बेहोश हो गया था। पर अस्पताल तक आते-आते उसे होश आ गया था। लगभग सात बजे उस पर हमला हुआ था। डायमंड होटल के मालिक ने उसी की कार पर रखकर उसे तत्काल सेंट्रल हॉस्पिटल भेजा। वहाँ वह सात बजकर पन्द्रह मिनट पर पहुँचा। एमर्जेन्सी में उसी समय प्राथमिक चिकित्सा करके सात पैंतीस पर उसकी स्क्रीनिंग की गई। उसी वक्त उसका एक्स-रे भी लिया गया।

''एक्स-रे को देखकर सर्जन ने उसका ऑपरेशन करके गोली निकालने का फैसला किया। ऑपरेशन के पहले डॉक्टर ने अजीतसिंह का बयान भी लिखा है, जिसमें अजीतसिंह ने हरिश्चन्द्र को दोषी बताया है। उसे सात बजकर पचपन मिनट पर ऑपरेशन टेबल पर लाया गया। चूँकि वह होश में था और दर्द से कराह रहा था, इसलिए अनीस्थीशिया देकर ऑपरेशन किया गया। ऑपरेशन के दौरान मालूम हुआ कि उसका जिगर, तिल्ली और किडनी सुरक्षित हैं। गोली आँतों को मामूली तौर से

घायल करती हुई कूल्हे की ओर बढ़ गई थी। पर आँतें कई जगह जख्मी हुई थीं। ऑपरेशन में आँतों को सिलकर खून बहने से रोक दिया गया। गोली बाहर निकाल ली गई। अजीतसिंह को ऑपरेशन थियेटर से सर्जिकल वार्ड में लगभग नौ बजे पहुँचाया गया।

''ऑपरेशन थियेटर से बाहर आकर सर्जन ने आशा प्रकट की कि मरीज बच सकता है। वार्ड में अजीतसिंह अनीस्थीशिया के असर से सवा ग्यारह बजे तक बेहोश रहा। सवा ग्यारह बजे के बाद उसे होश आया, तब कुछ बाहरी लोग उसे देखने भी गए। अस्पताल के नियमों के अनुसार जनरल वार्ड में मरीजों से उस वक्त नहीं मिला जा सकता था। मिलने के घंटे मुकर्रर हैं। पर नियम का पालन नहीं किया गया। साढ़े ग्यारह बजे अजीतसिंह को फिर झपकी आ गई, शायद वह आधी बेहोशी की हालत में भी रहा। इस हालत में वह सवेरे साढ़े सात बजे तक रहा। साढ़े सात बजे समझा गया कि वह बराबर डूब रहा है और बेहोशी गहरी होती जा रही है। अत: ड्यूटी से डॉ. मिश्रा को बुलाकर दिखाया गया। डॉ. मिश्रा अभी बिल्कुल ही नए हैं। उन्होंने उसे कोरामिन वगैरह दी और अपने सीनियर को बुलाया। पर उसके आते-आते सात बजकर बावन मिनट पर अजीतसिंह की मृत्यु हो गई।

''रात को ऑपरेशन थियेटर से वार्ड में लाए जाने के बाद नर्स ने उसके टेम्प्रेचर, नब्ज आदि को आधे-आधे घंटे पर देखा था और उसका रिकार्ड रखा था। पर लगता है कि उसके होश में आ जाने के बाद उन्होंने ढील डाल दी और उसे पिछली रात चुपचाप बेहोशी में, जिसे वे नींद समझे थे, पड़ा रहने दिया। पोस्टमार्टम की रिपोर्ट में डॉ. दास ने राय दी है कि उसे शायद अफीम टिंक्चर दी गई थी। इसके बारे में अन्तिम राय लाश के 'विसेरा' की केमिकल अनालिसिस हो जाने के बाद ही कायम की जा सकेगी।

''दरअसल पोस्टमार्टम से प्रकट हो गया है कि ऑपरेशन का घाव बिल्कुल ठीक था। उससे हैमरज आदि नहीं हुआ। अनीस्थीशिया से मृत्यु होने का सवाल भी नहीं था। उसे रात को एक बार होश आ ही चुका था। पर लाश का पेट अन्दर से बुरी तरह कंजेस्टेड था और डॉ. दास की राय में अफीम के ज़हर के सभी लक्षण लाश में मौजूद थे। मैंने अस्पताल में और उसके आसपास अपने आदमियों द्वारा उसी वक्त उन सभी सुरागों की खोज कराई थी, जिनका सम्बन्ध इस हत्या से हो सकता है। आधे घंटे के दौरान सर्जिकल वार्ड के पास एक डस्टबिन में हमें एक छोटी-सी कत्थई रंग की शीशी मिली, जिसमें द्रव की एक-आध बूँद बाकी हैं। सूँघने से उसमें अफीम की गन्ध आ रही है। मैं समझता हूँ कि हत्यारे ने इसी शीशी से अजीतसिंह को ज़हर देकर वापस जाते हुए इसे डस्टबिन में डाल दिया होगा। इस शीशी में एक औंस के करीब द्रव आ सकता है। अजीतसिंह जिस हालत में था, उसमें उसे खत्म करने के लिए आधा औंस भी काफी था।...

''शीशी को हमने बाकायदा कब्जे में लेकर उसके द्रव की जाँच के लिए उसे भी केमिकल एक्जामिनर के पास भेज दिया है। कल सुबह तक शीशी की और विसेरा की जाँच होकर आ जाएगी। शीशी के चारों ओर कागज का एक लेवल चिपका है, जिससे लगता है कि पहले उसमें मल्टी-विटामिन गोलियाँ रखी जाती थीं। कागज की वजह से शीशी पर उँगलियों के कोई निशान नहीं हैं।''

सिद्दीकी बात करते-करते रुक गया। विद्यानाथ ने घड़ी की ओर देखते हुए कहा, ''मेरे टाइम की फिक्र करो। मुझे अभी एक दूसरे मामले में आठ बजे तक रुकना है। अपनी बात जारी रखो।''

सिद्दीकी ने कहा, ''सर्जिकल वार्ड एक इकमंजिली इमारत में है। उसके बीच से एक गैलरी जाती है। गैलरी के दोनों ओर दो बड़े-बड़े कमरे हैं। इन्हीं में दो सर्जिकल वार्ड हैं। पूरबवाला वार्ड मर्दों के लिए है, पश्चिमवाला औरतों के लिए। अजीतसिंह को मेल वार्ड के दक्खिन की तरफवाले कोने के बैड पर रखा गया था। वार्डों में उत्तर की तरफ से ही जाया जाता है। दक्खिन में, जहाँ हॉल खत्म होता है, लेवेटरी है। इस तरह इमारत के दक्खिनी हिस्से में, जहाँ गैलरी खत्म होती है, एक तरफ मर्दाने वार्ड की लेवेटरी है और एक तरफ जनाने वार्ड की। उनका एक-एक दरवाजा गैलरी में खुलता जरूर है, पर वह ज्यादातर अन्दर से बन्द रहता है। इस तरह उनमें कोई सीधे गैलरी से नहीं आ-जा सकता। किसी भी लेवेटरी में जाने के लिए वार्ड के बीच से होकर जाना पड़ेगा। उस वक्त इसकी अहमियत नहीं समझी गई थी, पर सवेरे जब मेहतर मर्दाने वार्ड की लेवेटरी धोने के लिए आया तब उसे गैलरी की ओर का दरवाजा खुला हुआ मिला। ऐसा लगता है कि हत्यारा रात को किसी समय वार्ड में दाखिल हुआ है और अजीतसिंह को ज़हर देकर, बजाय उत्तर की ओर से वापस जाने के, लेवेटरी में चला गया है और वहाँ से अन्दर का दरवाजा खोलकर वार्ड के दूसरी तरफ निकल गया है। अस्पताल से बाहर जाते-जाते उसने ज़हर की शीशी डस्टबिन में फेंकी है।

''उत्तर ही की ओर, बरामदे के एक कोने में...'' सिद्दीकी ने कागज पर पेन्सिल से नक्शा बनाते हुए कहा, ''ड्यूटी-रूम है जिसमें वार्ड की असिस्टेंट मैट्रन या सिस्टर बैठती है। रात को दस बजे से सवेरे छह बजे तक एक सिस्टर और दो नर्सों की पूरे वार्ड में ड्यूटी रही थी। नर्सों को वार्ड के अन्दर रहना था और सिस्टर ज्यादातर ड्यूटी-रूम में रही। मुझे मालूम हुआ है कि सिस्टर, जिसका नाम मिस लायल है, बराबर ड्यूटी पर रही, पर दोनों जूनियर नर्सें साढ़े ग्यारह बजे के बाद, सब मरीजों के सो जाने पर अस्पताल में इधर-उधर गप लड़ाती रहीं। थोड़ी-थोड़ी देर के लिए वे वार्ड में भी आ जाती थीं। वार्ड में थोड़ी देर तक वार्ड ब्वाय भी था। कायदा यह है कि मरीजों से मुलाकात के घंटों को छोड़कर वार्ड के अन्दर कोई बाहरी आदमी नहीं जा सकता। पर अजीतसिंह की बेहोशी की हालत देखकर कल रात कुछ

लोगों को उसे देख लेने का मौका दे दिया गया था। उसका बैड कोने में था। जिन दो दिशाओं में दीवारें नहीं थीं वहाँ पर्दे खींचकर उसके बैड के पास एकान्त कर दिया गया था।

''पूछताछ से मालूम हुआ है कि अजीतसिंह को बेहोशी की हालत में सिर्फ तीन लोगों ने नजदीक से देखा था। एक तो उसका नौकर है—महीपाल। दूसरे, हरिश्चन्द्र की बीवी रूबी ने उसे देखा है। और तीसरे, जरीना ने। उसका नौकर, महीपाल अपने मालिक के घयल होने की खबर पाते ही साढ़े नौ बजे अस्पताल आ गया था, वह पहले ऑपरेशन थियेटर के पास रहा, बाद में वह सर्जिकल वार्ड में अजीतसिंह को देखने गया। उस वक्त डॉक्टर और स्टाफ के अन्य लोग मरीज के पास ही मौजूद थे। वह अजीतसिंह के पास अकेले एक सेकिंड के लिए भी नहीं था। रात-भर वह वार्ड की गैलरी में ही दरी बिछाकर पड़ा रहा है। सवेरे एक बार उसने अजीतसिंह को फिर देखा। पर उस वक्त भी एक नर्स वहाँ मौजूद थी। फिर सवेरे उसे किस-किस ने देखा, इसकी कोई अहमियत इसलिए नहीं है कि डॉक्टरों का खयाल है कि मौत ज़हर देने के आठ-नौ घंटे बाद हुई होगी। महीपाल को इस समय मैंने नीचे रोक रखा है, क्योंकि उसी के साथ मैं अजीतसिंह के घर की तलाशी लेने जाऊँगा। रूबी अजीतसिंह के पास लगभग तीन मिनट बैठी थी और इस दौरान वहाँ कोई भी नहीं था। रूबी उस वक्त बदहवास हालत में थी और किसी से बोल नहीं रही थी। जैसा कि समझा जा रहा है, उसका अजीतसिंह से प्रेम-सम्बन्ध था और यह बात कयास में नहीं आ पाती कि उसने अजीत को ज़हर दिया होगा।...अब बचती है जरीना।...''

विद्यानाथ ने भौंहें ऊपर उठाईं।

''जरीना एक पढ़ी-लिखी लड़की है।'' सिद्दीकी ने कहना शुरू किया, ''वह अजीतसिंह के पड़ोस में रहती है। उसके बाप की वहीं एक मामूली-सी बिसातखाने की दुकान है। उसके यहाँ पर्दा होता है और जरीना बुर्के में ही घर से बाहर निकलती है। उसने हाईस्कूल फर्स्ट डिवीजन में पास किया था। लड़की बहुत जहीन है और उसे आगे पढ़ाने के लिए उसके बाप के पास पैसा नहीं था। उन दिनों अजीत ने अपना प्रेस नया-नया चालू किया था। पड़ोसी होने के नाते उसे भी जरीना की पढ़ाई का हाल मालूम हुआ। उसने उसे माहवारी वजीफा बाँध दिया। उसकी मदद से जरीना ने इकनॉमिक्स में एम.ए. पास किया। इस वक्त वह अपने मकान के पास ही लड़कियों के एक कालिज में लेक्चरर है। जरीना के घरवाले अजीतसिंह की बड़ी इज्जत करते रहे हैं। वह भी उसे अपना भाई मानती थी। अजीतसिंह उसके घर भी जाने लगा था और वह उसके सामने पर्दा नहीं करती थी। कल रात ग्यारह बजे के लगभग वह अपने पिता के साथ अजीतसिंह को देखने गई थी। पर उसके पिता को तेज खाँसी आ रही थी, इसलिए वार्ड में वह रुका नहीं, बाहर आकर खाँसता रहा। जरीना अजीतसिंह के पास लगभग चार मिनट तक रही थी।...''

सिद्दीकी की बात खत्म हो गई थी। विद्यानाथ ने कहा, ''रूबी और जरीना—इनके बारे में बहुत जल्दी छानबीन होनी चाहिए। खास तौर से अजीतसिंह से उनके सम्बन्धों की जानकारी जरूरी है। क्या उनमें से किसी का हत्या का इरादा हो सकता है? कोई ऐसी बात है कि उनमें से कोई अजीतसिंह को ज़हर देना चाहेगी?''

''मेरे आदमी उनके पीछे लग चुके हैं।'' सिद्दीकी बोला।

विद्यानाथ ने फिर कहा, ''ये तो वे लोग हैं जो अजीतसिंह को बाहर से देखने आए थे। पर तीन बातों का खास ध्यान रखना होगा। एक तो देखना होगा कि कोई बाहरी आदमी किसी दूसरे मरीज को देखने तो नहीं आया। ऐसा आदमी भी अजीतसिंह के बिस्तर के पास जा सकता है। दूसरे, अस्पताल के स्टाफ की भी कड़ी जाँच होनी चाहिए। क्या पता, स्टाफ में किसी ने दुश्मनी से, या किसी लालच से उसे ज़हर दिया हो। और तीसरे, वार्ड के मरीजों को भी देखना होगा। कहीं उन्हीं में तो अजीतसिंह का कोई दुश्मन नहीं छिपा था।''

सिद्दीकी ने अदब से कहा, ''मरीजों की बाबत अब देख लूँगा। बाकी के बारे में देख लिया है। दूसरे मरीजों के पास पिछली रात में कोई भी मुलाकाती नहीं आया। जहाँ तक अस्पताल के स्टाफ का सवाल है, सब-इंस्पेक्टर गुरुदेवसिंह उसकी जाँच कर रहे हैं।''

## पाँच

उसी दिन शाम को सात बजे एक जीप 'जनक्रान्ति' प्रेस के सामने आकर रुकी। उससे इंस्पेक्टर सिद्दीकी और अजीतसिंह का नौकर महीपाल नीचे उतरे। सिद्दीकी के साथ वर्दीधारी पुलिस का एक सब-इंस्पेक्टर और पाँच सिपाही थे।

एक दुबला आदमी, मैली कमीज और धोती पहने, लगभग तीन दिन की दाढ़ी बढ़ाये, 'जनक्रान्ति' प्रेस से मिले हुए जीने के पास खड़ा था। जीना ऊपर अजीतसिंह के मकान को जाता था। वह आदमी सिद्दीकी के पास आकर भिखमंगों की तरह खड़ा हो गया। सिद्दीकी ने उससे धीरे-से पूछा, ''तुम यहाँ कब से हो?''

''दोपहर के डेढ़ बजे से।''

''कोई ऊपर गया तो नहीं?''

''नहीं।''

उस आदमी ने रुककर कहा, ''जो ताला महीपाल कल रात लगा गया था, वह अब तक वैसे ही लगा है।''

सिद्दीकी ने सिर हिलाकर यह सूचना स्वीकार की और उसे अलग जाने का इशारा किया, फिर सब-इंस्पेक्टर से कहा, "चलिए, ऊपर की तलाशी ले ली जाए!"

पुलिस ने तब तक कायदे के अनुसार मुहल्ले के एकाध लोगों को गवाही के लिए बुला लिया था। सिद्दीकी और महीपाल जीने पर आगे-आगे चले। ऊपर पहुँचकर सिद्दीकी ने महीपाल से कहा, "ताला खोलो।"

दरवाजे की कुंडी से एक लोकप्रिय डिजाइनवाला ताला लटक रहा था। महीपाल ने जेब से चाभी निकालकर ताले में लगाई। वह उसमें फिट नहीं हुई। चाभी खींचकर उसने फिट करने की दुबारा कोशिश की पर इस बार भी वह असफल रहा।

महीपाल ने उसकी ओर घूमकर निगाहों से दया की भीख जैसी माँगी और फिर ताले और चाभी की लड़ाई में उलझ गया। अचानक उसने पीछे हटकर ताले को गौर से देखा और सिद्दीकी से कहा, "यह मेरा ताला नहीं है।"

सिद्दीकी ताले को हिलाकर देख रहा था। उसने महीपाल को तीखी निगाह से देखते हुए पूछा, "क्या मतलब है?"

महीपाल ने घबराकर कहा, "मैं कुछ नहीं जानता, हुजूर! पर यह मेरा ताला नहीं है। मैं इसी तरह का ताला लगाकर गया था, पर यह वह ताला नहीं है। मेरा ताला इससे छोटा था। यह कोई दूसरा ताला है।"

सिद्दीकी ने जोर से साँस खींची। सब-इंस्पेक्टर ने कहा, "इसे तुड़वाना होगा।"

एक सिपाही नीचे जीप के ड्राइवर से स्पैनर माँग लाया। उसने ताले पर दो-तीन कड़ी चोटें कीं, ताला टूट गया।

दरवाजा ड्राइंगरूम के एक कोने में खुलता था। उसके पास ही अन्दर की दीवार में एक दूसरा दरवाजा था जो एक बरामदे और खुली छत की ओर था। ड्राइंगरूम के दूसरे छोर पर एक परदा खिंचा हुआ था। उसके पीछे का दरवाजा पूरा-पूरा खुला था। ड्राइंगरूम में घुसते ही खुले दरवाजे से भीतर बेडरूम का दृश्य दिखाई पड़ता था।

मकान में पहले सब-इस्पेक्टर घुसा, उसके पीछे सिद्दीकी। अन्दर आते ही वे थमकर खड़े हो गए।

बेडरूम का जो हिस्सा उन्हें बाहर से दीख पड़ता था, उसमें कपड़े, कागज और कई चीजें फर्श पर बिखरी हुई थीं। सिपाहियों और महीपाल को वहीं रुकने का इशारा करके वे दोनों बेडरूम में पहुँचे।

ऐसा लगता था, किसी ने जल्दबाजी में पूरे घर की तलाशी ली है। एक चेस्ट ऑफ ड्राअर के ड्राअर खुले पड़े थे और उनका सामान इधर-उधर बाहर छितरा पड़ा था। दो-तीन सूटकेस थे, उन्हें भी बेतरतीबी से देखा गया था। बेडरूम से मिला हुआ ड्रेसिंगरूम और बाथरूम था। ड्रेसिंगरूम में वार्डरोब के पूरे सामान को बाहर उलटकर फेंक दिया गया था।

पहली निगाह में ही सिद्दीकी ने देख लिया कि जिस सूटकेस और ड्राअर में कागज और फाइलें थीं, उन्हें खास तौर से तितर-बितर किया गया है। ड्राइंगरूम में ज्यादा उत्पात नहीं हुआ था, पर रेडियोग्राम के ड्राअरों में रखे रिकॉर्डों को उलटा गया था और खास तौर से, तसवीरों के सात-आठ एलबम उल्टी-सीधी हालत में छोड़ दिए गए थे। सिद्दीकी ने इस पर कोई राय नहीं दी, पर सिपाही आपस में बात करने लगे थे। उसने एक सिपाही से कहा, ''नीचे जीप में कैमरा होगा। उसे उठा लाओ।''

कैमरा आ जाने पर उसके साथ के सब-इंस्पेक्टर ने सभी कमरों के कुछ फोटोग्राफ अलग-अलग कोणों से लिए। उसके बाद सिद्दीकी ने कुछ सोचते हुए चारों ओर निगाह दौड़ाई।

फिर उसने ड्राइंगरूम से ही काम की शुरुआत की। वहाँ पड़े हुए एलबम अजीतसिंह की बम्बईवाली जिन्दगी की यादगार पेश करते थे। पहले एलबम के पहले पृष्ठ पर ही दो नौजवान लड़कियों की लगभग नंगी तसवीरें समुद्र की पृष्ठभूमि में दिखीं। सिद्दीकी ने सब-इंस्पेक्टर से कहा, ''तुम इधर बम्बई की सीनरी देखो, तब तक मैं अन्दर की तलाशी लिये लेता हूँ।''

दरवाजे के पास रुककर उसने फिर कहा, ''ये एलबम हम अपने साथ ले जाएँगे पर तब तक सरसरी तौर से देख जाओ। शायद कोई दिलचस्पी की चीज निकल आए।''

अन्दर कागजों, कमीजों, मोजों, टाइयों और दूसरी तरह की चीजों का अम्बार फर्श पर पड़ा था। उन्हें एक-एक करके देखने में काफी समय लगा। बेडरूम में एक अटैचीकेस भी खुला पड़ा था। उसमें सिर्फ कागज थे जिनका सम्बन्ध बीमे और प्रेस के कारोबार से था। उसी में कई एक चिट्ठियों के बंडल भी थे जो काफी पुराने जान पड़ते थे। सिद्दीकी ने सोचा—उनकी छानबीन इत्मीनान से बाद में की जाएगी।

बार्डरोब के निचले खाने में पुराने अखबारों की एक गड्डी रखी थी। उसे भी छितरा गया था। सिद्दीकी ने उन अखबारों को उलटना-पुलटना शुरू किया। अचानक उसकी निगाह एक बड़े लिफाफे पर पड़ी। वह अखबारों से छिटककर दूर चला गया था। लिफाफा खुला हुआ था। सिद्दीकी ने झाँक कर देखा—उसमें सौ-सौ रुपए के कई नोट भरे थे। उसने लिफाफा उठाकर नोट गिनने शुरू किए। नोट बिल्कुल नए थे और चरमरा रहे थे। गिनने पर वे संख्या में अस्सी निकले। आठ हजार रुपए! किसलिए?—सिद्दीकी ने सोचा। इसके पहले एक ड्राअर में उसे अजीतसिंह की बैंकवाली चेकबुक और लगभग सत्तर रुपए के नोट और रेजगारी रखी हुई मिली थी। उसने उस ड्राअर को दोबारा खोलकर चेकबुक का निरीक्षण किया। उसमें किसी भी चेक से आठ हजार या उससे ज्यादा रुपए नहीं निकाले गए थे। दरअसल, पिछला चेक सिर्फ तीन सौ रुपए का था और उसे 'सेल्फ' के नाम एक हफ्ते पहले काटा गया था।

ड्रेसिंगरूम में वार्डरोब के भीतर उसे एक छोटा टेप-रिकार्डर और उसके टेपों के कई डिब्बे रखे हुए मिले। उसने महीपाल को बुलाकर पूछा, ''इनमें क्या है? जानते हो?''

महीपाल ने कहा, ''साहब को गाना सुनने का शौक था। बड़ी पुरानी-पुरानी फिल्मों के गाने इनमें उतारकर रखे हुए थे।''

सिद्दीकी ने उन टेपों को गौर से देखा। महीपाल की बात शायद सही थी। प्रत्येक टेप के डिब्बे पर लेबुल था। उनमें कुछ का सम्बन्ध शास्त्रीय रागों से था, कुछ में बीस-पच्चीस साल पहले की फिल्मों के गाने थे। टेपों को एक बड़े डिब्बे में रखकर साथ ले चलना जरूरी समझा गया।

ड्रेसिंग-रूम के एक कोने में जूतों का रैक रखा हुआ था, उस पर लगभग डेढ़ दर्जन जूते और चप्पलें थीं। वार्डरोब से ही पता चलता था कि अजीतसिंह अच्छे कपड़े पहनने का शौकीन था। जूतों से भी इस धारणा की पुष्टि होती थी। रैक के निचले खाने में दफ्ती के तीन डिब्बे रखे थे, जिनमें यकीनन नए जूते बन्द करके लाए गए होंगे। इन डिब्बों पर हल्की-सी धूल जम रही थी और जाहिर था कि जिस किसी ने भी घर की तलाशी ली हो, उसकी निगाह इन डिब्बों पर नहीं गई थी।

सिद्दीकी ने उन्हें खोलकर देखा—दो में तो पुरानी चप्पलें थीं, तीसरे में कुछ रसीदें, जिनका सम्बन्ध प्रेस के कारोबार से था। रसीदों के नीचे लगभग पच्चीस फोटोग्राफ रखे हुए थे जो बहुत पुराने नहीं जान पड़ते थे। जूते का यह डिब्बा पुराना और मटमैला था और जाहिर था कि इन तसवीरों को छिपाने की गरज से ही उसमें रखा गया था। सिद्दीकी ने इन तसवीरों को ध्यानपूर्वक देखना शुरू किया। उनमें प्राय: अजीतसिंह की ही तसवीरें थीं जो किसी पहाड़ी जगह पर भिन्न-भिन्न लड़कियों के साथ खिंचाई गई थीं। उनमें से एक तसवीर की लड़की तो उम्र से बहुत छोटी—सत्रह-अठारह साल की ही—दीख पड़ती थी। तसवीरें फिल्मी रोमांस के वजन पर थीं और उनमें अजीतसिंह ज्यादातर चुस्त और शोख कपड़ों में था। पाँच तसवीरें अजनबी स्त्री-पुरुषों की थीं। एक में कोई आदमी बुश्शर्ट और काले चश्मे में कार की अगली सीट पर एक लड़की के गाल से अपना गाल सटाए हुए बैठा था। सिद्दीकी ने देखा, तसवीर में कार का सिर्फ ऊपरी हिस्सा आया है, उसके रजिस्ट्रेशन नम्बर की प्लेट नहीं आई है। वह होंठों ही में बुदबुदाया—बास्टर्ड!

एक तसवीर बहुत ही खूबसूरत थी और पूरे संग्रह में शायद वही एक ऐसी थी, जिसे मासूम समझा जा सकता हो। उसमें एक चार साल का लड़का एक महिला से सटकर खड़ा हुआ था। उसके गाल फूले हुए थे, कुछ दूरी पर एक दूसरी स्त्री उस लड़के को मनाने की कोशिश में हाथ आगे बढ़ाकर उसे अपनी ओर बुला रही थी। तसवीर की पृष्ठभूमि में एक बाग था और कोने में एक इमारत का बरामदा दीख रहा था।

पहली बार सिद्दीकी इस तसवीर को जल्दी से देखकर पलट गया था, पर दुबारा देखते समय उसकी आँखें उस स्त्री पर, जिससे सटकर बच्चा खड़ा हआ था, अटकी रह गईं। यह स्त्री असाधारण सुन्दरी थी और सिद्दीकी को लगा कि उसने उसे कहीं देखा है।

अचानक उसने अपनी जाँघ पर हाथ मारकर अंग्रेजी में कहा—आई एम डैम्ड! उसे सहसा याद आ गया था कि इसी औरत की तसवीर आज उसने सवेरे के अखबारों में देखी है। यह रूबी की तसवीर है।

उसने वे सब तसवीरें समेट लीं और ड्राइंगरूम में आकर महीपाल को अपने पास बुलाया। रूबीवाली तसवीर उसे दिखाकर दूसरी औरत के बारे में उसने पूछा, "इन्हें पहचानते हो?" उसकी आवाज बड़ी सहज थी, जैसे मौसम के बारे में बात की जा रही हो।

महीपाल थोड़ी देर तक उसे देखता रहा। फिर दूसरी स्त्री की ओर इशारा करके कहा, "मैं इन्हें जानता हूँ। ये साहब की बहन हैं, और मेरठ में रहती हैं। वहाँ शायद कहीं पढ़ाती हैं।"

"रत्ना?"

"जी हाँ, इनका यही नाम है।"

सिद्दीकी ने रूबी की ओर इशारा करके पूछा, "और ये?"

"इनको तो मैं पहचानता नहीं।" वह थोड़ी देर सोचता रहा। उसके होंठ कुछ कहने के लिए काँपे, पर वह फिर सहज ढंग से चुप हो गया। सिद्दीकी ने उसके कन्धे पर हाथ रखकर धीरे-से कहा, "छिपाओ नहीं। जितना जानते हो बता दो। याद रखो, हम तुम्हारे मालिक के खूनी की तलाश कर रहे हैं। बोलो, तुम हमारे साथ हो या ख़ूनी के?"

महीपाल वैसे ही चुपचाप खड़ा रहा। फिर धीरे-धीरे बोला, "मैं इन्हें सचमुच नहीं पहचानता। पर इन्हें मैंने कल ही देखा है। शाम को यह साहब के साथ कार पर आई थीं।"

सिद्दीकी ने पूछा, "यहाँ कितनी देर रुकी थीं?"

"मुश्किल से दो मिनट।" उसने बताया, "वह तो नीचे कार पर ही बैठी रही थीं। साहब ऊपर आकर दो-चार मिनट रुके, फिर बोले—मेम साहब को यहाँ बुला लाओ। मैं बुलाने गया तो वे बोलीं—मैं यहीं ठीक हूँ। पर फिर अपने-आप गाड़ी से उतरकर यहाँ चली आईं।"

"फिर वे लोग कहाँ गए?"

"साहब ने कहा—मैं मकान पर जा रहा हूँ। देर से लौटूँगा।"

"मकान?"

महीपाल ने, न जाने क्यों, सिसकना शुरू कर दिया। बोला, "वह डायमंड होटल को 'मकान' ही कहते थे हुजूर।"

अचानक सिद्दीकी ने तसवीर को महीपाल के सामने करते हुए फिर से पूछा, "और यह बच्चा कौन है?"

"बच्चा? मैं नहीं जानता हुजूर।"

सिद्दीकी बिना बोले वह तसवीर महीपाल के सामने किए खड़ा रहा। उसने अपनी बात दोहराई, "मैं नहीं जानता हुजूर।" और फूट-फूटकर रोने लगा।

अचानक ड्राइंगरूम से सब-इंस्पेक्टर ने पुकारकर कहा, "यहाँ आइएगा, सर!"

"क्यों? क्या है?" कहता हुआ वह ड्राइंग-रूम में पहुँच गया।

सब-इंस्पेक्टर हाथ में एक मुर्झाई हुई गुलाब की कली लिए हुए था। बोला, "यह रेडियोग्राम के पास पड़ी थी।"

सिद्दीकी ने भौंहें सिकोड़कर कली की ओर गौर से देखा। सब-इंस्पेक्टर ने उसे सूँघकर कहा, "आजकल तो कोट पहनने का मौसम नहीं है। इसे लगाया कहाँ गया होगा?"

सिद्दीकी कुछ नहीं बोला। सब-इंस्पेक्टर ने कहा, 'किसी लड़की के बालों से..."

"ठीक कहते हो।" सिद्दीकी ने कहा, "रूबी कल इस कमरे में आई थी। यह शायद उसी के बालों से गिरी हो। इसे भी साथ ले लो।"

तलाशी के बाद पूरे सामान की फेहरिस्त बनाने और कई कानूनी जरूरतें पूरी करने में एक घंटे के करीब लग गया। जब वे लोग उतरकर सड़क पर जीप के पास आए तो लगभग नौ बज चुके थे।

जीप के पास सिद्दीकी का एक सहायक नन्दलाल अस्थाना खड़ा था। वह सी.आई.डी. में सब-इंस्पेक्टर था। सिद्दीकी ने उसे देखकर बड़ी आत्मीयता से पूछा, "तुम कितनी देर से खड़े हो?"

"आधे घंटे से। आपके नीचे आने का इन्तजार कर रहा था।" उसने कहा, "हरिश्चन्द्र के यहाँ की तलाशी हो चुकी है। उसका विवरण आप कब सुन सकेंगे?"

"पेट की पुकार सुन लेने के बाद। आओ, मेरे साथ चलो।" कहकर सिद्दीकी ने उसे अपने साथ बैठा लिया। जीप चल पड़ी। करीब दो मील चलने के बाद जब वह एक होटल के सामने से गुजरी तब सिद्दीकी ने गाड़ी रुकवाई और अस्थाना के साथ नीचे उतर पड़ा। पुलिस सब-इंस्पेक्टर से उसने कहा, "मैं यहाँ खाने के लिए रुक रहा हूँ। आप थाने पर पूरे सामान को कायदे से जमा करा दीजिएगा। बाद में मिलेंगे।"

वे दोनों होटल के सामने फैले हुए लम्बे-चौड़े लॉन में आ गए। वहाँ हल्की रोशनी फैली हुई थी और कुछ दूर-दूर पड़ी मेजों पर दो-दो, चार-चार लोग बैठे थे। शाम ठंडी हो चली थी और यहाँ लॉन पर और भी ज्यादा ठंडक थी। होटल के लाउंज में रिकॉर्ड पर कोई नाच की धुन बज रही थी जिसका असर पूरे लॉन में आखिरी बसन्त के फूलों की भीनी खूशबू की तरह फैल रहा था।

अस्थाना ने खुश होकर कहा, "ग्रेट! बड़े-बड़े जासूसों के लिए ही ऐसी जगहें बनाई जाती हैं। आइए, हम लोग उस कोनेवाली मेज पर जाकर बैठें, जहाँ हमारी और आपकी बात खुद भी नहीं सुन पाएगा।"

सिद्दीकी ने उस मेज की ओर बढ़ते हुए कहा, "बातों का राज इन्सानों से ही छिपाना जरूरी है। खुदा के सुन लेने से कोई फर्क नहीं पड़ता।"

दोनों आराम से कुर्सियों पर बैठ गए। एक वेटर के नजदीक आने पर सिद्दीकी ने पूछा, "क्या लोगे? बियर या ह्विस्की?"

"ह्विस्की तो आप ही लें।" अस्थाना ने कहा, "आप ऊँचे दर्जे के जासूस हैं, 'जेम्स बांड' के मौसेरे भाई! पेरी मैसन आपके यहाँ क्लर्की करता था, प्वायरट आपका बावर्ची रह चुका है। मुझ जैसे टटपुँजिए सी.आई.डी. इंस्पेक्टर के लिए कोकाकोला काफी है।"

दोनों का यह आपसी मजाक था। सिद्दीकी ने नकली अकड़ के साथ कहा, "ओ. के., ओ. के.।" फिर वेटर को हुक्म दिया, "मेरे लिए ह्विस्की लाओ और साहब के लिए कोकाकोला।"

दोनों के सामने जब दो रंगों के गिलास आ गए तब सिद्दीकी ने अस्थाना से कारोबारी जबान में कहा, "अब शुरू से बताओ।"

अस्थाना ने कहा, 'हरिश्चन्द्र की आज जमानत हो गई है। पोस्टमार्टम के बाद जिले की पुलिस ने यह स्वीकार कर लिया कि उसके ऊपर ज्यादा-से-ज्यादा दफा 307, पेनल कोड का आरोप बन पाता है। फिर, यह भी स्पष्ट था कि उसने अजीतसिंह और रूबी के सम्बन्धों के कारण उत्तेजना में उस पर गोली चलाई है। इसलिए उसकी जमानत की दरख्वास्त पर कोई गम्भीर ऐतराज नहीं किया गया। उसे आज शाम को साढ़े पाँच बजे जमानत पर छोड़ा गया था।

"हम लोग उसके बँगले पर सात बजे के करीब पहुँचे थे। उस वक्त वह वहाँ अकेला ही था। बँगले में सिर्फ एक माली मौजूद था जो कभी-कभी बावर्चीखाने में भी काम करता है। रूबी अभी तक अपने रिश्तेदार के घर से, जो शायद रेलवे स्टेशन के पास रहता है, लौटी नहीं थी। हमने उससे कहा कि हमें उसके घर की तलाशी लेनी है। इस पर उसने कोई भी ऐतराज नहीं किया। दरअसल, वह अपनी जगह से हिला भी नहीं और बोला—मकान खुला हुआ है। आप जो चाहें, अन्दर जाकर देख लें।...उसने माली को पुकारकर हमारे साथ कर दिया। हमें तलाशी में ज्यादा देर नहीं लगी। उसका घर बड़े करीने से रखा गया है और पहले से ही देखा जा सकता है कि कौन चीज कहाँ होगी। हम खास तौर से यह देखना चाहते थे कि अजीतसिंह से सम्बन्धित कोई चीज—जैसे कोई खत या उसकी कोई निशानी, वहाँ मौजूद है या नहीं। हमें ऐसी कोई चीज नहीं मिली।

"लेकिन रूबी के कमरे में हमें दो चीजें ऐसी मिलीं जिनकी छानबीन होनी चाहिए।

''पहली चीज तो उसकी 'चेकबुक' है। वह उसकी ड्रेसिंग टेबल की ड्राअर में थी। मैंने पहले ही कहा कि उस घर में किसी चीज के गलत जगह होने की बात ही नहीं सोची जा सकती थी। अतः चेकबुक को हमने ध्यान से देखा। उसमें कल की तारीख में आठ हजार रुपया एक चेक से निकाला गया है।''

सिद्दीकी का गिलास होंठों से लगा हुआ था। जल्दी में उसने पूरा गिलास खाली कर दिया और वेटर को पुकारकर अस्थाना से पूछा, ''तुमने चेक की काउंटरफायल देखी? उसे किसके नाम... ?''

''मिस्टर सेल्फ, या यह कहिए कि मिसेज सेल्फ के नाम,'' अस्थाना ने कहा, ''रूबी ने यह रकम अपने नाम से ही निकाली है। मगर घर में कहीं भी यह रुपया नहीं मिला।''

सिद्दीकी ने लापरवाही से कहा, ''फिक्र न करो। मुझे वह रुपया अजीतसिंह के घर में मिल गया है।''

''ओह!'' अस्थाना के मुँह से निकला। वह थोड़ी देर चुप बैठा रहा।

उसने फिर कहना शुरू किया, ''ऐसा लगता है कि रूबी ने यह रुपया कल दोपहर के बाद बैंक से निकाला था। माली से मालूम हुआ कि खाना खाने के बाद उसने एक रिक्शा मँगाया था और धूप में ही कहीं बाहर गई थी। करीब पौन घंटे बाद वह वापस आई और सीधे अपने बेडरूम में चली गई। वहाँ वह शाम को छह बजे तक रही। उसके बाद अजीतसिंह उसे अपनी कार पर वहाँ से ले गया। जाहिर है, इस पौन घंटे के दौरान वह बैंक से रुपया निकालने गई थी। हरिश्चन्द्र से मालूम हुआ है कि शादी के पहले उसका अपना बैंक बैलेंस था, जब वह कॉलेज में पढ़ाती थी। वह अब भी उसी के नाम से है। शादी के बाद उसका और हरिश्चन्द्र का मिला-जुला बैंक-अकाउंट भी है। इसके अलावा हरिश्चन्द्र के दो अकाउंट अलग से हैं पर उनका सम्बन्ध उसके व्यवसाय से है।''

सिद्दीकी पूरी बात गौर से सुन रहा था। जब वेटर ऑर्डर लेने के लिए पास आया तब उसका ध्यान टूटा। उसने अपने लिए दूसरी ह्विस्की मँगाई और पूछा, ''अजीतसिंह हरिश्चन्द्र के घर कितनी देर रुका था?''

''माली का कहना है कि वह गाड़ी से नीचे नहीं उतरा। उसने माली से रूबी को अपने आने की खबर भिजवाई और उसके दो मिनट बाद ही वह बाहर निकल आई।''

थोड़ी देर दोनों चुप रहे। फिर सिद्दीकी ने पूछा, ''दूसरी चीज कौन-सी थी?''

''कत्थई रंग की शीशियाँ!''

सिद्दीकी तनकर सीधा बैठ गया।

अस्थाना ने कहा, ''रूबी के कमरे में कत्थई रंग की तीन शीशियाँ पाई गईं। वे मल्टी-विटामिन टिकिया की शीशियाँ हैं। वे अलग-अलग कम्पनियों की जरूर हैं

पर उन सबका साइज करीब-करीब एक ही है। हरएक में एक औंस से ज्यादा ही पानी आ सकता है और आज अस्पताल के बाहर डस्टबिन में जहरवाली जो शीशी पाई गई है वह भी उन्हीं शीशियों के साइज की है।''

सिद्दीकी ने तत्काल कुछ नहीं कहा। वह चुपचाप ह्विस्की की चुस्कियाँ लेता रहा। कुछ रुककर उसने पूछा, ''ये शीशियाँ और 'चेकबुक' कब्जे में तो कर ही ली गई होंगी।''

''जी हाँ।''

सिद्दीकी ने सहसा पूछा, ''तुम्हारा क्या खयाल है, अस्थाना? शायद शुरू-शुरू में रूबी को निर्दोष समझकर हमने भूल की है। उसने अजीतसिंह को कल आठ हजार रुपए दिए, उसके साथ डायमंड होटल तक गई, और बाद में, इतनी बदनामी के बावजूद, वह उसे अस्पताल में रात को दस-ग्यारह बजे देखने आई। इसी के साथ यह भी है कि किसी ने अजीतसिंह के मकान का ताला तोड़कर वहाँ उसमें कोई चीज खोजने की कोशिश की है। मकान में घुसनेवाले के पास समय की कमी थी और जल्दबाजी में उसने तलाशी ली है; मुझे कुछ फोटोग्राफ मिले हैं जो अजीतसिंह ने जानबूझकर ऐसी जगह रखे थे जहाँ उन्हें छिपाने के लिए ही रखा जा सकता है। क्या इस तलाशी का सम्बन्ध इनमें से किसी फोटोग्राफ से है? तलाशी लेनेवाले की दिलचस्पी रुपए में शायद नहीं थी, क्योंकि उसने आठ हजार के नोटों को वहीं पड़ा रहने दिया है। या हो सकता है, रुपयों का लिफाफा उसके हाथ में पड़ा ही न हो।

''और, ताज्जुब यह है कि उनमें एक फोटो रूबी की भी है। वह वहाँ पर क्यों है? वह रूबी से प्यार करता था। पर वह ऐसा फोटो नहीं है जिसे कोई प्रेमी अपने पास रखना पसन्द करेगा। उसमें वह अकेली नहीं है।

''पर एक बात साफ है। अजीतसिंह गन्दा आदमी था। उसके फ्लैट में मिली हुई तस्वीरें जाहिर करती हैं कि उसका कोई भी दुश्मन हो सकता था। दुश्मनी की वजह प्रेम का वही स्थायी 'त्रिकोण' हो सकती है—किसी माशूका के पीछे दुश्मनी। जिस वजह से हरिश्चन्द्र ने उस पर गोली चलाई थी; उसी वजह से ऐसे कई लोग हो सकते हैं जो उसको ज़हर दे सकते थे। पर रूबी उसे क्यों ज़हर देगी, यह समझ में नहीं आता। उसे इतना चाहते हुए भी आखिर वह उसे क्यों ज़हर देगी?...''

वह थोड़ी देर खामोशी से सोचता रहा।

फिर कुछ रुककर वह कहने लगा, ''एक और भी बात हो सकती है। रूबी कल अजीतसिंह के कमरे में गई थी। उसके जूड़े का फूल रेडियोग्राम के पास पड़ा मिला है। कम-से-कम फिलहाल मैं मानकर चल रहा हूँ कि यह रूबी ही का फूल था। पर रेडियोग्राम के पास उसके गिरने की क्या वजह थी? वह वहाँ दो-तीन मिनट ही रुकी थी। कोई रिकॉर्ड सुनने के लिए उसने लगाया नहीं।''

वह सोचता रहा। अचानक उसने अपना गिलास मेज पर रख दिया और बोला, ''एक और भी बात हो सकती है। अजीतसिंह के घर की तलाशी किसने ली? क्या वह रूबी नहीं हो सकती? उसके रुपए अजीतसिंह के फ्लैट में थे। शायद जल्दबाजी में तलाशी के दौरान उसके जूड़े का फूल वहाँ गिर गया हो।''

''इसका मतलब यह होगा,'' अस्थाना ने कहा, ''कि रूबी उसके मकान में कल दो बार आई। एक बार खुले दरवाजे से और एक बार महीपाल का लगाया हुआ ताला तोड़कर। यही न?''

सिद्दीकी ने कुछ नहीं कहा। वह सोचता रहा और ह्विस्की के गिलास से चुस्कियाँ लेता रहा।

## छह

शहर के बाहरी भाग की इस अकेली सड़क पर किनारे-किनारे छायादार पेड़ थे। पेड़ों की कतार के पीछे, सहन के लिए काफी जगह छोड़कर, नवीनतम ढंग के बँगले बने हुए थे। शहर का यह हिस्सा अभी नया-नया विकसित हुआ था और भीड़-भाड़ से बचने के लिए बहुत-से व्यापारियों तथा दूसरे सम्पन्न आदमियों ने यहाँ बँगले बनवाए थे। इस समय सवेरे के सात बजे थे। दिन को भी यहाँ जिन्दगी के बहुत कम लक्षण दिखाई देते थे। लगता था शहर का यह भाग अभी सो ही रहा है।

एक बँगले में लॉन के एक कोने पर खूब घने पेड़ के नीचे दो महिलाएँ बैठी चाय पी रही थीं। अचानक बँगले के सामने एक मोटर-साइकिल आकर रुकी। उसकी फटफट ने वहाँ की खामोश फिजा पर जैसे छापा मारकर कब्जा कर लिया हो। मोटर-साइकिल से सिद्दीकी उतरा और उसने फाटक के पास आकर उन महिलाओं की ओर देखा। वे उसी की ओर देख रही थीं। सिद्दीकी ने हाथ उठाकर उन्हें सलाम जैसा किया और फाटक खोलकर अन्दर चला आया। लॉन के बीच से निकलता हुआ वह उनके पास पहुँचा और बोला, ''इस तरह आने के लिए माफी चाहता हूँ, पर मुझे मिसेज रत्ना से कुछ जरूरी बात करनी है।''

यह बात उसने रत्ना से ही कही थी। अजीतसिंह के यहाँ उसे दो महिलाओं और बच्चेवाला जो फोटो मिला था, उससे रत्ना को पहचानने में उसे कोई कठिनाई नहीं हुई। रत्ना ने उसे आश्चर्य से देखा और हिचकते हुए बोली, ''आप!''

सिद्दीकी उन्हीं के सामने एक खाली कुर्सी पर इत्मीनान से बैठ गया और बोला ''मैं सी.आई.डी. इंस्पेक्टर हूँ। मेरा नाम सिद्दीकी है। अजीतसिंह के बारे में मुझे

आपसे दो-एक बातें मालूम करनी थीं। मुझे अफसोस है कि इस मौके पर भी मुझे आपको तकलीफ देनी पड़ रही है।''

अजीतसिंह का नाम सुनते ही रत्ना का चेहरा उदास हो गया। उसे सहानुभूति के साथ देखते हुए वह चुपचाप बैठा रहा। रत्ना के पास बैठी हुई महिला ने धीरे से उसके कन्धे पर हाथ रखा। फिर उसने सिद्दीकी की ओर मुड़कर पूछा, ''आपके लिए चाय बनाऊँ?''

सिद्दीकी ने चाय न पीने के लिए माफी माँगी। वास्तव में दोनों महिलाएँ अपनी चाय पहले ही खत्म कर चुकी थीं। सिद्दीकी ने दूसरी महिला से कहा, ''अगर आपको ऐतराज न हो तो मैं मिसेज रत्ना से कुछ देर अकेले में बात कर लूँ?''

''मुझे क्या ऐतराज हो सकता है?'' उसने कहा और वह उठकर बँगले के अन्दर चली गई। थोड़ी देर में नौकर चाय के बर्तन समेटने के लिए आया। तब तक सिद्दीकी ने रत्ना से बातें शुरू कर दी थीं। उसने पूछा, ''अजीतसिंह तो आपका चचेरा भाई था न?''

रत्ना ने सिर हिलाया।

सिद्दीकी ने फिर पूछा, ''यानी आपके पिता और अजीतसिंह के पिता सगे भाई थे?''

इस बार उसने फिर स्वीकृति में सिर हिलाया।

सिद्दीकी ने पूछा, ''रहनेवाले आप लोग क्या मेरठ के हैं?''

रत्ना ने कहा, ''हाँ पिछली दो पीढ़ियों से हम लोग मेरठ ही में रह रहे हैं, पर अजीत बहुत पहले बम्बई चला गया था। वहाँ काफी समय बिताकर वह यहाँ लखनऊ में रहने के लिए चला आया था।''

सिद्दीकी ने पछा, ''आप इस समय मेरठ में क्या कर रही हैं?''

''मैं एम. जी. गर्ल्स कालिज में लेक्चरर हूँ।''

''और आपके पति?''

''वह वहाँ मिलिट्री एकाउंट्स में काम करते हैं।''

''आपके परिवार में आप दोनों के अलावा और कौन है?''

रत्ना ने एकदम से जवाब नहीं दिया। कुछ रुककर बोली, ''हमारा एक बच्चा है, पर वह हमारे साथ नहीं रहता। शेरवुड में पढ़ता है।...नैनीताल में!'' उसने अपनी बात समझाई।

''बच्चे की उम्र क्या होगी?''

''दस साल।''

सिद्दीकी ने अपनी जेब से एक फोटो निकाल ली थी। उसे रत्ना की निगाह के सामने रखते हुए उसने पूछा, ''बच्चे की यही तसवीर है न?''

रत्ना उसे काफी देर तक देखती रही, फिर धीरे से बोली, ''जी हाँ।''

सिद्दीकी ने पूछा, ''आपकी बगल में यह रूबी है न?''

रत्ना ने बहुत धीमी आवाज में कहा, "हाँ।"

कुर्सी पर आगे झुककर उसने तेजी से पूछा, "यह बच्चा किस साल पैदा हुआ था?"

रत्ना ने कहा, "1959 में।"

"पैदा यह मेरठ ही में हुआ है?"

"जी हाँ।" कहकर रत्ना ने कुर्सी पर बैठने का ढंग बदला।

"आपकी शादी कब हुई थी?"

"1959 में।" उसके मुँह से अनायास निकला।

"और यह बच्चा भी 1959 में ही हुआ था?"

रत्ना के चेहरे पर उलझन-सी झलकने लगी थी। कुछ रुककर उसने गहरी साँस खींची और कहा, "देखिए इंस्पेक्टर साहब, मैं एक बात साफ कर देना चाहती हूँ। सन्दीप को हमने गोद लिया है। यह हमारा अपना बच्चा नहीं है। पर इसे अब हम अपना ही कहते हैं।"

सिद्दीकी ने साधारण बातचीत के अन्दाज में पूछा, "तो इसके असली माँ-बाप कौन हैं?"

जवाब देने के पहले रत्ना फिर एक बार हिचकिचाई, पर उसके बाद जल्दी-जल्दी बोलने लगी, "हमने इसे अनाथालय से लिया था। तब यह साल-भर का था। इसके माँ-बाप का पता नहीं है। कोई इसे अनाथालय के बरामदे में ही छोड़ गया था। माँ-बाप का पता लगाने की बहुत कोशिश की गई, पर...।"

सिद्दीकी रत्ना की बात सुनते समय उसे गौर से देख रहा था। उसे शक हुआ कि कोई ऐसी बात है जिसे वह बताने में हिचक रही है। उसकी बात पूरी होने से पहले ही वह उठ खड़ा हुआ। बोला, "देखिए मैडम, आप यह जानती ही हैं, मैं एक खून के मामले की जाँच कर रहा हूँ। खून आपके भाई का ही हुआ है। मैं आपसे मदद पाने की पूरी उम्मीद लेकर आया था, पर आप मुझे किस्से-कहानियाँ सुना रही हैं। सुबह के वक्त मेरे पास बहुत जरूरी काम होते हैं। इस वक्त मैं यह किस्से नहीं सुन सकता। मैं जा रहा हूँ। अब दुबारा हमारी बातचीत थाने में होगी। तब तक शायद आप सही वाकियत बताने के बारे में अपनी राय भी कायम कर लेंगी।"

रत्ना भी खड़ी हो गई। उसने बिगड़कर कहा, "आप मुझे झूठा समझ रहे हैं।"

अचानक सिद्दीकी की आवाज मुलायम हो गई। उसने कहा, "जी हाँ। और इसके बाद सिर्फ एक बात कहनी है। आपको शायद पता नहीं है, हमसे सच छिपाने की कोशिश न करनी चाहिए। हम जो जानना चाहते हैं, वह चौबीस घंटे के अन्दर जान लेंगे। पर यह तब होगा जब आप अपने को झूठा साबित कर चुकी होंगी।"

इतना कहकर वह रुका, और चलने को हो रहा था कि ठिठका और बड़ी नर्मी से बोला, "मिसेज रत्ना, आप अब भी नहीं बताएँगी कि इस बच्चे के...सन्दीप के...माँ-बाप कौन हैं?"

रत्ना थोड़ी देर अनिश्चय के साथ खड़ी रही। फिर बोली, ''आप बैठ जाइए। अजीत के खूनी का पता लगाने के लिए मैं कुछ भी कर सकती हूँ।'' उसने साँस खींचकर कहा, ''पर आप मुझसे एक ऐसी बात पूछ रहे हैं जिसका जवाब मेरे पास नहीं है।''

सिद्दीकी इत्मीनान से फिर कुर्सी पर बैठ गया। उसने सिर हिलाया, जैसे वह रत्ना की स्थिति समझ रहा हो। उसकी आवाज सहज हो गई। कुछ सोचते हुए उसने कहा, ''ठीक है। आपने जितना बताया है उतना काफी है। बहुत-बहुत शुक्रिया। पर आखिर में मैं सिर्फ एक और सवाल पूछना चाहता हूँ, यह तसवीर अजीतसिंह के पास कैसे आई ?''

रत्ना कुछ याद करने की कोशिश करती रही। बोली, ''इंस्पेक्टर साहब, निश्चित रूप से कुछ भी बताना मुश्किल होगा। पर दो साल पहले जाड़ों की छुट्टियों में सन्दीप शेरवुड से घर आया था। उन्हीं दिनों रूबी भी दिल्ली लौटते वक्त मेरठ में हमारे यहाँ दो-तीन दिन के लिए रुकी थी। रूबी सन्दीप को बहुत प्यार करती है। शायद इसलिए भी कि उसके कोई बच्चा नहीं है। वह उसकी फोटो अपने पास रखना चाहती थी और अलग से उसे न लेकर उसने यह बेहतर समझा था कि हम लोगों का एक ग्रुप ले लिया जाए। यह फोटो तभी मेरे पति ने खींची थी। रूबी के जाने के पहले ही अजीत हमारे यहाँ एक सप्ताह तक रहने के लिए आ गया था। वहीं उसकी रूबी से पहली मुलाकात हुई थी। उसने यह फोटो बाद में वहाँ देखी थी और इसकी काफी तारीफ भी की थी। उसका खयाल था कि हम तीनों का पोज बहुत अच्छा आया है।''

सिद्दीकी ने कहना चाहा कि उसका खयाल सही था। खास तौर से रूबी इस तसवीर में बहुत ही आकर्षक दीख रही थी। पर उसने अपने को रोक लिया।

रत्ना कहती रही, ''इस फोटो के दो-तीन प्रिंट हुए थे। एक रूबी अपने साथ ले आई थी। हो सकता है अजीत भी एक प्रिंट अपने साथ लेता आया हो।''

सिद्दीकी चुप होकर थोड़ी देर जमीन की ओर देखता रहा। रत्ना ने कहा, ''अगर आपको कुछ और न पूछना हो तो मैं चलूँ। कुछ जरूरी काम है।''

सिद्दीकी ने ऐसे सिर हिलाया जैसे उसे कोई ऐतराज न हो। रत्ना उठकर खड़ी हो गई। वह भी उठ खड़ा हुआ। पर जैसे ही रत्ना ने जाने के लिए पीठ फेरी, सिद्दीकी ने कहा, ''मैडम... !''

वह चौंककर घूमी। सिद्दीकी ने कहा, ''प्लीज़। हमारा काम न बढ़ाइए। हमारा एक आदमी अभी मेरठ गया है। आपके पति से भी वह वहाँ मिलेगा। हमें पता लग ही जाएगा। इससे अच्छा होगा कि आप ही बता दें सन्दीप किसका लड़का है... ?''

''मैंने कह तो दिया...'' उसने तेजी से कहना शुरू किया, पर अचानक सिद्दीकी की सधी हुई निगाह के सामने वह अचकचा गई। कुछ रुककर उसने मजबूरी से दोनों होंठ दबाये, जैसे वह किसी निश्चय पर पहुँच रही हो। सिद्दीकी ने कड़ी, पर धीमी आवाज में कहा, ''अजीतसिंह का खून बड़ी निर्दयता के साथ हुआ है।

आपको इस वक्त हमारे साथ रहना चाहिए, अजीतसिंह के लिए...। हमें हर हालत में खूनी का पता लगाना है।''

वह साँस खींचकर फिर कुर्सी पर बैठ गई। सहज आवाज में बोली, ''आप बैठ जाइए...मैं बता रही हूँ। सन्दीप की माँ का नाम रूबी है।''

''रूबी?'' सिद्दीकी शायद किसी अचम्भे के लिए पहले से तैयार था, ''पर उसकी शादी तो 1962 के लगभग हुई थी।''

''जी हाँ। पर सन्दीप शादी के पहले पैदा हुआ था।''

वह उसे देखता रहा जैसे किसी और बात का अभी इन्तजार कर रहा हो। पर रत्ना चुप हो गई थी। सहसा उसने पूछा, ''आपके पति ने या किसी और ने क्या अजीतसिंह को बताया था कि रूबी सन्दीप की माँ है?''

''नहीं। मैंने कभी नहीं कहा। पर शायद मेरे पति ने...मैं कह नहीं सकती।''

सिद्दीकी ने पूछा, ''रूबी जब आपके कालिज में थी, क्या सन्दीप तभी पैदा हुआ था?''

''जी हाँ?''

''इसका पिता कौन है?''

रत्ना चुप रही। फिर तमककर बोली, ''मुझसे रूबी को कितना धोखा दिलाइएगा? अब आप खुद रूबी से ही क्यों नहीं पूछते?''

## सात

फुटपाथ पर आकर सिद्दीकी ने चारों ओर देखा। सूरज ने हवा की रही-सही ठंडक सोख ली है। छाया से बाहर आते ही उसे एक तिलमिलाहट का अनुभव हुआ।

मोटर-साइकिल स्टार्ट करके वह सड़क पर आ गया। लगभग तीन फर्लांग आगे उसे एक पुलिस चौकी मिली। वहाँ एक हेड-कांस्टेबुल से उसने कागज पर एक पता लिखकर कहा, ''इस नम्बर पर हमारे सब-इंस्पेक्टर अस्थाना होंगे। उन्हें इसी वक्त यह खबर पहुँचा दो कि वह मिसेज रूबी को अपने साथ लेकर जितनी जल्दी हो सके, कैसरबाग कोतवाली पर आ जाएँ। उन्हें बता देना, मैं मिसेज रूबी से थाने पर ही बात करना चाहूँगा।''

हेड कान्स्टेबुल ने पूरी बात पचाकर पूछा, ''ये मिसेज रूबी कौन हैं?''

''तुम्हारी माँ है!'' सिद्दीकी ने बिगड़कर जवाब दिया, फिर सधकर बोला, ''तुम पुलिस में काम करते हो या भाड़ झोंकते हो? आज के अखबार की शकल नहीं देखी?'

हेड कांस्टेबुल की अक्ल भाड़ झोंककर वापस आ गई। बोला, ''ओह! अरे वो... !''

''जी हाँ! वो...''

चौकी से बाहर आकर वह सी.आई.डी. से सुपरिटेंडेंट विद्यानाथ सिनहा के बँगले पर पहुँचा। वहाँ लगभग घंटे-भर उनसे सलाह-मशविरा करता रहा। जब वह बाहर आया तब दस बजने वाले थे। वहाँ से वह सीधा कोतवाली पहुँचा। थोड़ी देर वहाँ दफ्तरवाले कमरे पर जाकर रुका रहा और बातचीत करता रहा। कोतवाली पर निचली मंजिल के कोने में एक कमरे के पास एक कार खड़ी हुई थी। यह वही कमरा था जहाँ 'चचा' इंस्पेक्टर ने अजीतसिंह के पोस्टमार्टम की रिपोर्ट टेलीफोन पर पाई थी और जिससे उसकी हत्या के मामले की पूरी शक्ल ही बदल गई थी। इस समय उस कमरे में सब-इंस्पेक्टर अस्थाना के साथ रूबी और एक दूसरा व्यक्ति बैठा हुआ था। सिद्दीकी ने बिना पूछे, ही समझ लिया कि यह व्यक्ति रूबी का वही रिश्तेदार होगा जिसके यहाँ वह पिछली दो रातों से रह रही है। वही उसे अपनी कार में वहाँ लाया था। सिद्दीकी के कमरे में आकर बैठ जाने के बाद, एक-दूसरे का परिचय हो चुकने पर उसने कहा, ''मिस्टर सिद्दीकी, यह बड़े ताज्जुब की बात है कि हमसे बात करने के लिए आपने हमें यहाँ बुलाया है। शायद यह कहने की जरूरत नहीं कि मिसेज हरिश्चन्द्र को इस समय आप सबकी हमदर्दी की जरूरत है। मैं समझता हूँ कि यह ज्यादा स्वाभाविक होता कि आप खुद इस समय हमारे यहाँ तशरीफ लाए होते!''

सिद्दीकी ने कुछ कहने के लिए मुँह खोला, पर चुप हो गया। अचानक उसने कड़ी आवाज में कहा, ''आप बगल के कमरे में जाकर बैठिए। जब जरूरत होगी, मैं आपको यहाँ बुला लूँगा।''

सिद्दीकी की बात से उस व्यक्ति को एक झटका-सा लगा। उसने कहा, ''यह सब क्या है? थर्ड डिग्री?''

सिद्दीकी ने कहा, ''आप चाहे जो समझें, पर हम एक खून की जाँच कर रहे हैं। उसमें एक गोली से घायल और बेहोश इन्सान को ज़हर देकर मारा गया है। अब आप बाहर तशरीफ ले जाएँ।''

रूबी अब तक चुपचाप बैठी हुई थी। उस आदमी के चले जाने के बाद उसने सिद्दीकी से स्पष्ट स्वर में कहा, ''जहाँ तक मेरा ताल्लुक है, मेरे लिए इससे कोई फर्क नहीं पड़ता है कि आप मुझसे मेरे घर पर बात करें या यहाँ पर। आप बताएँ, मैं इस मामले में क्या मदद कर सकती हूँ।''

सिद्दीकी उस पर अपनी निगाह जमाए रहा। फिर धीरे-धीरे, एक-एक शब्द को स्पष्ट करते हुए उसने कहा, ''मिसेज रूबी, हमें सब कुछ मालूम है। आप हमारी यही मदद कर सकती हैं कि आपने जो कुछ किया है, हमें सच-सच बता दीजिए। उसमें हम दोनों को आसानी होगी।''

अब रूबी ने सिद्दीकी को शक की निगाहों से देखा। उसका गोरा चेहरा तमतमा उठा था। उसने धीरे-से पूछा, ''मैंने क्या किया है?''

सिद्दीकी बड़े नाटकीय ढंग से अपनी कुर्सी से उठकर खड़ा हो गया। मेज के कोने पर टिकते हुए उसने इत्मीनान से सिगरेट सुलगाई और धीरे-धीरे कहता गया, ''लगभग दस साल पहले—1959 की बात है—आप मेरठ में एम.जी. गर्ल्स कॉलेज में लेक्चरर थीं। तब आपकी शादी नहीं हुई थी। उस वर्ष आपका एक बच्चे से परिचय हुआ था। बच्चे का नाम सन्दीप है। उसकी उम्र अब दस साल से ज्यादा हो चुकी है और वह नैनीताल के एक पब्लिक स्कूल में पढ़ रहा है। वह आपकी दोस्त मिसेज रत्ना का दत्तक पुत्र है। क्या आप बता सकती हैं, सन्दीप और आपका क्या रिश्ता है?''

रूबी का चेहरा पीला पड़ गया था। वैसे भी इस वक्त उसके चेहरे पर कोई मेकअप नहीं था। सवेरे के स्नान की ताजगी ही उसकी सहज सुन्दरता को बढ़ाने में मदद कर रही थी। पर इस सवाल ने एकदम से उसके चेहरे की कान्ति छीन ली। उसने कहा, ''आप यह सब क्यों पूछ रहे हैं?''

उसके होंठों के कोने काँपने लगे थे। सिद्दीकी उसे बराबर घूरता रहा। फिर अपने बैठने का ढंग बदलकर बोला, ''देखिए, मैं आपको ज्यादा पसोपेश में नहीं डालना चाहता। आपके बारे में मुझे जितना मालूम है, वह मैं खुद बताए देता हूँ। आप सुनकर सिर्फ इतना बता दें, यह सही है या गलत।''

उसकी निगाहों से लगता था, वह एक ऐसे जाल में फँस गई है जिसे तोड़कर निकला नहीं जा सकता। थोड़ी देर सन्नाटा रहा। फिर सिद्दीकी ने, जैसे वह कोई फैसला सुना रहा हो, सधी आवाज में रुक-रुककर कहना शुरू किया, ''मुझे मालूम है कि सन्दीप आपका ही लड़का है और वह आपकी शादी के पहले पैदा हुआ था।''

कहकर वह चुप हो गया, जैसे वह किसी पत्थर के टुकड़े को किसी स्विमिंग-पूल में डूबता हुआ देख रहा हो और उसके तह में जाकर बैठ जाने का इन्तज़ार कर रहा हो। रूबी की आँखें फटी-सी रह गईं। सिद्दीकी ने कहा, ''मुझे यह सब कहते हुए अफसोस होता है। पर अब असलियत का छिपना नामुमकिन है।''

थोड़ी देर चुप रहकर उसने कहा, ''सन्दीप और आपके रिश्ते की बात दो-तीन लोगों को छोड़कर और कोई नहीं जानता। यकीनन आपके पति मिस्टर हरिश्चन्द्र भी इसे नहीं जानते। पर यही बात अजीतसिंह के बारे में नहीं कही जा सकती। वह जानता था कि सन्दीप की माँ आप हैं...

''अजीतसिंह के घर में एक फोटो मिला है। इसे आप देख सकती हैं।'' कहकर उसने अपनी जेब से फोटो निकाला और अपनी दो उँगलियों से थामकर उसे रूबी की आँखों के सामने हिलाया। वह कहता रहा, ''इसमें आप अपने बच्चे के साथ मौजूद हैं। इसमें मिसेज रत्ना भी हैं। अजीतसिंह ने यह फोटो बड़ी होशियारी से

छिपाकर रखा था। अजीतसिंह से आप पिछले दिनों काफी मिलती रही हैं। पर वह आपके घर पर ज्यादा नहीं बैठता था। ज्यादातर आप ही उसके साथ बाहर जाती थीं। परसों आपने आठ हजार रुपए बैंक से निकालकर अजीतसिंह को दिए। वह रुपया अजीतसिंह के घर से बरामद हुआ है। उसी शाम को किसी ने अजीतसिंह के घर का ताला तोड़कर वहाँ की बड़ी जल्दबाजी में तलाशी ली है। शायद तलाशी ही के दौरान उसके जूड़े में लगी हुई गुलाब की एक कली उसके रेडियोग्राम के पास गिर गई थी, जो बाद में हमें मिली है। वह किसी फूलदान की कली नहीं हो सकती, क्योंकि उस फ्लैट में और सब कुछ है, सिर्फ ताजे फूलों के लिए फूलदान ही नहीं हैं।

''परसों की ही रात 11 बजे अजीतसिंह को अस्पताल में किसी ने ज़हर दे दिया। उसकी मृत्यु उसी ज़हर से हुई। ज़हर की शीशी अस्पताल के कम्पाउंड में एक डस्टबिन में पाई गई है। वह एक छोटी-सी कत्थई रंग की शीशी है जिसमें एक औंस से ज्यादा पानी आ सकता है। वैसी ही कुछ शीशियाँ आपके घर पर, आपके अपने कमरे में भी हैं।

''मिसेज रूबी, परसों रात 11 बजे के लगभग आप अजीतसिंह को अस्पताल में देखने भी गई थीं और आप उसके पास तीन मिनट तक अकेली रही थीं। इन सब बातों को एकसाथ देखने से कुछ नतीजे निकले हैं। पूरे मामले की सच्चाई उन्हीं नतीजों में छिपी हुई है। मैं चाहता हूँ कि आप खुद वह सच्चाई हमारे सामने प्रकट कर दें। इसी में आपकी भलाई है।''

लगा कि रूबी बेहोश होने जा रही है। वह कुर्सी से पीठ टिकाकर बैठ गई। उसने आँखें बन्द कर लीं और कुछ देर तक कुछ नहीं बोली। आखिर में उसने आँखें खोलीं और अपने पर काबू पाने की पूरी कोशिश करके बोली, ''इंस्पेक्टर साहब, आप क्या कहना चाहते हैं? यही न कि अजीतसिंह मेरे और सन्दीप के रिश्ते को जानकर मुझे ब्लैकमेल करने की कोशिश करता था और मैंने मौका मिलने पर उसे ज़हर देकर मार डाला। बोलिए, आपका यही मतलब है न?''

सिद्दीकी कुछ नहीं बोला। चुपचाप सिगरेट पीता रहा। उसकी निगाह से ऐसा लगा कि वह खुद रूबी के बोलने का इन्तजार कर रहा है। अन्त में रूबी ने ही कहा, ''आपने जितने नतीजे निकाले हैं, सब गलत हैं।''

सिद्दीकी के कुछ कहने के पहले ही रूबी का रिश्तेदार आँधी की तरह कमरे में घुस आया। उसे देखते ही सिद्दीकी उठ खड़ा हुआ। रिश्तेदार रूबी की बैंच के पीछे खड़ा हो गया, जैसे रूबी के लिए वह सिद्दीकी के सभी वार झेलने के लिए तैयार हो। सिद्दीकी ने कड़ी आवाज में कहा, ''आपको बाहर रहने के लिए कहा गया था?''

''मालूम है। पर इन्हें बरगलाकर आप इनका उल्टा-सीधा बयान नहीं ले सकते।''

सिद्दीकी ने उसकी ओर तीखी निगाह से देखा। बोला, "आप बाहर चले जाएँ। वरना मैं आपको कमरे के बाहर फेंक दूँगा। उससे आपको तकलीफ होगी।"

वह रूबी के पीछे पहले की ही तरह खड़ा रहा। बोला, "यह आपका घर नहीं है। सरकारी जगह है।" कहकर वह रूबी से बोला, "रूबी, तुम यहाँ कोई भी बयान मत दो। बिल्कुल खामोश रहो। यह तुम्हें कुछ भी कहने के लिए मजबूर नहीं कर सकते। मैं वकील को बुलाने जा रहा हूँ।"

रूबी ने बैठे ही बैठे उसका हाथ थपथपाया और कहा, "नहीं, मुझे इनसे कुछ भी नहीं छिपाना है। सुनिए..." वह सिद्दीकी से कहने लगी, "यह सरासर झूठ है कि मैं अजीतसिंह के फ्लैट पर कभी तलाशी लेने के लिए गई थी। परसों शाम मैं दो-एक मिनट के लिए उसकी मौजूदगी में जरूर गई थी। हो सकता है तभी मेरे बालों से वह फूल वहाँ गिर गया हो। और यह भी सरासर झूठ है कि मैंने अजीतसिंह को अस्पताल में ज़हर दिया है।"

उसका रिश्तेदार चीखकर बोला, "तो अब लोग रूबी को खून में फँसाने की कोशिश में हैं। आपको कोई और नहीं मिला?"

सिद्दीकी धीरे-धीरे फिर पहले की तरह अपनी जगह बैठ गया था। संयत होकर बोला, "आप ठीक समझे हैं। अब तक हमें जितना सबूत मिला है, उससे मिसेज रूबी का ही जुर्म प्रकट होता है।"

"तो क्या आप इन्हें गिरफ्तार कर रहे हैं?"

सिद्दीकी कुछ सोचता रहा। फिर बोला, "आप यह भी ठीक ही समझे हैं।"

रूबी को जैसे विश्वास नहीं हो रहा हो। उसने कहा, "क्या सचमुच आप अब मुझे घर न जाने देंगे।"

"मुझे अफसोस है। पर मुझे अब आपको थाने पर ही रखना होगा। हो सकता है, अजीतसिंह को ज़हर आपने न दिया हो। पर पूरे वाकिआत आपके खिलाफ पड़ते हैं और मामले की जाँच पूरी होने तक आपको हमें गिरफ्तारी में रखना पड़ेगा। इसकी सूचना आपके पति को या जिसे बताएँ उसे दे दी जाए।"

उसने रूबी के रिश्तेदार से कहा, "आप जाएँ। अपने वकील को बता दें।" पर ये शब्द सहजता से कहे गए थे। इनमें मखौल नहीं था। थोड़ी देर कमरे में शान्ति रही। अब तक रूबी ने अपने को पूरी तौर से संयत कर लिया था। बोली, "कृपया इसकी इत्तिला मेरे पति को इसी वक्त भेज दें। बल्कि मैं चाहूँगी कि आप मुझे इजाजत दे दें कि मैं उन्हें फोन कर दूँ।"

सिद्दीकी ने अस्थाना को उस कमरे में फोन ले आने का इशारा किया। अस्थाना बाहर चला गया। रूबी थोड़ी देर सिर झुकाए बैठी रही। उसकी आँखों के आगे अगले दिन के अखबार की सुर्खियाँ नाच रही थीं, जिनमें कहा जाएगा कि पति ने पहले अजीतसिंह को गोली चलाकर मारना चाहा और बाद में पत्नी ने उसे

ज़हर देकर खत्म कर दिया। उसको गले में जकड़न-सी महसूस हुई। पर उसने कमरे के चारों ओर, और दरवाजे के बाहर देखकर अपने को इत्मीनान दिलाया कि अभी सब कुछ खत्म नहीं हुआ है। बाहर वैसे ही हवा बह रही है, सूरज वैसा ही चमक रहा है।

जब वह बोली तब उसकी आवाज सधी हुई थी, ''अपने पति के अलावा मैं अपने परिवार के एक मित्र को भी बुलाना चाहती हूँ। शायद आपको इसमें कोई एतराज न होगा।''

''क्या नाम है उनका?''

''उमाकान्त।''

''उ मा का न्त।'' सिद्दीकी ने एक-एक अक्षर अपने होंठों से धीरे-धीरे निकाला। कुछ देर वह रूबी की ओर देखता रहा।

## आठ

शेविंग ब्रुश का हैंडिल टूटा हुआ था। इसलिए शेविंग-क्रीम का फेना दाढ़ी पर फैलने के बजाय उमाकान्त की उँगलियों पर फैलकर कुहनी तक बहने लगा था। शीशे में अपने चेहरे को घूरते हुए उमाकान्त ने चालीसवीं बार अपने को हुक्म दिया, ''नया ब्रुश खरीदना आज मत भूलना।''

उमाकान्त एक पत्रकार था। पहले वह दिल्ली में एक प्रसिद्ध अखबार के विशेष संवाददाता का काम करता था। अपराधों की रिपोर्टिंग करने में वह बड़ा होशियार समझा जाता था। अपराध और अपराधियों के बारे में उसकी गहरी जानकारी थी।

पिछले कई दिनों से वह इसी वक्त अपने को यह हुक्म सुनाता आ रहा था। पर घर से बाहर निकलते ही रोज अपने हुक्म की तामील करना भूल जाता था। सवेरे दाढ़ी बनाने के लिए फिर वही टूटा ब्रुश उसके हाथ में होता था। किसी तरह दाढ़ी खरोंचकर गैस के स्टोव पर उबलते हुए दो अंडों की ओर उसने ध्यान दिया—जाहिर था कि वे पत्थर की तरह कड़े हो गए होंगे। उसने स्टोव के दूसरे रिंग पर चाय का पानी रख दिया और बाथरूम में घुस गया। थोड़ी देर में बाथरूम के फव्वारे से पानी गिरने की आवाज ने फ्लैट की सभी आवाजों को चित कर दिया।

पर फोन की घंटी की आवाज ऐसी आवाजों को हमेशा ही मात देती रहती है। सामने के कमरे में फोन बड़ी जिद के साथ बजा और तब तक बजता रहा जब तक कि उमाकान्त ने साबुन से पुते हुए जिस्म पर तौलिया लपेटकर, एक झपट में बाथरूम से निकलकर रिवीसर अपने कान में नहीं लगा लिया, ''हलो, मैं उमाकान्त...''

उधर से किसी की बात पूरी होने के पहले ही वह चीखा, ''मेरे कमरे में बाढ़ आ रही है। अपनी बात जल्दी खत्म कीजिए।''

सचमुच ही उसके जिस्म से गिरी हुई पानी की बूँदों ने मिलकर कमरे में दो-तीन पतली नदियाँ फर्श पर बहा दी थीं।

वह थोड़ी देर कान पर रिसीवर लगाए सुनता रहा, फिर बोला, ''वे कहते हैं रूबी ने खून किया है ? तब तो मुझे उसका दर्शन करने आना ही पड़ेगा। ऐसी शक्ल-सूरतवाले खूनी आजकल कहाँ मिलते हैं ?''

दो मिनट में जिस्म पर पुता हुआ साबुन शांवर के नीचे बहाकर, खूब कड़े अंडे, खूब काली कॉफी और खूब जले हुए टोस्टों का दिन के ग्यारह बजे नाश्ता करके, वह स्कूटर पर तेजी से कोतवाली की ओर चल दिया।

अपराधों की रिपोर्टिंग करते-करते उमाकान्त में तीन विषयों की दिलचस्पी पैदा हुई—उसने समाज-शास्त्र का नियमित अध्ययन किया, अपराधशास्त्र के बारे में लेख लिखने शुरू किए, और अपराधों की, खास तौर से खून के मामलों की, निजी तौर से जाँच-पड़ताल करने लगा। इससे बाद में कई आश्चर्यजनक परिणाम निकले। खून के कई ऐसे मामले, जिन्हें पुलिस यह समझकर खत्म कर चुकी थी कि अपराधी का पता नहीं चलेगा, उसकी कोशिशों से सुलझ गए। यही नहीं, कई ऐसे मामलों में जिनमें पुलिस एक रास्ते से चल रही थी, उसने दूसरे रास्ते से चलना शुरू किया और बाद में साबित हुआ कि पुलिस गलत आदमी को अपराधी समझ रही थी। इससे पुलिस के ऊँचे वर्गों में उमाकान्त की हैसियत बढ़ी। पर नीचे के वर्गों में उसका पुलिस से प्रेम और घृणा का मिला-जुला रिश्ता बनता गया। अपराधों की दुनिया में जिसे 'अंडरवर्ल्ड' कहा जाता है, उससे उसका अजब-सा सम्बन्ध बन चुका था। बहुत-से अपराधी, खास तौर से वे जो उस दुनिया से हटकर साधारण जीवन बिताने लगे थे, उसे अपना साथी समझते थे और उसका आदर करते थे।

उधर जनसाधारण में उमाकान्त को धीरे-धीरे क्राइम-रिपोर्टर के बजाय एक 'प्राइवेट जासूस' गिना जाने लगा। पर अभी हमारे यहाँ प्राइवेट जासूसों का वर्ग विकसित नहीं हुआ है, इसलिए अपनी ओर से वह क्राइम-रिपोर्टर ही रहा, पेशेवर जासूस नहीं।

पिछले पाँच वर्षों से उमाकान्त लखनऊ आ गया था और अब बम्बई के एक अखबार का संवाददाता था। पर उसके लिए ज्यादा काम नहीं था। इससे उसे अपराधों की जाँच-पड़ताल करने का काफी समय मिल जाता था। इस वक्त, दिन के साढ़े ग्यारह बजे, वह कोतवाली के एक कमरे में बैठा हुआ था। कमरे में उसके अलावा रूबी और हरिश्चन्द्र थे। कमरा बहुत छोटा था और चार-पाँच कुर्सियों को छोड़कर उसमें कुछ भी नहीं था। उसने रूबी से कहा, ''आपकी मदद करने के पहले मैं एक मामूली-सा सवाल पूछना चाहता हूँ।'' उसने पूछा, ''अजीतसिंह को आपने ज़हर दिया था या नहीं ?''

यह सवाल उसी लहजे में किया गया जैसे पूछा गया हो कि आज आपने चाय पी या नहीं?

रूबी ने लगभग चीखकर कहा, "मैं आपसे पहले ही कह चुकी हूँ..."

उमाकान्त ने उसकी बात बीच ही में काट दी। बोला, "इस बारे में आपने मुझसे पहले कुछ नहीं कहा है। अभी तक आपने मुझे जितनी बातें बताईं उनसे सिर्फ यह पता चलता है कि पुलिस आपके खिलाफ क्या-क्या सोच रही है और क्या करने जा रही है। खुद आपने मुझे अपने बारे में साफ तौर से कुछ नहीं बताया। मैं सब कुछ जानना चाहूँगा। और कुछ और जानने के लिए पहली बात यही जानना चाहूँगा कि अजीतसिंह को आपने ज़हर दिया है या नहीं?"

रूबी ने जोर से कहा, "नहीं, नहीं, नहीं।" लगा कि अब वह रो देगी।

उमाकान्त ने यह बात चुपचाप सुन ली। फिर बिना किसी आवेग के कहने लगा, "सिर्फ एक ही 'नहीं' काफी है।"

थोड़ी देर कमरे में शान्ति रही। फिर उमाकान्त ने कहा, "अब आप मुझे अपने और अजीतसिंह के सम्बन्धों के बारे में पूरी-पूरी बात बताएँ।"

अब तक रूबी अपने को संयत कर चुकी थी। उसने हरिश्चन्द्र की ओर गम्भीरता के साथ देखा और बोली, "मैं अपनी बात खास तौर से तुम्हें सुनाना चाहती हूँ। तुमने पहले भी कई बार अजीतसिंह के साथ मेरे मेल-जोल को लेकर अपनी नाराजगी दिखाई थी। तुम यही समझते रहे कि मेरा और उसका प्रेम-सम्बन्ध है। मैंने पहले भी कई बार तुम्हारा सन्देह मिटाने की कोशिश की थी। अब आज शायद आखिरी बार, मैं यह दोहराना चाहती हूँ कि तुम्हारा शक बिल्कुल गलत था। मेरा अजीतसिंह से ऐसा कोई सम्बन्ध नहीं था।"

हरिश्चन्द्र चुपचाप उसकी बात सुनता रहा। उमाकान्त ने एक अखबार के पन्ने उलटने शुरू कर दिए थे, मानो इन घरेलू बातों से उसका कोई सरोकार न हो। रूबी कहती रही, "मैंने अपनी यह मुसीबत अपने हाथों पैदा की है। मुझमें इतनी हिम्मत नहीं थी कि तुमसे शादी के पहले या उसके बाद सच बात बता देती। अजीतसिंह मेरी इसी कमजोरी का फायदा उठाता रहा।"

इसके बाद वह उमाकान्त की ओर मुखातिब हुई। वह कुर्सी पर निश्चल बैठी हुई थी और सधी आवाज में बात कर रही थी। उसके मन में अगर कोई आवेग था तो वह उसके हाथों की उँगलियों से ही प्रकट हो रहा था। वह बराबर अपनी कुर्सी के हत्थे पर उँगलियाँ फेरती जाती थी। उसने कहना शुरू किया, "बात 1958 के शुरू के दिनों की है। तब मैं लगभग चौबीस साल की थी और..." यहाँ वह उदास ढंग से मुस्कराई, "बदसूरत नहीं थी। हमारे माँ-बाप दिल्ली में थे। उन्हें छोड़कर मैं मेरठ के एम. जी. गर्ल्स कॉलेज में लेक्चरर होकर आई थी। रत्ना भी वहीं पर लेक्चरर थी। उसकी शादी हो चुकी थी। मेरी-उसकी बड़ी घनिष्ठ मित्रता थी। जब

मैं यूनिवर्सिटी में थी तभी मेरी मित्रता आनन्द से हो गई थी। आनन्द लुधियाना का रहनेवाला था और फौज में सेकिंड लेफ्टिनेंट की हैसियत से दिल्ली में नियुक्त हुआ था। मेरठ में मेरे आ जाने के बाद वह मेरठ आकर मुझसे मिलता रहा। कभी-कभी उससे मिलने के लिए मैं दिल्ली भी जाती थी। आनन्द की ज्यादा प्रशंसा करके मैं इनको (यहाँ उसने हरिश्चन्द्र की ओर देखा) उलझन में नहीं डालना चाहती। शायद इतना कहना काफी है कि वह बड़ा ही सभ्य, बड़ा ही शरीफ इन्सान था। हमने काफी पहले तय कर लिया था कि हम शादी करेंगे। पर शादी करने के पहले वह कैप्टेन हो जाना चाहता था और उसकी इच्छा थी कि उसकी नियुक्ति किसी ऐसे स्टेशन पर हो जाए जहाँ वह मुझे लेकर रह सके।

"1957 के अन्त में वह कैप्टेन बन गया और उसकी नियुक्ति उत्तरपूर्वी सीमान्त क्षेत्र में हुई। वहाँ जाने के पहले वह चार दिन के लिए मेरठ आया और हम लोग साथ-साथ रहे। उसी के दो महीने बाद उसे अपनी बहन की शादी में भाग लेने दो-चार दिन के लिए वापस आना था। हमने तय किया कि उसी समय हम लोग भी अपनी शादी कर लेंगे। पर नेफा में जाने के बाद वह वापस नहीं आया। दो महीने के भीतर ही एक एक्सिडेंट में वह मारा गया। उसकी जीप सड़क से फिसलकर एक गहरे खड्ड में गिर गई थी और उस दुर्घटना में कोई भी नहीं बचा था। आनन्द को बहुत पहले ही मैं अपना पति बना चुकी थी। कानून की निगाहों में वह भले ही मेरा कोई न हो, पर मैं उसे अपना सब कुछ समझती थी। नेफा में उसके नियुक्त होने के कुछ दिनों बाद ही मुझे पता चला, मैं माँ बननेवाली हूँ। पर उस वक्त मुझे कोई घबराहट नहीं हुई। मैंने आनन्द को खत भेजकर पूरी बात बता दी थी और उसने जवाब भी भेजा था कि वह जल्दी ही वापस आकर शादी की रस्म पूरी कर डालेगा। उसके खत आज भी मेरे पास मौजूद हैं। पर आनन्द के न रहने से मेरी हैसियत एकदम से बदल गई थी। मेरी ओर से कल तक जो एक स्वाभाविक व्यवहार की बात थी, वही अब अचानक अपराध बन गई और मेरे लिए लाजमी हो गया कि मैं झूठ का सहारा लूँ।

"रत्ना को यह सभी घटनाएँ शुरू से मालूम थीं। विपत्ति के उन दिनों में उसने मेरा बड़ा साथ दिया। मैंने कालेज से छुट्टी ले ली। सन्दीप के पैदा हो जाने पर कुछ दिनों तक उसे हमने दिल्ली के एक बालगृह में रखा और साल-भर बाद ही रत्ना ने उसे अपने दत्तक पुत्र के रूप में स्वीकार कर लिया। उसके बाद वह रत्ना के यहाँ रहने के लिए आ गया। वह रत्ना को ही अपनी माँ समझता है और उसके नाते मुझे भी अब तक बहुत प्यार करता है। अब आगे वह मेरे बारे में क्या सोचेगा, यह मैं सोच भी नहीं पा रही हूँ। यह सब नौ-दस साल पहले की बातें हैं। धीरे-धीरे जिन्दगी फिर अपने पुराने ढर्रे पर चलने लगी। पर मुझे लगता रहा, मेरा सब-कुछ खो गया है और मुझे सारा जीवन इसी तरह चारों ओर से वंचित रहकर बिताना पड़ेगा। पर दो साल बाद ही अचानक मेरी तुमसे मुलाकात हुई।"

यह बात उसने हरिश्चन्द्र से कही। वह उसे कुछ देर उदासी के साथ देखती रही कमरे में खामोशी थी। उमाकान्त और हरिश्चन्द्र में से किसी ने भी उसे तोड़ने की कोशिश नहीं की। कुछ देर बाद रूबी ने ही कहना शुरू किया, "उसके बाद ही मुझे लगा, अभी मेरे लिए सब-कुछ खत्म नहीं हुआ है। यह बात सुनने में भले ही खोखली मालूम दे, पर सही है कि तुम्हें जितनी गहराई से मैंने चाहना शुरू किया उसमें पिछले दिनों का सारा दुख डूबकर खत्म हो गया था। मैं जानती थी, कभी-न-कभी वे पिछले दिन मुझसे बदला जरूर लेंगे। पर तुमसे मिलने के चार महीने बाद ही मुझे लगने लगा कि मैं तुम्हें छोड़कर नहीं रह सकती। मजबूरन मुझे झूठ का सहारा लेना पड़ा। पहले मैं रोज सोचती थी कि तुमसे शादी करने के पहले तुम्हें पूरी बात बता दूँ। पर मेरी हिम्मत मुझे हमेशा धोखा देती रही और आखिर में, शादी के बाद, मैं बिल्कुल ही कमजोर हो गई। तुम्हें सन्दीप के बारे में सब-कुछ बता देने की रही-सही ताकत भी जाती रही। मैं अपने को इस धोखे में रखने लगी कि इसे छिपाकर ही हम दोनों अपने विवाहित जीवन में सुखी रह सकते हैं। अफसोस यही है कि मैं तब भी भीतर से यही जानती थी कि मैं गलत सोच रही हूँ। उसके बाद जो कुछ हुआ, शायद उसकी तुम्हें जानकारी हो ही गई हो। अजीतसिंह रत्ना का चचेरा भाई था। वह एक बार मेरठ ऐसे मौके पर आया जब वहाँ सन्दीप भी मौजूद था। रत्ना और सन्दीप के साथ मेरा एक फोटो लिया गया था जिसकी एक कॉपी अजीतसिंह ने रत्ना के यहाँ से किसी तरह पा ली थी। उसे शायद रत्ना के पति से ही यह मालूम हो गया कि सन्दीप मेरा लड़का है। यह जानकारी उसने शायद अब से दो साल पहले पाई थी, क्योंकि तभी मेरठ से लौटते हुए, जब वह एक बार रत्ना के साथ हमारे घर आया, उसने मुझसे एकान्त में बात करने की इच्छा प्रकट की। मैंने उससे पूछा कि वह कौन-सी जरूरी बात हो सकती है जिस पर आप इस तरह बात करना चाहते हैं। तब उसने कहा कि मैं 'जनक्रान्ति' का सम्पादक हूँ। उसमें मुझे एक लेख निकालना है, जिसके लिए मुझे आपसे मदद लेनी है।

"...और उसके बाद ब्लैकमेल का दौर शुरू हुआ। उसने मुझे बताया था कि सन्दीप के बारे में सिर्फ फोटो ही नहीं बल्कि और कई तरह के प्रमाण भी उसने इकट्ठे कर लिए हैं। आनन्द के परिवारवालों से उसने यह जानकारी ले ली थी कि वह मुझसे शादी करनेवाला था। नेफा जाने से पहले मेरठ में जब आनन्द मेरे पास चार दिन के लिए आया था। तब उसके मेरे साथ रहने के कई प्रमाण भी उसने शायद खोज लिए थे। वह मुझे बराबर भय दिखाता था कि 'जनक्रान्ति' में वह मेरे पिछले जीवन के बारे में, बिना मेरा नाम दिए, एक कहानी छापेगा। उस कहानी के सिलसिले में हमारा और सन्दीप का फोटो भी उसी के साथ ही प्रकाशित करेगा। मैं जानती थी कि मेरे सामाजिक और विवाहित जीवन को खत्म कर देने के लिए इतना बहुत काफी होगा। यह भी सही है कि वह मुझसे सिर्फ रुपया ही नहीं चाहता था, अगर मैं

उसकी बात मानती तो वह मुझे अपनी प्रेमिका भी बनाकर रखता। इस बात का कई बार वह इशारा भी कर चुका था। शायद इसीलिए वह जिद करता था कि मैं उससे अपने घर से बाहर मिलूँ। वह पहले भी मुझे अपने साथ डायमंड होटल ले जा चुका था। वहाँ उसका अलग से एक कमरा था जिसमें वह अपनी गन्दी लिखा-पढ़ी का काम मौके-बेमौके आकर करता रहता था। वह प्राय: यही चाहता कि डायमंड होटल में मैं उसके कमरे में जाकर बैठूँ। उसकी बातें सुनूँ, उसे रुपया दूँ और यदि हो सके तो उसकी दूसरी इच्छाओं को भी पूरा करूँ।

"...पर उसका जोर ज्यादातर रुपए ही पर था। रुपए की एक किस्त पाकर वह सन्तुष्ट हो जाता था और फिर मुझसे किसी दूसरी प्रकार की आशा नहीं करता था। कुछ दिनों के बाद ही वह मुझे फिर परेशान करना शुरू करता। इन आठ हजार रुपयों के अलावा वह मुझसे अलग-अलग मौकों पर सात-आठ हजार रुपए अलग से ले चुका होगा। आखिर में मेरे बहुत खुशामद करने पर वह इस बात के लिए तैयार हो गया था कि वह मुझे फोटो वापस करके हमेशा के लिए छुट्टी दे देगा। पर इसके लिए उसने मुझसे एक भारी रकम माँगी थी और आखिर में बात आठ हजार पर तय हुई थी।

"उसके बाद की घटनाएँ तुम्हें मालूम ही हैं।" उसने हरिश्चन्द्र से कहा, "अब तुम्हें सब-कुछ मालूम हो गया है। अजीतसिंह खत्म हो गया है। मैंने उसकी हत्या नहीं की है, पर उसकी हत्या हो जाने पर मैं बहुत खुश हूँ।"

यहाँ उमाकान्त ने जैसे वह किसी मीटिंग में अपने दोस्त का समर्थन कर रहा हो, कहा, "मैं भी!"

रूबी ने आँख उठाकर उसकी ओर देखा, एक गहरी साँस ली और हरिश्चन्द्र से कहती रही, "पर यह दूसरी बात है कि हम दोनों उसकी हत्या के साथ ही भारी मुसीबत में पड़ गए हैं। मगर मैं इससे भी बड़ी-बड़ी मुसीबतें झेल सकती हूँ। पर यह तभी हो सकेगा जब मुझे यकीन हो जाए कि तुमने मुझे माफ कर दिया है।"

वह चुप हो गई और खामोश निगाहों से जमीन की ओर देखने लगी। हरिश्चन्द्र ने हिचकिचाते हुए अपना हाथ आगे बढ़ाया और धीरे-से उसकी उँगलियों पर अपनी उँगलियाँ रख दीं।

सहसा उमाकान्त ने कहा, "इंस्पेक्टर सिद्दीकी ने मुझे बताया है कि वह अपने सुपरिंटेंडेंट से पहले ही राय ले चुके हैं। वे मानते हैं कि हत्या के आरोप पर अभी वे एकदम से आपका चालान नहीं कर सकते। पर आपको हिरासत में लेने के लिए उनकी निगाह में काफी सबूत मौजूद हैं। आज आपको यहाँ हवालात में रहना होगा और शाम तक शायद वे आपको जेल भेज देंगे।"

उसने हरिश्चन्द्र से कहा, "पति-पत्नी के आपसी मामलों मे कोई भी राय देना खतरनाक है। खास तौर से मुझ जैसे आदमी के लिए, जिसके न कभी कोई पत्नी रही और जो न खुद कभी पति ही बन पाया। फिर भी अपने पुराने सम्बन्धों के नाते मैं

एक सलाह देना चाहता हूँ, और वह यह है कि आप पर धारा 307 का मुकदमा चलने जा रहा है। बहुत मुमकिन है कि रूबी पर भी पुलिस धारा 302 का मुकदमा चलाने का पूरा-पूरा सबूत इकट्ठा कर ले और इनका भी चालान हो। सही घटना मालूम करने की मैं पूरी कोशिश करूँगा, पर उसका क्या नतीजा होगा, यह बताना मुश्किल है। इसलिए आप यही मानकर चलें कि आप दोनों अभी इन भारी मुसीबतों के नीचे दबे हुए हैं और आपका सारा ध्यान इन्हीं से लड़ने में रहना चाहिए। रूबी की पिछली जिन्दगी और आपके विवाहित जीवन के भविष्य का सवाल मेरी निगाह में बहुत ही मामूली है। रूबी ने कोई गलती भी की थी या नहीं, और की थी तो उसे आप माफ कर सकेंगे या नहीं यह सब फिलहाल फालतू मसले हैं जिन पर इस वक्त तो आपको बिल्कुल ही नहीं सोचना चाहिए।''

फिर वह मुस्कराता हुआ खड़ा हो गया और बोला, ''तो लीजिए, यह उपदेश तो पति-पत्नी के आगे काम आएगा। फिलहाल आप रूबी की जमानत की दरख्वास्त आज ही अदालत में पेश करा दें। मैं जानता हूँ कि वह खारिज हो जाएगी। फिर भी अदालत में उसका पहुँच जाना जरूरी है।''

उन दोनों को कमरे के अन्दर छोड़कर वह बाहर आया। दरवाजे पर दो कांस्टेबिल खड़े थे। उन्हें नजरअन्दाज करते हुए वह आगे बढ़ा।

कुछ दूरी पर बरामदे में सिद्दीकी खड़ा हुआ था। उसने हाथ हिलाकर उमाकान्त का अभिवादन किया। वहीं से बोला, ''कहिए भाई साहब, क्या नतीजा निकला? असली खूनी का आपने पता लगा लिया हो तो मिसेज़ रूबी को इसी वक्त छोड़ दिया जाए।''

कुछ दिनों पहले अखबारों में एक शब्द बहुत ही लोकप्रिय हो गया था—पारकलाम्। उस जमाने के कांग्रेस-अध्यक्ष कामराज से पत्रकार लोग जब किसी पेचीदा समस्या के बारे में पूछते तब उन्हें तमिल में जवाब मिलता—पारकलाम्। इसका मतलब था—देखते रहिए, इन्तजार कीजिए।

जैसे कोई चोटी का नेता विदेशी पत्रकारों की भीड़ में वक्तव्य दे रहा हो, कुछ उसी अन्दाज में उमाकान्त ने मुस्कराकर सिद्दीकी से कहा, ''पारकलाम्।''

## नौ

बादशाह को दफा 420 के जुर्म में पहली बार पाँच साल जेल की सजा हुई तो पुलिस ने चैन की साँस ली। उसके बाद वे बराबर चैन की ही साँस लेते रहे क्योंकि जेल से बाहर आकर बादशाह ने चार सौ बीस का धन्धा ही छोड़ दिया।

पर जब तक वह उस धन्धे में था उसकी अच्छी-खासी धाक थी। उसका नाम उत्तर प्रदेश से बाहर के कई राज्यों में भी फैला हुआ था और कई जगहों की पुलिस उसके आने की भनक तक पाकर अपने कान खड़े कर लेती थी। उसके कई किस्से मशहूर हो गए थे और बहुत-से लोग उससे सावधान रहने की कोशिश में ही गच्चा खा जाते थे।

बादशाह की सबसे बड़ी खूबी थी उसके स्वभाव की मिलनसारी और भलमनसाहत की बातचीत। जेल जाने के पहले, जेल के भीतर, और जेल के बाद किसी भी समय उसके स्वभाव का मीठापन खत्म नहीं हुआ था। जिन्दगी को वह इस तरह देखता था जैसे वह कोई मजेदार नाटक हो। इसीलिए उसे कभी दोस्तों और हितैषियों की कमी नहीं हुई।

किस्सा मशहूर है कि बादशाह जब दुलीचन्द उर्फ दीपंकर बोस उर्फ सैमुअल डिकुन्हा उर्फ सन्तोषसिंह उर्फ 'बादशाह' के नाम से गिरफ्तार हुआ तो उसे बड़ी इज्जत से बरेली के जेल में रखा गया। पुलिस को डर था कि वह चकमा देकर हवालात से किसी भी वक्त भाग सकता है। इसलिए अदालत में उसे न ले जाकर पुलिस ने इन्तजाम कराया कि जज जेल में ही जाकर उसका मुकदमा सुन लें। जज साहब उसके लिए जेल में ही इजलास लगाने लगे।

जज साहब की उम्र ज्यादा न थी और बादशाह में उनकी दिलचस्पी पैदा हो गई थी। इसलिए मुकदमे की सुनवाई खत्म हो जाने पर वे बादशाह से उसके बारे में थोड़ी देर बात कर लिया करते। वे उसके अनुभव सुनने के लिए उतावले थे। पर बादशाह भगवान और भाग्य का नाम लेकर उनकी बात टाल दिया करता था।

एक दिन बादशाह को जब वार्डन जज साहब के आगे से बैरक की ओर ले जाने लगे तो उन्होंने उसे रोक लिया। बोले, "बादशाह, आज तुम कोई करिश्मा दिखा ही दो। मैं जानना चाहता हूँ कि तुममें ऐसी क्या बात है कि बात की बात में तुम लोगों की जेब खाली कर देते हो।"

बादशाह ने मुस्कराकर कहा, "हुजूर का खयाल मेरे बारे में पहले ही से खराब हो चुका है।"

उन्होंने कहा, "उससे कोई फर्क नहीं पड़ता। मेरे सामनेवाला मुकदमा तो इस बैंक के किस्से को लेकर है। पुरानी घटनाओं से मेरा कोई मतलब नहीं।"

बादशाह जज साहब के सामने फर्श पर बैठ गया। बोला, "हुजूर, मेरे पास कोई भी करिश्मा नहीं है। दोस्तों की मेहरबानी है, पब्लिक भी मुझे अपना समझती है। इसीलिए लोग अपने-आप मुझे अपना रुपया दे जाते हैं। वरना मैं किस लायक हूँ।"

"पर अजनबी लोग तुम्हें इस तरह अपना रुपया क्यों देंगे?"

"उनकी मेहरबानी है हुजूर, या ज्यादा-से-ज्यादा मेरी किस्मत कह लीजिए।"

जज साहब ने जिद की, "फिर भी, कोई एक करिश्मा तो दिखा ही दो।"

बादशाह ने मजबूरी से कहा, "मेरे पास कोई करिश्मा नहीं है, हुजूर। पर आपका हुक्म है, तामील करनी ही पड़ेगी।"

कहकर उसने जादूगरों की तरह चुस्त आवाज में कहा, "तो हुजूर, एक रुपया तो दीजिएगा जरा।"

जज साहब ने एक रुपए का नोट निकालकर बादशाह को दे दिया। उसने नोट को गौर से देखा। फिर उलट-पलटकर उसे मोड़ा और अपने दाएँ हाथ की मुट्ठी में लेकर बैठ गया।

जज साहब उत्सुकता से उसे देखते रहे। बादशाह नोट को मुट्ठी में लिए बैठा रहा। लगभग पाँच मिनट हो गए।

जज साहब ने पूछा, "अब?"

"अब क्या, हुजूर?"

"अब इसके बाद क्या होगा?"

बादशाह ने कहा, "अब इसके बाद होना ही क्या है हुजूर। आपसे पहले ही अर्ज किया था, लोगों की मुझ पर मेहरबानी रहती है। खुद मुझे अपना रुपया-पैसा सौंप जाते हैं। आपने भी मुझे अपना एक रुपया सौंप दिया है।"

जज साहब का चेहरा लाल हो गया। बोले, "वह रुपया वापस करो।"

बादशाह ने गिड़गिड़ाकर कहा, "हुजूर, मुझे क्या आप एक रुपए के पीछे जलील करेंगे? मैं तो हुजूर, इसे अपना ही समझ बैठा था। अब बिना जोर-जब्र के यह रुपया तो मेरे पास से कोई ले नहीं पाएगा! आप क्या चाहेंगे कि इसी के पीछे जेल में एक तमाशा खड़ा हो?"

जज साहब चलने के लिए कुर्सी से उठ खड़े हुए। बोले, "तुम अव्वल दर्जे के हरामजादे हो!"

बादशाह ने इत्मीनान से रुपया अपनी जेब में रख लिया। सलाम करके कहा, "हुजूर की मेहरबानी है। वरना, मैंने पहले ही कहा था, मैं कोई करिश्मा करना नहीं जानता।"

यही बादशाह उमाकान्त का साथी था और उसके इशारे पर नाचता था।

बादशाह के कई नामों में पुलिस को 'दुलीचन्द' का नाम खास तौर से याद था, परन्तु पुलिस जानती थी कि यह भी उसका असली नाम नहीं है। अपने जमाने में 'अंडरवर्ल्ड' के चोर-उचक्कों में उसे 'श्री चार सौ बीस' कहा जाता था। पुलिस अफसर, इन्कमटैक्स अफसर, किसी बड़ी विदेशी फर्म का प्रतिनिधि या कलकत्ता या बम्बई का एक बड़ा व्यापारी बनकर वह लोगों को सैकड़ों बार उनकी रुपए की थैलियों से फुर्सत दे चुका था। वह कहाँ तक पढ़ा था, बताना मुश्किल है। पर उसे कई भाषाएँ आती थीं और बड़े-से-बड़े होशियार लोग उसके चकमे में आ जाते थे। बादशाह उर्फ दुलीचन्द उर्फ 'श्री चार सौ बीस' सच्चे अर्थों में चार सौ बीस था।

बाद में उसको बरेली में एक बैंक से जाली चैक देकर रुपया निकालने के आरोप में गिरफ्तार किया गया था। गिरफ्तारी भी उसके एक बहुत प्यारे दोस्त की दगाबाजी के कारण हुई। बहुत-से अपराधों के आरोप में उसका चालान किया गया, पर ज्यादातर मुकदमे बहुत जल्द खत्म हो गए क्योंकि उनमें सबूत काफी नहीं थे। बादशाह के पास काफी रुपया था और वह अच्छे से अच्छा वकील कर सकता था। पर वकीलों से बात करके उसे यकीन हो गया था कि बरेली के इस बैंकवाले मुकदमे में वह बुरा फँस गया है और उसकी बचत नहीं है। इसलिए उसने अपना जुर्म स्वीकार कर लिया। बरेली में उसने महमूद हसन के नाम से बैंक में जाली चैक पेश किया था। महमूद हसन की ही शैली में उसने अपना बयान दिया, "अल्लाह के करम से और दोस्तों की मेहरबानी से इतने दिनों तक कमाता-खाता रहा। जमाने ने मेरा बड़ा साथ दिया। अब हुजूर जितने दिनों के लिए चाहें, जेल भेज दें। वहाँ तो कमाने-खाने के लिए किसी दूसरे की मेहरबानी की भी जरूरत नहीं। अल्लाह के करम से ही काम चल जाएगा।"

उसे पाँच साल की सजा हुई।

पाँच साल पूरे होने के पहले ही वह छूट गया और छूटते ही कुछ अच्छे सामाजिक कार्यकर्ताओं के हाथों में गया। वे जेल से निकले हुए अपराधियों की भलाई के लिए दिल्ली में एक संस्था चला रहे थे। वहाँ उनको पढ़ाया-लिखाया जाता, तरह-तरह के व्यवसाय सिखाए जाते और बाद में उन्हें काम में लगाने के लिए मदद भी दी जाती थी।

बादशाह इस संस्था में दो साल तक रहा। उमाकान्त उन दिनों दिल्ली में ही था। वहीं उसकी उमाकान्त से जान-पहचान हुई। उमाकान्त ने देखा, वह असाधारण तरीके का होशियार, समझदार और खुशमिजाज आदमी है। वह उसमें कुछ ज्यादा दिलचस्पी लेने लगा। इन दो सालों में बादशाह उस संस्था के 'मेस' का इन्तजाम देखता रहा था। उमाकान्त ने बादशाह को कई जगहों से आर्थिक सहायता दिलाई और 'मेस' के तजुर्बे के आधार पर उसे एक ढाबा चलाने की सलाह दी। इसके लिए उसे लखनऊ में यह दुकान भी मिल गई। इस ढाबे का नाम बादशाह ने 'डी-लक्स होटल' रखा।

इसके साथ ही उसने अपराधों की जिन्दगी पूरी तौर से पीछे छोड़ दी। पर वह अपना अनुभव और दिमाग, और अल्लाह का करम, पीछे नहीं छोड़ सका। ढाबे से काफी पैसा आता था और दूसरों के मामलों में दिलचस्पी लेने के लिए समय भी उसके पास काफी था, जिसका उपयोग वह अपराधों की छानबीन में पुलिस को सहायता देने में करने लगा। उसके सम्पर्क चारों ओर फैले हुए थे। उनसे और अपनी काबलियत के सहारे पुलिस के लिए वह बहुत ही उपयोगी साबित हुआ। कुछ दिनों बाद उमाकान्त भी लखनऊ आ गया। तब से अपराधों के मामले में वह उमाकान्त की

ओर से भी दौड़-धूप करने लगा। पुलिस से अब भी उसका साथ, पर यह रिश्ता 'प्रेमपूर्ण तटस्थता' का था।

बादशाह अपने पैसे का अपने साथियों पर खुलकर इस्तेमाल करता था। उसके प्रभाव में बहुत-से नौजवान लड़के थे और वह शहर के सभी हिस्सों में फैले हुए थे। ये नौजवान बेकार तो थे, पर अपराधी नहीं थे। उन्हें वह जरूरत पड़ने पर अच्छा खाना खिलाता, सिगरेट देता, कभी-कभी रुपए भी देता। उनसे वह इधर-उधर की सूचनाएँ मँगवाता और अपने और दूसरों के काम कराता। प्राय: यह सभी लड़के चुस्त और चौकन्ने थे और अपने को मुसीबत के रास्ते से अलग रखकर काम निकालने की कला में माहिर थे।

बादशाह का ढाबेनुमा होटल शहर की घनी बस्ती में था, जहाँ पैदल मुसाफिरों, साइकिलों और रिक्शों के मारे मोटरवालों को आने की हिम्मत न पड़ती थी। होटल के दरवाजे पर दोनों ओर खाने की सामग्री की फेहरिस्त साइन-बोर्डों पर लिखी हुई थी और उनमें हर चीज की कीमत भी दी गई थी। उसी से जाहिर था कि यहाँ खाना बहुत सस्ता मिलता है। अन्दर सस्ती बैंचों पर बैठे हुए लोग दोपहर का खाना खा रहे थे और कुछ लोग खाने की कोई बैंच खाली होने का इन्तजार कर रहे थे। खाने का कमरा लगभग चौदह फुट चौड़ा और बहुत काफी लम्बा था। उसके दूसरे सिरे पर खाने की बैंच पर बादशाह कैशेमेमो और कुछ कागज फैलाए हुए बैठा था। मैनेजर के बैठने की यही जगह थी।

उमाकान्त को देखते ही बादशाह आदर से उठ खड़ा हुआ। उमाकान्त कुछ बोला नहीं, सिर्फ बहुत हल्के ढंग से मुस्कराते हुए वह उसके पास आया और उसी की बगल में बैठ गया। बादशाह भी उमाकान्त से लगभग सटकर बैठ गया। फिर बिना किसी प्रस्तावना के वे दोनों आपस में फुसफुसाकर बात करने लगे। दो मिनट बाद ही उसने एक बैरा से कहा, "जाओ, झपटकर बनर्जी को बुला लाओ।"

कुछ मिनटों के बाद एक नौजवान उनके सामने आकर खड़ा हो गया। यह बनर्जी था। बादशाह ने उसे सामने फैले हुए कागजों के पास बैठने का इशारा किया, जिसका मतलब था कि इस वक्त काउंटर का काम वह सम्हाले। उसके बाद वह उस काउंटर के पास से थोड़ा खिसककर उमाकान्त की ओर झुका और उसकी बातें सुनने में दत्तचित्त हो गया।

खुद बादशाह का व्यक्तित्व इस ढाबे की तरह मटमैला और सस्ता नहीं था। वह निहायत साफ-सुथरा और चुस्त इन्सान था। उसकी उम्र पचपन साल के करीब होगी। रंग गोरा, कद नाटा, चेहरा बहुत खुश और दूसरे को बहुत जल्दी आत्मीयता के साथ अपनी ओर खींचनेवाला। इस समय वह सफेद मक्खनी पतलून और टेरीलीन की सफेद बुश्शर्ट पहने हुए था। मूँछें बड़े करीने और अतिरिक्त नुकीलेपन

के साथ तराशी गई थीं। उसे देखते ही लगता था कि वह मजाक के किसी भी इशारे पर खुले मन से हँस सकता है।

उमाकान्त ने अजीतसिंह की हत्या की सभी बातें बादशाह को धीरे-धीरे बता दीं। थोड़ी ही देर में यह तय हुआ कि बादशाह बड़े-बड़े जाल लेकर इन्सानियत के तालाब में चार तरह की मछलियों के ऊपर फेंके और देखे कि उनमें सबसे दिलचस्प मछली कौन-सी है! पर इसके पहले चारों तरह की मछलियों की लिस्ट बनाई गई। पहली लिस्ट में उनके नाम होते थे जो अजीतसिंह की हत्या की रात उसी के वार्ड में मरीज की हैसियत से पड़े थे। दूसरी लिस्ट अस्पताल के स्टाफ में उन लोगों की होनी थी, जो अजीतसिंह के वार्ड में ड्यूटी पर थे या किसी दूसरी वजह से वार्ड के अन्दर गए थे। तीसरी सूची उन बाहरी लोगों की थी जो अजीतसिंह को ऑपरेशन के बाद वार्ड के अन्दर देखने आए थे। चौथी सूची उनकी थी जो ऑपरेशन के वक्त या उसके बाद, ऑपरेशन थिएटर और वार्ड के बाहर रहकर अजीतसिंह के बारे में पूछताछ करते रहे थे। उनमें भी उन पर विशेष ध्यान देना था जो ऑपरेशन के बाद वहाँ मौजूद थे।

उमाकान्त ने कहा, ''चौथी लिस्ट की मछलियों को भी अच्छी इज्जत मिलनी चाहिए। मान लो, अजीतसिंह का कोई दुश्मन है जो उसे दुनिया से हटाना चाहता है। उस पर गोली चलाने के बाद वह बहुत खुश होकर अस्पताल आया होगा। खुद न आया होगा तो उसका कोई आदमी आया होगा, पर उसे यह खबर नहीं मिली होगी कि दुश्मन मारा गया। बल्कि ऑपरेशन के बाद सुना गया होगा कि दुश्मन में जान बाकी है और उसके बच जाने की उम्मीद है। तभी उसे ज़हर देने की प्लान बनी होगी। सोचा होगा, गोली से नहीं, तो ज़हर ही से सही। सवाल यह है कि ऑपरेशन के बाद वहाँ कौन-कौन लोग थे जिन्हें यह मालूम हुआ कि अजीतसिंह बच सकता है। उन्हीं में से किसी ने ज़हर देने में या दिलाने में, या ज़हर देनेवाले को खबर देने में दिलचस्पी दिखाई होगी! यह जरूरी नहीं कि वह आदमी वार्ड में गया ही हो, पर पूरे नाटक में उसकी हैसियत हीरो की नहीं तो हीरो से कुछ ही घटकर होगी।

''यह चौथी लिस्ट इसीलिए है। उसमें अजीतसिंह का हत्यारा या उसका कोई-न-कोई एजेंट मौजूद हो सकता है।'' उमाकान्त ने अपनी बात पूरी की, ''इन सभी सूचियों की छानबीन करने के बाद यह देखना होगा कि इनमें कोई दिलचस्प आदमी हो सकता है या नहीं ?''

'दिलचस्प आदमी' का मतलब बादशाह अच्छी तरह समझता था। जब किसी ऐसे आदमी का जिक्र आता जिसके बारे में किसी जुर्म को लेकर छानबीन करने की जरूरत होती तो वह दोनों उसे 'दिलचस्प आदमी' कहते थे।

उस वक्त दोपहर का एक बज चुका था। उमाकान्त के जाते ही बादशाह ने बनर्जी को, जो इस समय काउंटर का काम देख रहा था, बंगाली में कुछ हिदायतें

देनी शुरू कीं। ऐसी बंगाली, बंगाल का पैदायशी बंगाली ही बोल सकता था। जाहिर था कि इसी के सहारे बादशाह ने कभी कलकतिया व्यापारी की भूमिका अदा की होगी। उसकी बात का कुल यही मतलब था कि नौजवान को होटल का इन्तजाम आज रात तक देखना पड़ेगा। होटल को बनर्जी के हवाले छोड़कर वह बाहर सड़क पर आ गया। उसके पास एक पच्चीस साल पुरानी ऑस्टिन थी, जिसके स्टार्ट होते ही एक्ज़ास्ट-पाइप से नीले धुएँ के घने बादल उड़ने लगते थे। उन बादलों को पीछे छोड़ता हुआ बादशाह सीधे अस्पताल पहुँचा।

दिन-भर वह अस्पताल में और स्टाप-क्वार्टरों के आस-पास चक्कर काटता रहा। उसकी एक पुरानी दोस्त अस्पताल में मैट्रन थी। दोस्त की बुनियाद में भी सिर्फ दोस्ती थी, कोई और बात नहीं। शाम को बादशाह ने उसे एक फैशनेबुल रेस्तराँ में ले जाकर आइसक्रीम खिलाई। फिर दोनों थोड़ी देर तक मौसम की, पुरानी फिल्मों की, मुहब्बत की तकलीफों और उसकी नियामतों की, दंगा-फसाद, खून, ज़हर और नामाकूल आदमियों की बातें करते रहे। मैट्रन से फुरसत लेकर उसने दो कम्पाउंडरों को एक 'बार' में ले जाकर रम पिलाई। कुछ 'वार्ड-ब्वायों' पर उनकी याद के कोने उभारने के लिए पाँच रुपए वाले नोटों की नोक इस्तेमाल की। जूनियर डॉक्टरों से हँसी-मजाक किया। दो-चार जाने-पहचाने मरीजों की हालत देखी। फिर इधर-उधर भटकता हुआ, बहुत से लोगों के साथ हँसता और बहुतों को हँसाता, आखिर में एक थका हुआ गम्भीर चेहरा लेकर लगभग ग्यारह बजे रात को वह उमाकान्त के घर पहुँचा।

नंगे बदन, सिर्फ एक पायजामा पहने हुए उमाकान्त ने दरवाजा खोला। बिना किसी प्रस्तावना के, बादशाह ने उससे कहा, "उस्ताद, एक दिलचस्प आदमी का पता लगा है।"

उमाकान्त ने उसे अन्दर आने का इशारा किया, पर वह दरवाजे पर ही खड़ा रहा और बोला, "रम बड़ी खराब चीज है, उस्ताद! अगर अन्दर आकर बैठूँगा तो बैठते ही सो जाऊँगा।"

उमाकान्त ने कहा, "ठीक है, यहीं खड़े-खड़े अपने 'दिलचस्प आदमी' का हालचाल बताओ।"

"आदमी नहीं उस्ताद, वह औरत है। उसका नाम मिस लायल है।"

"सिस्टर लायल? जिसकी उस रात वार्ड में ड्यूटी थी?"

"बिल्कुल वही उस्ताद!" बादशाह अपनी कार की ओर बढ़ने लगा। कहता रहा, "दिलचस्पी की बात यह है कि मिस लायल को अफीम खाने का शौक है। अगर उसके घर की तलाशी ली जाए तो मुझे शुबहा है कि वहाँ अफीम बरामद होगी।"

इसके पहले कि उमाकान्त कुछ कह सके, बादशाह ने अपनी पीठ घुमा ली। चलते-चलते बोला, "आज मैं बहुत थक गया हूँ उस्ताद, इसलिए जा रहा हूँ। कल

सुबह हाजिर होऊँगा। मिस लायल के बारे में दिलचस्पी की अब जो दूसरी बातें पैदा होंगी, उन पर निगाह रखी जाएगी।''

उमाकान्त ने यह सूचना चुपचाप पचा ली। इसे मालूम था कि मुर्गी सोने का अंडा दे चुकी है, अब कुछ नहीं देगी। बादशाह को इस समय अगर उलटकर झोले की तरह झटका जाए, तो भी उससे कोई और चीज नहीं निकलेगी, उसके लिए दिन का काम खत्म हो गया है।

तब तक बादशाह अपनी कार के पास पहुँच गया था। दरवाजे से पुकारकर उमाकान्त ने कहा, ''शुक्रिया बादशाह!''

पर उसने सुना नहीं, क्योंकि तब तक उसकी ऑस्टिन शोर मचाकर स्टार्ट हो चुकी थी और सड़क पर नीले धुएँ में गायब होने लगी थी।

## दस

दूसरे दिन उमाकान्त ने मिस लायल से मिलने की कोशिश की। पर उसकी सवेरे से ही अस्पताल में ड्यूटी लगी थी और शाम को छह बजे खत्म होनी थी। वह छह बजे के करीब अस्पताल पहुँचा, पर पता लगा कि वह कुछ पहले ही वहाँ से जा चुकी है। उमाकान्त को मिस लायल के मकान का नम्बर मालूम हो गया था। वह किसी पुराने ताल्लुकेदार की कोठी के किनारे बने हुए कई-एक सस्ते फ्लैटों में से था। मिस लायल का फ्लैट नीचे की ही मंजिल पर था। इसलिए उसे सामने कुछ सहन भी मिल गया था।

बाँस का छोटा फाटक एक किनारे हटाकर, नन्हे-से बाग को पार करके उमाकान्त जैसे ही बरामदे में आया, उसे एक औरत की तेज चीख सुनाई दी। उसने आगे बढ़कर दरवाजा खोला। किवाड़ अन्दर से बन्द नहीं थे, दरवाजा खुल गया। इस मकान पर वह एक बड़े ही नाटकीय मौके पर पहुँचा था। एक साँवली औरत, उटंग और ऊलजलूल ढंग से साड़ी पहने हुए, कमरे में एक किनारे खड़ी हुई एक फूलदान फेंकने जा रही थी। फूलदान उसके हाथ में था। कमरे के दूसरे किनारे पर एक आदमी आरामकुर्सी पर बैठा हुआ, अपने को बचाने के लिए नीचे की ओर एक तरफ सिर झुका रहा था।

उमाकान्त ने बड़ी शिष्टता से, जैसे वह किसी ड्राइंग-रूम का, सहज और सभ्य जिन्दगी का दृश्य देख रहा हो, पूछा, ''क्या मैं अन्दर आ सकता हूँ?''

औरत फूलदान फेंकते-फेंकते ठिठककर रुक गई। पर पहले ही की तरह चीखकर बोली, ''नहीं, यहाँ इस वक्त कोई नहीं आ सकता।''

पर तब तक उमाकान्त कमरे के अन्दर आकर खड़ा हो गया था। जेब से सिगरेट निकालते हुए उसने बड़ी बेतकल्लुफी से पूछा, ''यह क्या हो रहा है मिस लायल ? इससे पब्लिक के आराम में क्या खलल नहीं पड़ेगा ?'' दूसरा वाक्य उसने अंग्रेजी में कहा।

साँवली औरत मिस लायल ही थी। वह पहले की तरह ही चीखकर बोली, ''आराम जाए जहन्नुम में।''

उमाकान्त ने कहा, ''गनीमत है मिस लॉयल, तुमने पब्लिक को जहन्नुम में नहीं भेजा।''

अचानक जैसे पहली बार किसी अजनबी को अपने कमरे में देखा हो, मिस लायल ने अधिकार के लहजे में पूछा, ''और तुम कौन हो ? यहाँ कैसे आए ? फौरन बाहर जाओ।''

उमाकान्त एक कुर्सी पर, पैर पर पैर चढ़ाकर, आराम से बैठ गया। उसके सामने एक अस्तव्यस्त कमरा था, जिसमें एक सस्ते ढंग का बिस्तर लगा था, एक कोने में चाय के कुछ बर्तन मेज पर रखे थे, कुछ सिनेमा की रंग-बिरंगी पत्रिकाएँ फर्श पर लोट रही थीं, किसी ऐक्ट्रेस के जिस्म का रंगीन उभार हवा के झोंके में फड़फड़ा रहा था, पत्रिका का पन्ना फटने ही वाला था। तीन-चार कुर्सियाँ इधर-उधर बेतरतीबी से पड़ी थीं। उसने कहा, ''घबराइए नहीं, मैं बता रहा हूँ कि मैं कौन हूँ। पर बातचीत करने के लिए इतना चीखने की जरूरत नहीं।''

मिस लायल एकदम फौजी ढंग से तनकर खड़ी हो गई। उसने चिल्लाकर कहा, ''मैं क्यों न चीखूँ ? यह मेरा घर है। जितना चाहूँगी, चीखूँगी। तुम मुझे रोकनेवाले कौन होते हो ?''

उमाकान्त ने कोई जवाब नहीं दिया। चुपचाप उसने सिगरेट का एक कश खींचा।

इस बार वह तेजी से उमाकान्त की ओर बढ़ी और उसी तरह चिल्लाकर बोली, ''देखना, मैं अब चीखने जा रही हूँ। हिम्मत हो तो मुझे रोको।''

उमाकान्त ने जैसे यह सुना ही न हो। वह सिगरेट पीता रहा।

अचानक वह पीछे की ओर मुड़ी और चीखने के बजाय एक दरवाजे के अन्दर जाकर गायब हो गई। उधर शायद बाथ-रूम था। दरवाजे के दूसरी ओर चीजों के उठाने-रखने की खटपट शुरू हो गई। उमाकान्त ने अब अपने से डेढ़ गज की दूरी पर बैठे हुए आदमी की ओर देखा। अगर मिस लायल की उम्र पैंतीस साल के लगभग थी तो यह आदमी पैंतालीस के करीब होगा। उसने बड़े दयनीय भाव से उमाकान्त की ओर देखा, जैसे वह मिस लायल के व्यवहार की माफी माँग रहा हो। वह बोला, ''मेम साहब को बहुत जल्दी गुस्सा आ जाता है।''

उमाकान्त ने इसे अनसुना कर दिया। कड़ाई से पूछा, ''तुम कौन हो ?''

''मैं !'' वह अचकचाकर बोला, ''मैं खेती करता हूँ।''

"मुझे यहाँ कोई खेत तो नजर आता नहीं।" उमाकान्त ने उसी तरह कड़ाई से कहा, "या तुम्हारी खेती दरवाजे के उस तरफ होती है?" उसने बाथ-रूम की ओर इशारा किया।

वह आदमी धोती और कुर्ता पहने था, होंठों के कोनों से पान की पीक टपक रही थी। उमाकान्त ने फिर उसी तरह अकड़कर पूछा, "तुम यहाँ क्या कर रहे हो?"

उस आदमी ने इज्जतदार बनने की कोशिश करते हुए कहा, "मुझसे इस तरह मत बोलिए। मैं कोई ऐरा-गैरा आदमी नहीं हूँ। यहाँ से चालीस मील आगे मेरा फार्म है। मैं वहाँ रहता हूँ। ट्रैक्टर से गिर जाने पर मेरा दायाँ पाँव टूट गया था।" उसने हाथ से अपना पैर उठाकर फैलाया। घुटने के नीचे वहाँ अब भी प्लास्टर बँधा था। वह कहता रहा, "अब तो जुड़ गया है, पर आराम के लिए इसे फिर से प्लास्टर में डाल दिया गया है। पन्द्रह दिन मैं यहीं अस्पताल में पड़ा रहा हूँ। कल मुझे यहाँ से छोड़ा गया है। पर अभी कुछ दिन मैं शहर ही में रहूँगा।"

उमाकान्त ने कहा, "तुम्हारा नाम क्या है?"

"नाम जानना हो तो पहले अपना नाम बताइए साहब।" उस आदमी ने अब सहज भाव से बात शुरू कर दी।

"मेरा नाम उमाकान्त है।" उमाकान्त ने कहा, "यहाँ अस्पताल में एक घायल आदमी को ज़हर देकर मार डाला गया है। मैं उसी मामले की जाँच कर रहा हूँ।"

प्लास्टरवाले पाँव के बावजूद वह आदमी हड़बड़ाकर कुर्सी से खड़ा हो गया। हाथ जोड़कर बोला, "माफ कीजिएगा। मैंने आपको पहचाना नहीं था। हम आपकी पूरी-पूरी मदद करेंगे।"

उसने अपनी ओर से फिर कहा, "मैं भी तो कल तक उसी वार्ड में था।"

"उसी वार्ड में, जिसमें अजीतसिंह भर्ती हुआ था?"

"जी हाँ।"

उमाकान्त समझ गया कि उसे इस आदमी ने पुलिस का आदमी समझा है। उसने उसका भ्रम दूर करने की कोशिश नहीं की। उसने फिर पूछा, "अब अपना नाम बताओ।"

"मेरा नाम हरीसिंह है, साहब।"

"तुम यहाँ क्या कर रहे हो?"

"यहाँ ऐसे ही आया था साहब।"

"ऐसे ही का क्या मतलब?"

हरीसिंह जवाब देने से हिचका। उमाकान्त ने नर्मी से कहा, "बताओ न ठाकुर साहब, यहाँ क्या कर रहे हो?"

वह आदमी चुप रहा। कुछ सोचकर बोला, "आपसे क्या छिपाना है सरकार! हम लोग पुराने रईस हैं। जमाना खराब लगा है, इसलिए कुछ कहते-सुनते नहीं बनता। पर कुछ रईस अब भी बाकी हैं। मैं यहाँ अस्पताल में पड़ा था। इन मेम

साहब ने वहाँ हमारी बड़ी सेवा की। तभी मेरी इनसे दोस्ती हो गई। मैं तो यहाँ भी दोस्ती ही में आया था। यह न जाने क्यों नाराज होने लगीं।''...फिर जैसे उसने अपने-आपको समझाते हुए कहा, ''अभी फिर दोस्ती हो जाएगी। मैं इनके स्वभाव को समझता हूँ।''

''इसका मतलब है, दोस्ती गहरी हो गई है।''

हरीसिंह के चेहरे से खुशी टपकने लगी। वह बोला, ''मैं जब दोस्ती करता हूँ, तब गहरी ही करता हूँ।''

''क्यों नहीं! क्यों नहीं!'' उमाकान्त ने कहा, ''यह तो आप लोगों का पुश्तैनी काम है।''

हरीसिंह ने अभिमान के साथ कहा, ''नहीं साहब, मैं वह सब नहीं करता। पुश्तैनी काम तो रंडियाँ रखने का था। मैं यह सब चक्कर नहीं पालता।'' फिर कुछ रुककर बोला, ''पर दोस्ती की बात और है।''

उमाकान्त ने सिर हिलाया, जैसे उसने कोई बड़ी ऊँची बात सुनी हो। अचानक उसने पूछा, ''वार्ड में तुम्हारा पलंग अजीतसिंह से कितनी दूर था?''

''नजदीक ही था, साहब।'' बात का रुख बदलने से हरीसिंह कुछ लड़खड़ाया, पर अपने को सँभालकर बोला, ''जिस कोने में अजीतसिंह था, उसी के सामने एक पलंग हटकर मैं पड़ा था।''

सामने का दरवाजा खुला और मिस लायल कमरे के अन्दर आई। उसके कपड़े अब अस्तव्यस्त नहीं थे। चेहरे पर शान्ति थी और उसका रंग वापस आ गया था। आँखों में एक अजब-सा आकर्षण था। हरीसिंह ने उसे मुग्ध-भाव से देखा और किसी के बोलने के पहले ही कहा, ''मेम साहब, ये पुलिस के बड़े भारी अफसर हैं। इनके सामने तुम मुझे मारने जा रही थीं, मुझे कुछ हो जाता तो मुसीबत में पड़ जातीं कि नहीं?''

और वह अपने ही मजाक पर हँसने लगा।

मिस लायल के स्वभाव का चिड़चिड़ापन खत्म हो गया था। वह बड़ी शिष्टता से बोली, ''मुझे पता नहीं था कि आप पुलिस के आदमी हैं। माफी चाहती हूँ।''

उसने हरीसिंह की ओर इशारा करके कहा, ''यह मेरा कजिन है।''

यह कहने की कोई जरूरत नहीं थी। फिर भी उमाकान्त ने इस सूचना को खुशी के साथ स्वीकार किया। वह मिस लायल को शुरू से ही देख रहा था। उसके चेहरे और भाव-भंगिमा में एक अजीब-सी शान्ति और सहजता आ गई थी। उसने मिस लायल से कहा, ''आपसे मैं सिर्फ दो-तीन सवाल पूछने आया था। आप जल्दी से जवाब दे दें तो मैं जाऊँ। फिर आप अपने कजिन पर मनमाने फ्लावर वास तोड़ती रहें, मुझे कोई एतराज न होगा।''

मिस लायल मीठे ढंग से हँसी, पर इस हँसी में शोर न था, एक हल्की-सी लहर-भर थी। उमाकान्त ने कहा, ''पहला सवाल अफीम के बारे में है।''

मिस लायल चौंक पड़ी। वह कहता रहा, ''आप चाहें तो मैं बाहर से सिपाहियों को बुला सकता हूँ। पर ज्यादा अच्छा होगा कि आप मुझे ही सारी बात बता दें। मैं जानना चाहता हूँ कि आपके घर में इस वक्त कितनी अफीम मौजूद है?''

हरीसिंह घबराकर बोला, ''अरे साहब, यहाँ अफीम कहाँ।''

पर मिस लायल ने कोई जवाब नहीं दिया। उमाकान्त ने कहा, ''अगर आप मुझे सही बात बता दें तो मैं वादा करता हूँ, अफीम रखने पर कम से कम मैं अपनी तरफ से आपका चालान नहीं करूँगा।''

मिस लायल इस बार कुर्सी पर और आराम से बैठ गई। उसके चेहरे पर मुस्कराहट-सी खेलने लगी। उमाकान्त कहता रहा, ''मुझे मालूम है कि आपको अफीम खाने की आदत है और अभी-अभी आप उसके लिए ही अन्दर गई थीं।''

मिस लायल ने इस बार जबान खोली। बड़ी शिष्टता से कहा, ''आपको गलत मालूम हुआ है। मैं अफीम खाती नहीं हूँ। आपको किसने बताया कि मैं अफीम खाती हूँ?''

उमाकान्त मिस लायल के चेहरे को देखता रहा, फिर उसने बड़ी घरेलू ढंग से पूछा, ''खाती नहीं हैं तो फिर किस तरह लेती हैं?''

मिस लायल बोली, ''मैं इस गन्दी, क्रूड अफीम से कोई सरोकार नहीं रखती। अस्पताल में तो कई लोग जानते हैं, आप भी जान लें तो कोई हर्ज नहीं है। मैं हैराइन का इंजेक्शन लिया करती हूँ। आप चाहें तो अन्दर आकर देख लें। इन्जेक्शन की दो-तीन खुराकों के सिवाय मेरे घर में कहीं भी, किसी तरह की अफीम नहीं मिलेगी।''

उमाकान्त उठकर सीधा खड़ा हो गया। उसने सामने का दरवाजा खोला। अन्दर बाथ-रूम था। वहाँ एक गन्दी-सी मेज पर एक हाइपोडर्मिक सुई और एकाध शीशियाँ रखी थीं। वह अपनी कुर्सी पर वापस आकर बैठ गया।

मिस लायल ने अपनी एक बाँह बड़ी ही आकर्षक अदा से उठाई और बोली, ''इसे भी देख लीजिए। इस पर सुइयों के निशान मिल जाएँगे। पर यह न भूलिएगा, आपने वादा किया है, कि आप मेरा चालान नहीं करेंगे।''

उमाकान्त बैठा हुआ कुछ सोचता रहा। मिस लायल ने ही अपनी ओर से बात उठाई, ''मैंने आपको आज अस्पताल में देखा था। अगर आप अजीतसिंह के खून की जाँच कर रहे हैं तो मेरे यहाँ आपको कुछ नहीं मिलेगा। उसे अफीम का टिंक्चर पिलाया गया था। मैं तो वैसे भी मुसीबत में पड़ गई हूँ। डिपार्टमेन्ट मुझे लापरवाही के चार्ज पर मुअत्तल करने जा रहा है। अब रही-सही कमी पूरी करने के लिए आप मुझ पर अजीतसिंह को ज़हर देने का मुकदमा चला दें। बस, इतना ही रह गया है।''

उमाकान्त बड़े गौर से मिस लायल की बातें सुन रहा था। वह मुस्करा रही थी। उसने पूछा, ''तो असली खूनी कौन है?''

"उन्हीं में से कोई एक औरत। एक को तो आपने गिरफ्तार ही कर रखा है। दूसरी वही बुर्केवाली है।"

"बुर्केवाली कौन? क्या जरीना?" उमाकान्त ने पूछा।

"मैं उसका नाम नहीं जानती, पर वह अजीतसिंह को देखने आई थी। नियम तो यही है कि वार्ड में सुबह और शाम के अलावा कोई मरीज से नहीं मिल सकता। पर खास-खास मामलों में हम कुछ ढील भी कर देते हैं। तभी ये औरतें अजीतसिंह को देखने जा पाई थीं।"

अचानक उसने मुँह बनाकर कहा, "कितना गन्दा आदमी था! औरतें! औरतें! बस उसे औरतें ही घेरे हुई थीं!"

उमाकान्त ने आखिरी बात पर ध्यान नहीं दिया। उसने कुछ याद-सा किया और कहा, "पर जरीना तो अजीतसिंह के पास, सुनते हैं, अकेली रही ही नहीं। वहाँ एक वार्ड-ब्वाय भी मौजूद था।"

मिस लायल ने जोर की जम्हाई ली और कहा, "पर वह बुर्केवाली जब दुबारा वार्ड के अन्दर गई, तब..."

अचानक हरीसिंह ने उसे टोकते हुए बीच ही में कहा, "क्या बक रही हो मेम साहब? वह दुबारा अन्दर कब गई?"

मिस लायल ने हरीसिंह की ओर देखकर दाएँ-बाएँ दो-चार बार सिर हिलाया और कहा, "आओ ठाकुर साहब, इन्हें अभी से सच बात बता दी जाए। नहीं तो डिपार्टमेन्ट की कारवाई के साथ, यह मुझे खून में भी फँसा देंगे।"

उमाकान्त का चेहरा गम्भीरता से खिंच गया था। उसने पूछा, "यह बुर्केवाली लड़की वार्ड में दुबारा कब गई थी?"

"वह लगभग साढ़े ग्यारह बजे वार्ड के बाहर आई थी। उसके करीब दस मिनट बाद ही वह फिर वापस लौटी। मैं वार्ड के बाहर मेज के सहारे कुर्सी पर बैठी थी। मुझे कुछ झपकी-सी आने लगी थी। वह मेरे पास आकर मुझसे फुसफुसाकर कहने लगी—भीतर मैं अपना पर्स भूल आई हूँ। लेने जा रही हूँ।...मैंने ज्यादा गौर नहीं किया। मैंने कहा—चली जाओ।...उसके बाद मैं ऊँघ गई। बाद में मुझे पता चला, उस वक्त वहाँ से वार्ड-ब्वाय भी चला गया था।"

कहते-कहते मिस लायल की आँखें झपकने लगीं।

हरीसिंह घबराया हुआ चेहरा लेकर पूरी बात सुनता रहा। मिस लायल की बात खत्म होते-होते उसने जोर-जोर से कहा, "मैंने देखा था। वह बुर्केवाली दुबारा आई थी। वार्ड में अजीतसिंह के बेड के पास वह पर्दा उठाकर गई थी। मैंने अपनी आँखों से देखा था। मैं हलफ लेकर बयान देने को तैयार हूँ। पर मेम साहब का कोई कसूर नहीं। मैं कहे देता हूँ, इन्हें झूठमूठ फँसाने की कोशिश की गई तो मैं सुप्रीम कोर्ट तक लड़ूँगा।"

उमाकान्त उठ खड़ा हुआ और बोला, ''मैं समझता हूँ कि आप दोनों में से किसी ने भी यह बात पहले किसी को नहीं बताई है?''

मिस लायल ने बीच ही में आँख खोलकर कहा, ''किसी ने पूछा ही नहीं।''

''ठीक है। ठीक है।'' उमाकान्त ने उसे आश्वासन दिया, ''और फिलहाल किसी दूसरे से बताने की जरूरत भी नहीं। पर याद रखें, आप दोनों की अदालत में गवाही हो सकती है। इसलिए पूरी घटना को अच्छी तरह याद रखें।''

उसने एक नोटबुक निकालकर हरीसिंह से उसका शहर का पता पूछा। फिर उस बुर्केवाली लड़की के दुबारा वार्ड में आने के बारे में कुछ और सवाल करके वह बादशाह की खोज में डीलक्स होटल की ओर चल दिया।

## ग्यारह

अभी सूरज नहीं निकला था। उमाकान्त गैस के स्टोव पर चाय का पानी रखकर रसोईघर के पास एक खम्भे के सहारे टिककर खड़ा था और आँगन की ओर देख रहा था। उसके हाथ में सिगरेट थी पर चेहरे से लगता था, उसे उसका अहसास नहीं है। पानी के खौलने की हल्की-सी सनसनाहट उसके कान में पड़ी। वह रसोईघर की तरफ मुड़ा। तभी दरवाजे पर किसी ने घंटी बजाई। उमाकान्त ने वहीं से पुकारकर कहा, ''अन्दर आ जाइए।'' और केटली में चाय डालने लगा।

अन्दर आनेवाला व्यक्ति हरिश्चन्द्र था। उसकी दाढ़ी दो-तीन दिन पुरानी मालूम देती थी, बाल रूखे थे। वह सामने के कमरे से अन्दर की तरफ नहीं आया, बल्कि कमरे ही में एक कोने में पड़े हुए सोफे पर बैठ गया। अन्दर गर्मी थी, पर उसने पंखा नहीं चलाया। उमाकान्त ने उसे अन्दर बरामदे में खुलनेवाली खिड़की से झाँककर देखा। फिर ट्रे पर चाय लेकर कमरे में आया। बड़े उत्साह के साथ, जैसे कहीं कोई भी गड़बड़ी न हो, उसने ट्रे को मेज पर रखकर हरिश्चन्द्र के पास बैठते हुए कहा, ''कहिए हरिश्चन्द्र साहब, क्या हाल हैं?''

इसके बाद हरिश्चन्द्र के जवाब का इन्तजार किए बिना वह दो प्यालों में चाय डालने लगा। हरिश्चन्द्र ने भर्राई हुई आवाज में कहा, ''रूबी की जमानत नहीं हो सकी। कल शाम सेशन जज ने भी हमारी दरख्वास्त खारिज कर दी।''

उमाकान्त ने उसकी ओर चाय का प्याला बढ़ाते हुए कहा, ''उसे फिलहाल भूल जाइए। लीजिए चाय पीजिए।'' हरिश्चन्द्र ने प्याला हाथ में ले लिया, पर उसका हाथ काँप रहा था।

उमाकान्त ने चाय की पहली चुस्की ली, दूसरी सिगरेट जलाई और ऊपर की ओर धुआँ छोड़ते हुए इत्मीनान से कहा, ''जमानत की दरख्वास्त तो खारिज होनी ही

थी, उसमें परेशानी की बात नहीं। परेशानी की बात यह है कि आपने तीन दिन से शेव नहीं किया है और रूखे बालों और बिना पालिश के जूतों की नुमाइश दिखाते हुए घूम रहे हैं।''

उसने मुस्कराकर अपनी बात खत्म की, ''आपको उसी पुराने ढंग से स्मार्ट दिखना चाहिए, नहीं तो जेल से बाहर आकर रूबी क्या कहेगी?''

हरिश्चन्द्र के मुँह से एक ऐसी आवाज निकली जैसे वह अभी रो देगा। पर उसने अपने को संयत किया और चुपचाप चाय पीने लगा।

कुछ देर बाद हरिश्चन्द्र ने धीरे-धीरे कहना शुरू किया, ''मुझे अफसोस है कि मैं इस हालत में आपके सामने बैठा हुआ हूँ। पर मैं क्या करूँ? मुझे रात को नींद नहीं आ रही। मेरे और रूबी के खिलाफ कोर्ट में जो भी फैसला हो, इसकी मुझे उतनी चिन्ता नहीं है। पर मुझे दिन-रात यही बात कचोटती रहती है कि मैंने रूबी के साथ बेइन्साफी की है। अजीतसिंह उसे दो साल से सता रहा था, पर मैंने उसकी मुसीबत को नहीं समझा। मदद करने के बजाय मैं उसके चरित्र पर सन्देह करता रहा।''

उसकी आवाज तेज हो गई। उसने उमाकान्त से पूछा, ''आप ही बताइए, आप मेरी जगह होते तो क्या आपको पछतावा न होता?''

''नहीं,'' उमाकान्त ने शान्ति के साथ कहा, ''मुझे पछतावा न होता। पछताने की मेरी आदत नहीं है। मैं आपकी जगह होता तो पीछे की सब बातें भूलकर कामकाजी ढंग से सिर्फ यह देखता कि अब क्या-क्या करना चाहिए।''

हरिश्चन्द्र ने कोई जवाब नहीं दिया। उसकी निगाहें चाय के प्याले पर जमी रहीं। सहसा उमाकान्त ने सामने मैन्टल-पीस पर रखी घड़ी की ओर देखा। छह बज रहे थे। उसने हरिश्चन्द्र से कहा, ''यहाँ बहुत सड़ी हुई गर्मी पड़ने लगी है। अगर आप खाली हों तो चलिए, हम लोग नैनीताल हो आएँ।''

हरिश्चन्द्र ने चौंककर कहा, ''ऐसा कैसे हो सकता है? रूबी को इस हालत में छोड़कर हम लोग वहाँ कैसे जा सकते हैं? कम-से-कम मैं तो नहीं जा सकता।''

उमाकान्त ने कहा, ''अगर आपसे कहा जाए कि मेरे और आपके नैनीताल चलने से रूबी का फायदा होगा तो उस हालत में भी क्या आपका यही जवाब होगा?''

हरिश्चन्द्र की आँखों में एक अजब-सी चमक आ गई : ''उस हालत में तो मैं दुनिया के आखिरी छोर तक चलने के लिए तैयार हूँ।''

उमाकान्त ने घड़ी की ओर दुबारा देखा और कुर्सी पर फैलकर जम्हाई लेते हुए कहा, ''तो चलिए। फिलहाल दुनिया के आखिरी छोर तक न सही, हम लोग नैनीताल तक ही हो आएँ।''

इसके बाद वह बड़े कामकाजी ढंग से कहने लगा, ''हमें सात बजे तक यहाँ से चल देना है। आप अपनी कार लेकर एक घंटे में यहाँ आ जाएँ। और देखिए, मेरे साथ चलने की शर्त यह है कि यह बढ़ी हुई दाढ़ी और रूखे बालोंवाला हुलिया

बदलकर अपनी पहलीवाली सूरत में आएँ। नहीं तो मुझे नैनीताल के लिए कोई दूसरा मोटरवाला साथी खोजना पड़ेगा।''

ठीक सात बजे हरिश्चन्द्र अपनी कार लेकर उसके दवाजे पर आ गया। उमाकान्त ने अटैची कार की पिछली सीट पर फेंक दी और खुद हरिश्चन्द्र की बगल में बैठ गया। हरिश्चन्द्र ने पूछा, ''आपका बिस्तर कहाँ है ? उसे ले चलना जरूरी है। रात को काफी सर्दी होगी।''

उमाकान्त ने अन्दर बैठकर कार का दरवाजा बन्द किया और बोला, ''बिस्तर की जरूरत नहीं है, क्योंकि रात शायद हम वापस आकर लखनऊ में ही बिताएँ।''

सड़क अच्छी और साफ-सुथरी थी। मौसम, गर्मी के बावजूद भला था। उनकी कार आसानी से पचपन मील फी घंटे की रफ्तार से चिकनी सड़क पर खिसक रही थी। एक बजे के लगभग वे नैनीताल पहुँच गए।

कार को नैनीताल झील के किनारे खड़ी करके वे लोग नैनीताल की प्रमुख सड़क 'माल रोड' पर आ गए। हरिश्चन्द्र अब हल्की-फुल्की बातें कर रहा था और लग रहा था कि पहले की अपेक्षा मन में वह ज्यादा स्वस्थ है। लगभग तीन फर्लांग बाद वे सड़क छोड़कर एक पगडंडी से पहाड़ी पर चढ़ने लगे। कुछ ऊँचाई पर जाकर उमाकान्त खड़ा हो गया। उसने हरिश्चन्द्र से कहा, ''यह तो आप समझ ही गए होंगे कि इस वक्त हम यहाँ सिर्फ आबो-हवा बदलने के लिए नहीं आए हैं। हमें यहाँ कुछ काम भी करना होगा। अब बताइए, क्या आपने जरीना का नाम सुना है ?''

हरिश्चन्द्र शायद कुछ इसी तरह की बात सुनने के लिए पहले से ही तैयार था। बोला, ''जरीना का नाम अजीतसिंह की हत्या के सिलसिले में ही मेरे सुनने में आया है। वह अजीतसिंह के पड़ोस में रहती है। पुलिसवालों से मुझे पता चला है कि वह खून की रात बारह बजे के पहले अजीतसिंह को देखने अस्पताल गई थी।''

करीब तीन सौ फुट की ऊँचाई पर एक मामूली-से मकान की छत दिखाई दे रही है। सामने का हिस्सा पेड़ों के पीछे था। उसकी ओर इशारा करके उमाकान्त ने कहा, ''इस वक्त कुमारी जरीना इसी मकान में हैं।'' उमाकान्त ने जेब से एक कागज निकालकर उस पर बने हुए एक स्केच को ध्यान से देखा और अपनी बात दुहराई, ''ठीक, वह यहीं रहती है। अजीतसिंह की हत्या के दूसरे दिन ही रात की गाड़ी से वह यहाँ चली आई है। उसके मामा यहीं के रहनेवाले हैं। हमलोगों को मिस जरीना से बात करनी होगी और चूँकि इस समय आप मेरे साथ हैं, इसलिए कुछ काम आपको भी करना होगा।''

''क्या ?''

''कोई खास काम नहीं,'' उमाकान्त ने कहा, ''सिर्फ यही कि आपको हम लोगों से कुछ दूरी पर खड़े रहना होगा। अगर जरूरत पड़ी तो मैं आपको बुला लूँगा।''

''किस तरह की जरूरत पड़ सकती है ?''

"मुझे खुद नहीं मालूम। पर किसी अजनबी लड़की से बात करते समय अपने मुल्क में हर बात के लिए तैयार रहना चाहिए। फिर, इस वक्त हमें उसकी मदद की जरूरत है।"

हरिश्चन्द्र ने असमंजस में पड़कर पूछा, "पर मिस जरीना का व्यवहार तो खुद शुबहे से खाली नहीं है। अजीतसिंह की हत्या होते ही दूसरे दिन वह नैनीताल भाग आई। उसे इस जल्दी में लखनऊ छोड़ने की क्या जरूरत थी ? मुझे तो आश्चर्य है कि पुलिस ने इसकी ओर ध्यान क्यों नहीं दिया!"

उमाकान्त बोला, "पुलिस ने ध्यान दिया है। यह मालूम हो चुका है कि नैनीताल आने के लिए उसने बहुत पहले से रेल का रिजर्वेशन करा रखा था। इसलिए ऐसा नहीं है कि अजीतसिंह की हत्या के बाद उसने नैनीताल आने का अचानक ही फैसला किया। पर इसके बावजूद दो-चार ऐसी बातें हैं जिनके बारे में जरीना से बात करना जरूरी है।"

मकान के अगले हिस्से में कोई दूसरा परिवार रहता था। जरीना के मामा पिछली ओर रहते थे। वहाँ उन लोगों को मालूम हुआ कि वह झील की ओर गई है।

वे लोग पहाड़ी से नीचे उतरकर झील के किनारे आये। पर्यटकों की अच्छी-खासी भीड़ थी और उसमें जरीना का पता लगाना असम्भव-सा था। पर उन्हें बताया गया था कि वह नाव पर झील की सैर कर रही होगी। वे झील के उस किनारे पर जहाँ नावें आकर रुकती थीं, एक बैंच के पास बैठ गए और नावों का आना-जाना देखते रहे। एक नाव पर चार-पाँच मुसलमान लड़कियाँ बुर्के में बैठी थीं। उन्होंने नकाब उलट रखे थे और उनके गोरे चेहरे धूप में चमक रहे थे। उमाकान्त ने उनकी ओर एक बार ध्यान से देखा और फिर उन्हें भुला दिया। जरीना के बारे में वह पिछली रात ही बादशाह से काफी बातें जान चुका था। उसे बताया गया था कि वह साँवले रंग की लम्बे चेहरेवाली लड़की है। इस जानकारी के सहारे वह जरीना के आने का इन्तजार करता रहा। उसने तय कर लिया था कि यदि वह उसे वहाँ नहीं मिली तो अँधेरा होते-होते उन्हें फिर उसके मकान पर जाना होगा।

पर इसकी जरूरत नहीं पड़ी। उसकी निगाह एक छरहरे जिस्म की आकर्षक युवती पर पड़ी जो नाव से नीचे उतर रही थी। उसका रंग साँवला और चेहरा लम्बा था। बड़ी-बड़ी आँखें बरबस दूसरी आँखों को अपनी ओर खींचती थीं। वह लड़की साड़ी पहने हुए थी और उसके हाथ में कपड़े का एक छोटा-सा बंडल था। उमाकान्त ने देखा कि वह कपड़ा काले रंग का है और उसे लगा कि वह एक बुर्का है।

लड़की की उम्र बाईस-तेईस साल की होगी। उसके साथ आठ-दस साल की दो छोटी-छोटी लड़कियाँ थीं। जरीना के मामा ने बताया था कि वह उनकी बच्चियों को लेकर झील पर गई है। उमाकान्त ने समझ लिया कि यह लड़की जरीना ही है जो नैनीताल के उन्मुक्त वातावरण में बुर्के के बन्धन के बाहर आ गई है। वह बैंच पर बैठा हुआ जरीना के अपनी ओर आने का इन्तजार करता रहा।

जरीना उसके पास से निकली और वह उसके पीछे-पीछे चलने लगा। हरिश्चन्द्र भी उसके पीछे चलने लगा। कुछ देर बाद वे सड़क के पास पहुँच गए। वहाँ पेड़ों के नीचे बैंच पड़ी हुई थी। जरीना के साथ की दोनों बच्चियाँ उछलकर एक बैंच पर बैठ गईं। जरीना उन्हीं के पास खड़ी होकर उनसे बात करने लगी।

तभी उमाकान्त ने उसके सामने आकर कहा, "मिस जरीना?"

जरीना ने चौंककर उसकी ओर देखा। उमाकान्त ने मुस्कराकर उसे बैंच पर बैठने का इशारा किया। बोला, "मैं आपसे दो मिनट बात करना चाहूँगा।"

"आप कौन हैं?" उसने कहा और कुछ पीछे हट आई।

अपने-आप उसकी निगाहें चारों ओर घूम गईं। सड़क पर बराबर लोग आ-जा रहे थे। उसके पीछे झील में लोग नावों पर गा रहे थे, ट्रांजिस्टर से आनेवाले फिल्मी गीत सुन रहे थे, चीख रहे थे। उसे शायद इत्मीनान हो गया कि उसे किसी भी तरह का खतरा नहीं है। उसने उमाकान्त को तीखेपन से देखा।

उमाकान्त ने कहा, "मैं अजीतसिंह का दोस्त हूँ और उसके हत्यारे से बदला लेना चाहता हूँ।"

जरीना ने कुछ दूरी पर खड़े हुए हरिश्चन्द्र की तरफ देखा। उसकी निगाह थोड़ी देर वहीं अटकी रही। फिर वह बैंच पर बैठ गई और उमाकान्त से धीरे-से बोली, "मैं आपकी क्या मदद कर सकती हूँ?"

उमाकान्त ने कहा, "मुझे आपसे कुछ सवाल पूछने हैं। पहला सवाल यह है कि अजीतसिंह की हत्या की रात जब आप उसे वार्ड में देखने गई थीं, तब उसके पास आपके सिवाय कोई और मौजूद था या नहीं?"

जरीना की आँखों से चिनगारियाँ-सी निकलने लगीं। उसने कड़ी आवाज में कहा, "तो इसका मतलब यह है कि आप भी सी.आई.डी. इंस्पेक्टर हैं। पिछले दो-तीन दिनों से आपके आदमियों ने आकर मुझसे न जाने कितनी बार यह सवाल पूछा है। आप लोगों को इत्मीनान क्यों नहीं होता? अजीतसिंह को जब मैं देखने गई थी तब एक वार्ड-ब्वाय वहाँ मौजूद था। मुश्किल से दस सैकिंड के लिए वह वहाँ से दरवाजे की ओर मुड़ा होगा। पर किसी वजह से फिर वापस लौट आया था। मैं उसके पास एक मिनट के लिए भी अकेली नहीं रही।"

इतना कहकर जरीना चुप हो गई। फिर दाँतों से होंठ काटकर बोली, "अब मैं आपके किसी भी सवाल का जवाब नहीं दूँगी।" फिर अपने साथ की बच्चियों से उसने कहा, "चलो।" और वह उठ खड़ी हुई।

उमाकान्त ने कहा, "मिस जरीना, आप गलत समझ रही हैं। मैं सी.आई.डी. इंस्पेक्टर नहीं हूँ। वह होता तो यहाँ, रास्ते में, आपके साथ हमदर्द की तरह बात न करता। तब मैं आपको थाने पर बुला सकता था और जरूरत पड़ती तो चौबीस घंटे तक आपको हिरासत में रखकर जितने चाहता उतने सवाल पूछ सकता था। मुझे पता

नहीं कि सी.आई.डी. के वे कौन-से आदमी हैं, जो आपसे बात करने के लिए आ चुके हैं। पर इतना यकीन मानिए कि मैं उनमें से होता तो न आप मुझे इस तरह का जवाब दे सकती थीं और न मैं इस तरह का जवाब सुन सकता था।''

जरीना ठिठक गई।

उमाकान्त ने अपनी आवाज में कुछ नाटकीयता भरकर, जो उसकी समझ में नौजवान लड़कियों पर असर डालने के लिए जरूरी था, कहा, ''अजीतसिंह आप लोगों का हितैषी था। आप उसे अपना भाई मानती थीं। मैं भी उसका दोस्त हूँ। मैंने तय किया है कि पुलिस से अलग जाकर हमें अजीतसिंह के हत्यारे का पता लगाने की कोशिश करनी चाहिए। इसलिए मैं सिर्फ आपसे मिलने के लिए इतनी दूर आया हूँ। आपको हमारी मदद करनी ही चाहिए।''

जरीना ने एक बार फिर दूर खड़े हुए हरिश्चन्द्र की ओर ध्यान से देखा। पर उसने अपना मुँह झील की तरफ कर लिया था। जरीना ने धीरे-से साँस छोड़ी और कहा, ''आप और क्या जानना चाहते हैं?''

उमाकान्त ने उसे बैंच पर बैठने का दुबारा इशारा किया। वह बच्चियों के पास बैंच के दूसरे छोर पर बैठ गई। बैंच के सिध

रे पर अपना एक पैर रखकर उमाकान्त, चारों ओर गौर से देखने के बाद बहुत धीरे से बोला, ''आप पौने बारह बजे के करीब अजीतसिंह के वार्ड में गई थीं। तब शायद उसे नींद आ गई थी। आप वहाँ लगभग तीन मिनट रहीं। यह सही है न?''

''जी हाँ।''

''लगभग तीन मिनट बाद आप वार्ड के बाहर गईं और दस मिनट बाहर रहकर फिर वार्ड के अन्दर आईं। यह भी सही है न?''

जरीना ने अपनी भौंहें सिकोड़कर कुछ सोचा। फिर एकदम से घबराकर बोली, ''यह क्या कह रहे हैं? लगता है, मुझे फँसाने की कोशिश की जा रही है। आपसे किसने कहा कि मैं वार्ड छोड़ने के दस मिनट बाद वापस आई?''

उमाकान्त ने उसी तरह धीरे-से कहा, ''घबराइए नहीं। आपको कोई भी नहीं फँसा रहा है। सिर्फ मेरे सवालों का जवाब 'हाँ' या 'नहीं' में देती जाइए और सिर्फ इतना ध्यान रखिए कि कोई भी जवाब गलत न हो, क्योंकि हो सकता है यही सवाल सी.आई.डी. के आदमी भी आपसे करेंगे और उनके सामने अगर आपने इस तरह की घबराहट दिखाई तो उसका नतीजा बुरा हो सकता है।''

जरीना ने अनावश्यक रूप से जोर देकर कहा, ''मैं हलफ लेकर कह सकती हूँ कि वार्ड से बाहर आकर मैं फिर उधर नहीं गई। बस सीधे अपने घर गई थी।''

उमाकान्त थोड़ी देर चुप रहा। वह बराबर जरीना की ओर देख रहा था। कुछ देर बाद उसने फिर धीरे से पूछा, ''जब आप वार्ड में पहली बार गई थीं, तब एक सिस्टर वार्ड के बाहर बैठी हुई थी। आपने उसे देखा था?''

"जी हाँ।"

"दुबारा वार्ड में जाते हुए आपने उससे फुसफुसाकर कहा था कि आप अपना पर्स अजीतसिंह की बेड के पास भूल आई हैं और उसे लेने जा रही हैं। यह सही है?"

जरीना ने जोर से कुछ कहने के लिए मुँह खोला, पर अपने होंठ बन्द कर लिए। फिर सिर हिलाकर धीरे से कहा, "यह सरासर झूठ है। न मैं अपना पर्स वहाँ छोड़ आई थी, न मैं दुबारा वार्ड की ओर गई, न मैंने सिस्टर से ऐसी कोई बात कही। वार्ड से निकलकर मैं सीधे अपने घर गई थी।"

उमाकान्त चुपचाप सुनता रहा। फिर बोला, "सी.आई.डी. वाले आपसे कब मिले थे?"

"एक आदमी तो परसों मिला था। यानी जिस दिन मैं यहाँ आई, उसी दिन। और एक आदमी आज सवेरे आया था।"

"और उसने आपसे वार्ड में पर्स छूटने की बाबत भी बाबत की थी?"

"नहीं।"

"और वार्ड में दुबारा जाने के बारे में?"

"नहीं।"

उमाकान्त फिर थोड़ी देर चुप रहा। आखिर में बोला, "मुझे यकीन है आपने मुझसे जो कहा है, सच ही कहा है। आप एक बार फिर सोच लीजिए। अगर आपने मुझसे झूठ बोला होगा, तो इत्मीनान रखिए, आप कल से ही ऐसी मुसीबत में फँसेंगी कि दुनिया की कोई भी ताकत आपको नहीं बचा पाएगी।"

जरीना ने उसकी ओर सीधे देखते हुए कहा, "मुझे धमकाइए नहीं, इसकी जरूरत नहीं है।" फिर कुछ हिचककर बोली, "आपने मुझे अपना नाम नहीं बताया।"

उसने कहा, "मैं उमाकान्त हूँ और..."

"और" जरीना ने बड़ी सादगी से कहा, "आपके इन दोस्त का नाम, वही जो उधर पेड़ के पास खड़े हैं, हरिश्चन्द्र है। इन्होंने ही शायद अजीतसिंह पर गोली चलाई थी, और शायद इन्हीं की बीवी मिसेज रूबी ने अजीतसिंह को ज़हर दिया है, और शायद इन्हीं दोनों की मदद के लिए आप नैनीताल तशरीफ लाए हैं, और अजीतसिंह आपके कभी दोस्त नहीं थे, आपके असली दोस्त मि. हरिश्चन्द्र हैं।"

उमाकान्त का मजाक उड़ाते हुए उसने कहा, "क्या यह सही है?"

उमाकान्त ने पूरी बात चुपचाप सुन ली। फिर वह धीरे से मुस्कराया और बोला, "आपकी पूरी बात लगभग सही है। बस, इतना गलत है कि अजीतसिंह को रूबी ने ज़हर दिया है। जो भी हो, आपने मेरी मदद की है तो उसका अफसोस न कीजिए। यकीन रखिए, इसी के सहारे सच्चाई का पता लगेगा। बहुत-बहुत शुक्रिया।"

जरीना ने व्यंग से कहा, ''सच्चाई का पता पुलिस को लग चुका है, आप अपना वक्त क्यों बरबाद कर रहे हैं। कुछ दिनों यहाँ नैनीताल में आराम कीजिए, तब तक पुलिस को रही-सही सच्चाई का भी पता लग जाएगा।''

''जो भी हो, आपकी मदद का शुक्रिया।'' कहकर वह बड़े प्रसन्न भाव से सड़क की ओर चल दिया। उसके पीछे हरिश्चन्द्र भी चला, पर उसके चेहरे पर उलझन झलक रही थी। लगभग पचास गज चलते ही किसी ने उसका कन्धा पीछे से छुआ। उसने देखा, सी.आई.डी. इंस्पेक्टर सिद्दीकी खड़ा हुआ है। वह बड़े उत्साह से बोला, ''हलो, सिद्दीकी।''

सिद्दीकी ने सिर हिलाते हुए, जैसे उसे कोई खेल दिखाया गया हो पर जमा न हो, कहा, ''इतनी मेहनत की जरूरत नहीं थी। आप मुझसे लखनऊ में ही पूछ लेते तो मालूम हो जाता कि जरीना का पीछा करना बेकार है।''

''गर्मी में नैनीताल कौन नहीं आना चाहता? आप कहीं इस धोखे में तो नहीं हैं कि सीजन की यह सारी भीड़ जरीना के पीछे ही आई हुई है?''

सिद्दीकी ने कहा, ''मुझे कोई धोखा नहीं है। पर आपका काम आसान कर दूँ। जरीना पर शुबहा करना बेकार है। जिस रात अजीतसिंह पर आपके इन दोस्त ने गोली चलाई थी, जरीना सिनेमा का पहला शो देखने गई थी। वह पौने दस बजे अपने घर पहुँची और वहीं जनक्रान्ति प्रेस के सामने उसे मालूम हुआ कि अजीतसिंह पर गोली चलाई गई है। वह अपनी एक सहेली के साथ सिनेमा देखने गई थी, जो उसके पड़ोस में ही रहती है। उसे छोड़कर वह अपने पिता के साथ सीधे अस्पताल गई। तब तक अजीतसिंह को होश नहीं आया था। वह वार्ड के बाहर उसके होश में आने का इन्तजार करती रही। अजीतसिंह को सवा ग्यारह बजे होश आया और उसके लगभग आधा घंटे बाद स्टाफ की इजाजत लेकर वह उसे देखने गई। अस्पताल पहुँचने के पहले उसे किसी भी तरह यह खबर नहीं मिल सकती थी कि अजीतसिंह के बच जाने की आशा है। इसलिए उसे मारने के लिए ज़हर भी देना जरूरी होगा, यह बात वह पहले से किसी भी हालत में नहीं जान सकती थी। और यह भी तय है कि अस्पताल जाकर वह और उसके वालिद फिर कहीं गए नहीं। वे अजीतसिंह को देखकर ही वापस लौटे। इसलिए हमारी राय में यह असम्भव है कि जरीना अजीतसिंह को ज़हर देने का इन्तजाम करके उससे मिली होगी।''

उमाकान्त ने पूरी बात गौर से सुनी। उसने देखा कि सिद्दीकी को यह नहीं मालूम है कि जरीना दस मिनट बाद दुबारा भी वापस आ सकती थी। वह चुपचाप सिद्दीकी की बात सुनता रहा।

सिद्दीकी ने सिर हिलाते हुए अपनी बात पूरी की, ''मिस्टर उमाकान्त, यह सब मैं आपसे इसीलिए बता रहा हूँ कि आप अब इस मामले में ज्यादा टाँग न अड़ाएँ।

रूबी को आप बचा नहीं पाएँगे और वह बच भी गई तो इसका यही मतलब होगा कि एक खूनी कानून के चंगुल से छूट गया है।''

उमाकान्त ने सिगरेट का पैकेट निकालकर सिद्दीकी की ओर बढ़ाया और मुस्कराते हुए कहा, ''इन सूचनाओं के लिए बहुत-बहुत शुक्रिया। पर मेरे दिमाग में इस वक्त अजीतसिंह का खून नहीं, नैनीताल का मौसम घूम रहा है। इजाजत हो तो मैं उधर फ्लैट की ओर हो लूँ?''

दो कदम आगे बढ़कर वह घूम पड़ा और बोला, ''मि. सिद्दीकी, आपके काम में मैं दखल नहीं दे रहा हूँ, पर एक सुझाव देना चाहता हूँ कि जब तक आपकी जाँच खत्म न हो जाए, जरीना को हाथ से बाहर मत जाने दीजिएगा। उस पर निगाह रखना जरूरी है।''

''शुक्रिया, पर घबराइए नहीं। खूबसूरत, लड़कियों को वैसे भी हाथ से बाहर नहीं जाने दिया जाता। आप जब चाहेंगे, उसे आपकी खिदमत में पेश कर दूँगा।'' यह बात सिद्दीकी ने उसका मजाक उड़ाते हुए कही थी, पर उमाकान्त को यकीन हो गया कि उसका सुझाव सिद्दीकी के तेज दिमाग में बैठ गया है।

उसी शाम सात बजे के करीब वे नैनीताल से वापस चल दिए। उमाकान्त को यात्रा में बिस्तर की जरूरत नहीं पड़ी।

## बारह

बादशाह ने कहा, ''उस्ताद, मैं समझता हूँ अब सब सी.आई.डी. को बता दिया जाए। हमारी दौड़-धूप का अब कोई नतीजा नहीं निकलेगा।''

बादशाह के ढाबे से कुछ आगे एक साफ-सुथरा रेस्तराँ था। उसमें कलर लगे थे और अन्दर काफी ठंडक थी। उसी के एक कोने में बैठे हुए दोनों ठंडी कॉफी पी रहे थे। उमाकान्त ने भौंहें उठाकर सवाल-सा किया। पूछा, ''सी.आई.डी. को क्या बता दिया जाए? हमारे पास बताने के लिए है ही क्या?''

बादशाह ने कहा, ''उस्ताद, हमारी छानबीन से कुछ बातें बिल्कुल साफ हो जाती हैं। पुलिस ने रूबी को सन्देह के आधार पर गिरफ्तार किया है। अजीतसिंह जब हरिश्चन्द्र की गोली से बच गया तब बहुत मुमकिन है कि रूबी ने उसे अपने निजी झगड़े को लेकर मारना चाहा हो। अजीतसिंह रूबी को जितना दुह सकता था उसने उतना दुहा था। मैं अगर रूबी की जगह होता तो ऐसे मौके पर उसे छोड़ता ही नहीं। यानी रूबी के खिलाफ हत्या करने की वजह पूरी तौर से साबित है। पर सवाल यह है कि पुलिस के पास हत्या करने का कोई सबूत भी है या नहीं? सिवाय इसके

कि वह अस्पताल में कुछ देर उसके पास अकेले में रही, रूबी के खिलाफ ज़हर देने का कोई भी सबूत नहीं। इस तरह के सबूत का कोई मतलब नहीं है, उस्ताद! कोई भी अच्छा वकील दो मिनट में ऐस सबूत के चिथड़े उड़ा देगा। रूबी के खिलाफ दूसरा सबूत यह है कि उसके कमरे से कत्थई रंग की वैसी ही छोटी शीशियाँ बरामद हुई हैं जैसी कि अजीतसिंह को ज़हर देते समय इस्तेमाल हुई थी। यह सबूत भी कोई ऐसा सबूत नहीं है। हर भला आदमी आजकल अपने घर में आठ-दस दवाएँ रखता ही है। और उस्ताद, अगर तुम्हारे ही घर की तलाशी ली जाए तो अजब नहीं कि दो-चार उस तरह की शीशियाँ वहाँ भी निकल आएँ। कम-से-कम मेरे घर में ऐसी आधा दर्जन शीशियाँ होंगी।

"एक और बचकाना सबूत है गुलाब की कली का। पुलिस को वह अजीतसिंह के घर से मिली है। वे समझते हैं कि रूबी गोली-कांड के बाद उसके घर गई थी और उसने वहाँ की तलाशी ली थी। पर पुलिस को यह भी मालूम है कि वह उसके पहले भी वहाँ गई थी। इसी से इस सबूत की कोई कीमत नहीं रहती। पुलिस ने अभी रूबी का चालान नहीं किया है। इसकी यही वजह है कि वह अभी उसके खिलाफ किसी और वजनदार सबूत की खोज कर रही है।"

उमाकान्त बादशाह की बातें ध्यान से सुन रहा था। बोला, "ठीक।"

बादशाह कहता रहा, "दूसरी ओर हमारे सामने दो और मुल्जिम मौजूद हैं—एक है मिस लायल और दूसरी मिस जरीना।"

उमाकान्त ने मुस्कराकर कहा, "और एक तीसरा भी हो सकता है—हरीसिंह।"

बादशाह ने गम्भीरता से कहा, "जी हाँ जनाब। हरीसिंह भी हो सकता है। पर पहले इन देवियों को देख लिया जाए। रूबी के साथ हत्या करने का कारण मौजूद है। पर इनके साथ हमें किसी ऐसे कारण का पता नहीं। पर रूबी के खिलाफ ज़हर देने का कोई अच्छा सबूत नहीं है जबकि इन दोनों के खिलाफ इसका बहुत अच्छा सबूत मौजूद है। पहले मिस लायल को लीजिए। वह वार्ड में दस बजे रात से छह बजे सुबह तक ड्यूटी पर रही। अजीतसिंह के पास अकेले में वह किसी भी वक्त पहुँच सकती थी। उसे अफीम खाने की आदत है और उसके घर पर अफीम जरूर रही होगी। वह भले ही इन्जेक्शन लेकर नशा करती हो, पर अजीतसिंह के आसपास जितने आदमी थे, उनमें अकेली वही एक ऐसी है जिसके पास अफीम किसी-न-किसी शक्ल में मौजूद थी।"

उमाकान्त ने उसे टोककर कहा, "पर केमिकल एक्जामिनर की रिपोर्ट से पता चलता है कि उसे अफीम टिंक्चर दी गई थी। मिस लायल जैसी अफीम लेती है और जिस तरह से लेती है उसका इस हत्या से शायद ही कोई सम्बन्ध हो।"

बादशाह ने कहा, "यहाँ तो हमें सी.आई.डी. की मदद की जरूरत है। वैसे बहुत देर हो चुकी है और मिस लायल के यहाँ तलाशी लेने से कुछ भी हाथ नहीं

लगेगा, पर इसमें हर्ज ही क्या है? पुलिस को उसके घर की बाकायदा तलाशी लेनी चाहिए। जिसे सुई से अफीम लेने की आदत हो वह जरूरत पड़ने पर मुँह से भी ले सकती है। हो सकता है कि मिस लायल के घर पर ज़हर पिलाने का कोई सबूत निकल आए। मिस लायल की अजीतसिंह से शायद कोई दुश्मनी नहीं थी। पर हो सकता है कि मौका देखकर किसी ने उसे अजीतसिंह को ज़हर देने के लिए इस्तेमाल किया हो। आप ही बता रहे थे कि मिस लायल और हरीसिंह ने पूरा ड्रामा खेलकर यह बताने की कोशिश की कि जरीना अजीतसिंह के पास दूसरी बार भी गई थी और उस समय वहाँ कोई नहीं था। यह हो सकता है कि दोनों मिलकर पुलिस को जरीना के पीछे लगा देना चाहते हों और इस तरह मिस लायल साफ बच जाना चाहती हो!''

उमाकान्त ने कॉफी का गिलास खत्म करके दूर खिसका दिया और इत्मीनान से कहा, ''इसी के साथ हरीसिंह को भी दफन करते चलो।''

बादशाह ने कहा, ''हरीसिंह भी खूनी हो सकता है, उस्ताद! वार्ड की लम्बाई में दोनों तरफ, बीच में रास्ता छोड़कर, मरीजों की चारपाइयाँ पड़ी थीं। आप बताते हैं कि हरीसिंह की चारपाई अजीतसिंह के सामने एक चारपाई छोड़कर थी। दोनों के बीच मुश्किल से तीन गज का फासला रहा होगा। मिस लायल और हरीसिंह की साँठ-गाँठ है ही। हरीसिंह के बाएँ पैर में प्लास्टर भले ही बँधा हो पर वह दूसरा प्लास्टर है और उसकी हड्डी काफी पहले जुड़ चुकी है। यह जाहिर है कि अब तक वह उस वार्ड के अन्दर सिर्फ मिस लायल के पास रहने के लालच से पड़ा हुआ था। वह लँगड़ाता जरूर है, पर आसानी से चल सकता है। जिन वजहों से मिस लायल अजीतसिंह को ज़हर पिला सकती थी, उन्हीं वजहों से मिस लायल की दोस्ती में हरीसिंह भी वह काम कर सकता था। कम-से-कम इतना तो साबित है ही कि दोनों एक ही थैली के चट्टे-बट्टे हैं।''

उमाकान्त ने कहा, ''और मिस जरीना?''

बादशाह बोला, ''अगर मिस लायल या हरीसिंह खूनी नहीं हैं तो बहुत मुमकिन है कि जरीना ही ने यह खून किया हो। अगर वे दोनों निर्दोष हैं तो कोई वजह नहीं कि वे झूठ-मूठ ऐसा बयान दें जो जरीना के बिल्कुल खिलाफ पड़ता हो। तब तो हमें यही मानना होगा कि वार्ड से बाहर जाकर दस मिनट बाद जरीना फिर वापस आई। मिस लायल उस वक्त नशे की झोंक में रही होगी। उससे उसने फुसफुसाकर अन्दर जाने की इजाजत माँगी और फिर अजीतसिंह के पास जाकर उसे ज़हर पिला दिया। वे दोनों कहते ही हैं कि जब जरीना दुबारा अजीतसिंह के पास गई तब वार्ड-ब्वाय वहाँ मौजूद नहीं था। वार्ड-ब्वाय से आज मेरे चेले ने बात भी की थी। वह कसम खाता है कि उसके सामने कोई भी बुर्केवाली औरत अजीतसिंह के पास दुबारा नहीं गई, या एक के सिवाय कोई दूसरी औरत बुर्के में उसे देखने के लिए नहीं गई।''

बादशाह अपनी बात सुनाकर चुप हो गया। उन लोगों की मेज के पास एक कूलर चल रहा था। थोड़ी देर तक वे दोनों उसकी भन्नाहट में खोये-से बैठे रहे। उमाकान्त सिगरेट जलाकर चुपचाप कश खींचता रहा। बाद में उसने धीरे से सिर हिलाया और कहा, ''नहीं बादशाह, सी.आई.डी. से अभी कुछ कहना बेकार है। उन्हें रूबी पर सन्देह है। सन्देह के जवाब में हम उन्हें सन्देह-भर दे सकेंगे, कोई सबूत नहीं। उन्होंने मिस लायल और जरीना से कई बार बात की है। अगर उन्हें उनके बारे में ये बातें नहीं मालूम हो पाईं, जो हमें मालूम हैं तो उन्हें कुछ और बताने से कोई फायदा नहीं। उन्होंने एक थ्योरी बना ली है और उसी पर चल रहे हैं। जितनी जानकारी हमारे पास है उसके सहारे उन्हें अपनी थ्योरी से हटाना मुश्किल होगा।

''रही मिस लायल के घर की तलाशी की बात। वह बेकार है। कोई भी खूनी खून का सामान अपने छोटे-से मकान में छिपाकर नहीं रखेगा, खास तौर से ऐसा सामान जो एक छोटी-सी पुड़िया या शीशी में रह सकता हो और उसे बाहर हटा देने का उसको पूरा मौका मिल गया हो। फिर मिस लायल ने मुझे अपने मकान की तलाशी लेने की खुली छूट दे दी थी। वह मुझे पुलिस का आदमी समझ रही थी। होशियार से होशियार खूनी भी इतना बड़ा ब्लफ खेलने की हिम्मत नहीं करेगा। रही जरीना की बात। तो उसके खिलाफ भी कोई खास सबूत नहीं है। मगर मिस लायल एवं हरीसिंह का कहना सही है तो उससे यही साबित होता है कि जरीना के जाने के दस मिनट बाद एक औरत बुर्के में आई और अजीतसिंह को देखने गई। उन दोनों में से कोई भी यह नहीं कह सकता कि यह औरत जरीना ही थी। वह जरीना भी हो सकती है और कोई दूसरी औरत भी।''

थोड़ी देर वे दोनों चुपचाप बैठे रहे। अचानक उमाकान्त ने कहा, ''बादशाह, अपनी नोटबुक इधर तो बढ़ाना। उन नामों को मैं एक बार फिर देखना चाहता हूँ।''

बादशाह ने एक मोटी-सी नोटबुक उमाकान्त को दी। मेज पर रोशनी अच्छी नहीं थी, पर उमाकान्त ने उसे वहीं उलटना-पुलटना शुरू किया। उसने खून की रात अजीतसिंह के आसपास रहनेवालों की जो सूचियाँ बनवाई थीं वे इस नोटबुक में दर्ज थीं। पहली सूची में उन मरीजों के नाम थे जो सर्जिकल वार्ड में उस रात मौजूद थे। ऐसे मरीज संख्या में ग्यारह थे। अजीतसिंह तो मर ही चुका था। उसके अलावा तब से अब तक केवल दो आदमी वार्ड से हटे थे। बाकी नौ मरीज अब भी वार्ड में थे। बादशाह का एक साथी एक सामाजिक कार्यकर्ता के रूप में दो दिन पहले इन सबसे मिल आया था। उनमें कोई भी ऐसी हालत में नहीं था जो अपनी चारपाई से उठ सकता हो। वार्ड से हटे हुए मरीजों में हरीसिंह को छोड़कर दूसरे मरीज की भी छानबीन की जा चुकी थी। उसमें कोई दिलचस्पीवाली बात नहीं थी।

दूसरी सूची अस्पताल के स्टाफ की थी। इस मामले को हाथ में लेने के लिए ही बादशाह ने उन सबकी छानबीन कर ली थी। उनमे मिस लायल को छोड़कर कोई भी दिलचस्प आदमी नहीं था।

तीसरी सूची में, यानी उन लोगों में, जिन्होंने अजीतसिंह को वार्ड के अन्दर जाकर देखा, केवल तीन आदमी थे—उसका नौकर महीपाल, रूबी और जरीना। सी.आई.डी. को रूबी पर शुबहा था और बाकी दो के बारे में उन्होंने छानबीन करके इत्मीनान कर लिया था कि वे निर्दोष हैं। महीपाल तो अपने मालिक के घायल होने की खबर पाते ही अस्पताल गया था और वहाँ वह दूसरे दिन तक बराबर मौजूद रहा था। उसके लिए सम्भव नहीं था कि वह ज़हर देने की व्यवस्था कर सकता।

चौथी सूची उन लोगों की थी जो ऑपरेशन थिएटर और वार्ड के बाहर रहकर अजीतसिंह के बारे में पूछताछ करते रहे थे। इस सूची में चार-पाँच पत्रकार थे, 'जनक्रान्ति' प्रेस का कम्पोजिटर था और एक छोटा-मोटा नेता था जिसे लोग जसवन्त के नाम से जानते थे। उमाकान्त ने उसके बारे में भी काफी छानबीन करा ली थी।

अखबारवाले तो समाचार इकट्ठा करने के उद्देश्य से आए थे; और इसलिए भी कि अजीतसिंह की हैसियत पत्रकार की भी थी। 'जनक्रान्ति' प्रेस का कम्पोजिटर एक बूढ़ा और भला आदमी था और अपने मालिक को देखने आया था। जसवन्त उसी क्षेत्र से कारपोरेशन का चुनाव लड़ रहा था जिसमें अजीतसिंह का घर पड़ता था। अजीतसिंह उसका वोटर था और चुनाव में उसकी मदद भी कर रहा था। सभी जानते थे कि दोनों में अच्छी मित्रता थी। यह भी सभी जानते थे कि जसवन्त अपने मुहल्ले का एक बदनाम आदमी है। वह कई बार कारपोरेशन का चुनाव लड़ चुका था और अपनी जनप्रियता के कारण नहीं, बल्कि डराने-धमकाने की शक्ति और अन्धाधुन्ध रुपए के जोर से उसकी जीत होती रही थी। इस बार भी वह इन्हीं ताकतों के भरोसे चुनाव के मैदान में आया था।

नोटबुक के पन्ने लौटते-लौटते उमाकान्त ने कहा, ''जसवन्त के बारे में तुमने लिखा है कि वह आठ बजे के करीब अस्पताल पहुँचा। उस वक्त अजीतसिंह का ऑपरेशन हो रहा था। वह आठ से लेकर करीब साढ़े दस बजे तक अस्पताल में ही रहा। लगभग नौ बजे अजीतसिंह को ऑपरेशन के बाद वार्ड में पहुँचाया गया था। तब से जसवन्तसिंह वार्ड के बाहर डॉक्टरों से और स्टाफ के दूसरे लोगों से बातें करता रहा। साढ़े दस बजे जब वह वापस गया तब तक अजीतसिंह को होश नहीं आया था, पर सभी को उम्मीद हो गई थी कि वह जल्दी ही होश में आएगा। उसके बच जाने की उम्मीद ऑपरेशन के बाद ही हो गई थी। जसवन्त की चुनाववाली जीप अस्पताल में ही खड़ी थी। उसके साथ चुनाव के दो-तीन कार्यकर्ता भी थे। साढ़े-दस बजे के करीब वह जीप से दो-तीन नेताओं के यहाँ चुनाव के सिलसिले में गया और फिर अपने घर वापस चला गया।''

बादशाह उसकी बातें चुपचाप सुनता रहा। वह जान-बूझकर कुछ नहीं बोला।

उमाकान्त भी इतना कहकर चुपचाप सिगरेट पीने लगा। उसने धुएँ के छल्ले आसमान की ओर उड़ाए और कूलर के झोंके में धुआँ इधर-उधर बिखर गया। आँखें

सिकोड़कर वह कुछ देर धुएँ के मिटते हुए जालों को देखता रहा। फिर बादशाह से बोला, ''चलो बादशाह, यहाँ से चला जाए। अभी एक तमाशा देखना बाकी है।''

बिल चुकाकर वे रेस्तराँ से बाहर आए। उमाकान्त के पास अपना स्कूटर था। उसी पर दोनों बैठकर शहर का भीड़वाला रास्ता छोड़ते हुए उस सड़क से निकले, जिस पर मिस लायल का मकान पड़ता था। मकान के अहाते को एक किनारे छोड़ते हुए वे दो-तीन फर्लांग आगे निकल गए। एक पुरानी-सी इमारत के सामने उन्होंने अपना स्कूटर रोका।

इमारत पर धुँधले हरे अक्षरों में लिखा था, 'पैराडाइज होटल एंड बार'। उसके नीचे हिन्दी, उर्दू और अँग्रेजी तीनों भाषाओं में लिखा गया था, 'यहाँ रहने और खाने-पीने का बढ़िया इन्तजाम है।' वे दोनों इमारत के बरामदे से चलकर पिछवाड़े की ओर गए। वहाँ बरामदा सँकरा हो गया था और सामने एक गली पड़ती थी। गली से हल्की-सी बदबू आ रही थी और स्पष्ट था कि यह दोनों ओर से मकानों के पिछवाड़ेवाली गली है जिसमें लोग ऊपर से कूड़ा फेंकने के आदी हैं। इस इमारत के पिछले बरामदे से मिले हुए दो-तीन छोटे-छोटे कमरे थे। लोगों के रहने और खाने-पीने के बढ़िया इन्तजाम में इन कमरों का भी उपयोग होता था।

उमाकान्त ने बरामदे में जलते हुए बल्ब की धीमी रोशनी में एक कमरे के ऊपर लिखा हुआ नम्बर देखा और दरवाजे की ओर मुड़ा। बादशाह उसके पीछे था। दरवाजा आधा खुला था। अन्दर प्रवेश करते ही उसकी निगाह हरीसिंह पर पड़ी। वह चारपाई पर नंगे बदन लेटा था। उससे कुछ दूर एक मोढ़े पर एक टेबल-फैन रखा था जिसके चलने से जोर की आवाज हो रही थी। हरीसिंह तकिए के सहारे लेटा हुआ था और उसकी धोती घुटनों के ऊपर तक उठी हुई थी। पहली निगाह में ही उमाकान्त ने देख लिया कि उसके पैर का प्लास्टर कट चुका था।

हरीसिंह के सामने एक बिना पालिस की मेज पर रम की बोतल रखी थी जो लगभग आधी खाली हो चुकी थी। एक गन्दी-सी प्लेट में प्याज के कटे हुए टुकड़े पड़े थे। वहीं एक पानी का लोटा और शीशे का गिलास रखा था। गिलास खाली था।

उन लोगों को देखते ही हरीसिंह ने चारपाई से उठने की कोशिश की। पर उमाकान्त ने कहा, ''आप आराम से लेटे रहिए। तकलीफ की कोई जरूरत नहीं।'' और वह मेज के पास ही पड़ी हुई एक ऊँची कुर्सी पर बैठ गया। हरीसिंह ने भी दुबारा उठने की कोशिश नहीं की। विनम्रता से हँसकर बोला, ''जी हाँ, जी हाँ, यह तो घर का मामला है। आइए, इंस्पेक्टर साहब।''

बादशाह अब तक हरीसिंह की ही चारपाई पर बैठ गया था। हरीसिंह ने कहा, ''यह कौन बाबू साहब हैं?''

उमाकान्त की नाक में रम और प्याज की तेज बू बसती जा रही थी। वह ऐसी जगह बैठा था जहाँ टेबल-फैन की हवा भी नहीं आ रही थी। बैठते ही उसके माथे

पर पसीना छलक आया। हरीसिंह की आवाज और बोतल की हालत से उसने अन्दाज लगा लिया कि इस समय वह नशे में है। उसने बड़ी प्रसन्न मुद्रा में कहा, ''यह बाबू साहब मेरे दोस्त हैं। आप भी इनसे दोस्ती कर लीजिए। यह पक्के चार सौ बीस हैं और हमेशा आपके काम आएँगे।''

हरीसिंह ठठाकर हँसने लगा। हँसते-हँसते बोला, ''वाह, इंस्पेक्टर साहब!''

बादशाह ने भी हँसी में उसका साथ दिया। अचानक हरीसिंह की हँसी रुक गई। वह चारपाई पर सिमटकर दीवार के सहारे बैठ गया और बोला, ''उधर अल्मारी में गिलास रखे हैं। आप लोग लें, तो मैं भी अपना गिलास भर लूँ।''

बादशाह ने हरीसिंह की चापलूसी करते हुए कहा, ''ठाकुर साहब के बड़े ठाठ हैं।'' उसने अल्मारी से एक पीतल का गिलास निकाला। वास्तव में वहाँ एक वही गिलास था, फिर बोला, ''यह हमारे उस्ताद तो पीने वालों में हैं नहीं। सिर्फ सिगरेट से काम चला लेते हैं। आइए, मैं आपका साथ दूँ।'' उसके बाद बादशाह ने अपने और हरीसिंह के गिलासों में रम डालकर तैयार की। पहली चुस्की में ही बादशाह को मालूम हो गया कि लोटे के पानी में बर्फ नहीं थी।

हाथों में गिलास पहुँच जाने के बाद हरीसिंह का नशा कुछ कम हो गया था। उसने उमाकान्त से पूछा, ''कहिए इंस्पेक्टर साहब, इधर कैसे भूल पड़े?''

उमाकान्त ने उसे खुश करने के लिए, ''रमते जोगी, बहते पानी, और जासूस के आने का कोई ठिकाना है? इस नौकरी के पीछे न जाने कब कहाँ पहुँच जाना पड़ जाए।'' फिर उसने बड़े स्नेह से कहा, ''इस वक्त तो सिर्फ इधर से निकल रहा था। सोचा आपसे भी मिलता चलूँ।''

हरीसिंह ने रम का एक लम्बा घूँट गले से नीचे उतारा। खुश होकर बोला, ''क्यों नहीं, क्यों नहीं! आप तो घर के आदमी हैं।'' अचानक उसने पूछा, ''क्या हुआ, उस ज़हरवाले मामले में मेरी गवाही कब करा रहे हैं?''

''बस कुछ ही दिनों की देर है। जाँच खत्म होनेवाली है।'' फिर जैसे उसे कोई भूली हुई बात याद आई हो, बोला, ''आपसे भी एक छोटी-सी बात पूछनी है। बताइए, वह बुर्केवाली लड़की जब दुबारा वार्ड में आई तो उस वक्त आप जाग रहे थे न?''

हरीसिंह ने आँखें फैलाकर कहा, ''बिल्कुल।''

''तो बताइए, अजीतसिंह की बेड के पास जाकर वह फिर कहाँ गई?''

हरीसिंह ने एक और घूँट गले के नीचे उतारा और बड़े घरेलू ढंग से बोला, ''आपसे पूरी बात बता दूँ तो आप मारेंगे तो नहीं?''

उमाकान्त हँसने लगा।

हरीसिंह उसी तरह बोला, ''डाँटेंगे तो नहीं?''

बादशाह ने कहा, ''आप तो ठाकुर साहब, घर के आदमी हैं। हम लोगों से क्या छिपाना?''

"तो सुनिए!" उसने आवाज धीमी करके, जैसे किसी बड़े भेद की बात बताई जा रही हो, कहा, "मैं तो, आप जानते ही हैं, जरा रईस तबियत का आदमी हूँ। रोज शाम को थोड़ी-सी पीनेवाली चीज होनी चाहिए। वहाँ अस्पताल में पड़े हुए इसी की तकलीफ थी। पर बाद में 'मेम साहब' ने मुश्किल आसान कर दी। उन्हीं से मैं कभी-कभी दारू का पौआ मँगा लिया करता था। उस दिन भी एक पौआ मँगाकर मैं धीरे-धीरे पी गया था और अपने बिस्तर पर आराम कर रहा था। तभी वे अजीतसिंह को बेहोशी की हालत में ले आए। उसे मेरे सामनेवाले बिस्तर पर एक कोने में लिटा दिया गया और उसके चारों ओर पर्दे खींच दिए गए। उसके आसपास डॉक्टर और अस्पतालवाले काफी देर तक मँडराते रहे। कुछ देर बाद, क्या बताऊँ, औरतें आने लगीं। अब आप तो जानते ही हैं इंस्पेक्टर साहब, मैं रईस आदमी! आराम से दारू पिए हुए अपने बिस्तर पर पड़ा था। औरतों को देखकर कहाँ माननेवाला! तबियत मचल गई। पहले तो वही औरत आई जिसे अब पुलिस ने बन्द कर दिया है—रूबी। उसके भी हुस्न का कोई जवाब नहीं। उसके जाने के कुछ देर बाद एक दूसरी औरत बुर्के में आई। उसकी शक्ल मैं देख नहीं सका। मन मसोसकर रह गया।

"वह चली गई। और थोड़ी देर बाद फिर लौटी। इस बार जब वह अजीतसिंह के बिस्तर के पास जा रही थी, मेरी निगाह उसके पैरों पर पड़ी। अब क्या बताऊँ इंस्पेक्टर साहब, उन पाँवों की खूबसूरती भी गजब की थी। इतने गोरे और चिकने पाँव बड़ी-बड़ी रानियों-महारानियों के भी न होंगे। मैं देखता ही रह गया। अजीतसिंह के बिस्तर के पास दो-तीन मिनट रुककर वह बाहर आई और बगल के दरवाजे से लेवेटरी की ओर चली गई। मैं बड़े चक्कर में पड़ा कि यह औरत रास्ता भूलकर उधर कैसे जा रही है। औरतों को उधर तो जाना नहीं चाहिए! पर वह लेवेटरी के अन्दर चली गई और उसने धीरे से दरवाजा बन्द कर लिया। लगभग पन्द्रह मिनट तक मैं उसके बाहर निकलने का इन्तजार करता रहा। आपसे क्या छिपाना? उसके गोरे-गोरे पाँव मेरे मन में घर कर गए थे। मैं यही सोच रहा था कि जिसके पाँव इस तरह के हैं, उसकी सूरत कैसी होगी! आखिर में मुझसे न रहा गया। अपनी चारपाई से उठकर लँगड़ाता हुआ मैं भी लेवेटरी की ओर गया। वहाँ जाने में मुझे कोई डर नहीं था, क्योंकि चार-पाँच दिनों से मैं बिस्तर से उठकर नित्यकर्म के लिए वहीं जाने लगा था। अन्दर पहुँचते ही मैंने ध्यान लगाकर सुना। कहीं कोई आवाज नहीं हो रही थी। मैंने अन्दर से दरवाजा बन्द कर लिया और उसे खोजने लगा। मैं जानता था कि वह मर्दों की लेवेटरी में गई है तो चिल्लाएगी नहीं, और चिल्लाएगी भी तो मैं पहले ही से चिल्लाने लगूँगा कि वह वहाँ कैसे आई है। पर यह सब बेकार था। मैंने उसे चारों ओर खोजा, पर वहाँ उसका कोई भी निशान बाकी नहीं था।

"बाद में मैंने बाहर बरामदे में खुलनेवाला दरवाजा देखा। वह अन्दर से खुला हुआ था। तब मैं समझ गया कि वह इसी रास्ते से बाहर चली गई है। इश्क के रास्ते में बड़ी-बड़ी चोटें सही हैं। यह चोट सहना भी मेरे लिए कोई बड़ी बात नहीं थी। दरवाजा खोलकर मैं फिर वार्ड के अन्दर आ गया और अपनी चारपाई पर पड़ रहा।"

कुछ रुककर हरीसिंह ने पूछा, "बताइए इंस्पेक्टर साहब, क्या यह सब भी गवाही में कहना पड़ेगा?"

उमाकान्त ने सिगरेट जला ली थी और कुछ सोचने लगा था। जमीन पर निगाह लगाए हुए उसने पूछा, "उसके पाँव बहुत गोरे थे?"

"जी हाँ, बहुत गोरे थे।"

"तुम्हें अच्छी तरह याद है?"

हरीसिंह ने आशिकों की तरह नकली आह भरकर कहा, "जी हाँ, इंस्पेक्टर साहब, अच्छी तरह याद है और उम्र-भर याद रहेगा।"

उमाकान्त ने बादशाह से कहा, "उठिए श्रीमान चार सौ बीस जी। अब ठाकुर साहब को आराम करने दीजिए।"

वह खुद भी उठ खड़ा हुआ। चलते-चलते बोला, "तुम्हारा खयाल सही है ठाकुर साहब। गवाही में तुम्हें यह भी बताना पड़ेगा।"

## तेरह

कानपुर में टेरिलीन, नाइलान, घड़ी, सोने आदि का तस्कर-व्यापार करनेवालों का एक अन्तर्राष्ट्रीय गिरोह पकड़ा गया था। बम्बई के एक मशहूर साप्ताहिक पत्र ने, जो इस तरह की खबरों को चन्द्रमा तक अन्तरिक्ष-यान ले जाने के मुकाबले ज्यादा महत्त्व देता था, उमाकान्त को तार भेजा। प्रार्थना की थी कि वह इस मामले की 'स्टोरी' जल्दी-से-जल्दी भेजे। यह साप्ताहिक उमाकान्त को सबसे ज्यादा पैसे देता था। फिर भी उमाकान्त उस स्टोरी के पीछे नहीं भागा। उसके पीछे उसने अपना एक सहायक पत्रकार लगा दिया। खुद एक जहरीले आदमी की तलाश में खोया रहा।

तीन-चार दिनों से यह मसला उसके दिमाग पर बुरी तरह हावी था। पिछली रात वह जब हरीसिंह के होटल से लौटकर बिस्तर पर लेटा तो उसे नींद नहीं आई। वह बराबर सोचता रहा। रात को पिछले पहर उसे झपकी आ गई। जब नींद खुली तब सूरज निकल आया था। तैयार होकर उसने अपना स्कूटर निकाला और रूबी के उस रिश्तेदार के घर पहुँचा जहाँ अजीतसिंह की हत्या की रात रूबी रात-भर

रही थी। वहाँ उसे मालूम हुआ कि अजीतसिंह पर गोली चलने के बाद जैसे ही पुलिस हरिश्चन्द्र को थाने पर और अजीतसिंह को अस्पताल ले गई, रूबी ने अपने इस रिश्तेदार को फोन किया था। वह रूबी को डायमंड होटल से ले आया था। तब से वह अपनी गिरफ्तारी के वक्त तक, उसके या उसके परिवार के साथ रही। रूबी को वह अपनी कार पर ही अस्पताल लाया था। अस्पताल में रूबी काफी देर उसके साथ रुकी रही, बाद में अजीतसिंह को देख लेने के बाद उसी के साथ उसके घर वापस गई थी। उसी रिश्तेदार के साथ वह हरिश्चन्द्र से मिलने थाने पर भी गई थी।

...वह गोरे पाँवोंवाली औरत, जिसे बुर्के में देखकर पुराने रईस हरीसिंह का मन मसोसने लगा था, रूबी क्यों नहीं हो सकती—उमाकान्त सोचता रहा।

वहाँ से वह हरिश्चन्द्र के घर पहुँचा। वह दुकान पर जाने की तैयारी में था। उसने बताया कि अब रूबी को जमानत पर छोड़ने की दरख्वास्त हाईकोर्ट में दी जा रही है। उसने यह भी बताया कि सी.आई.डी. ने अपनी जाँच लगभग खत्म कर ली है। उन्हें कई मरीजों की गवाही मिल गई है, जिन्होंने रूबी को अजीतसिंह के बिस्तर के पास अकेले जाते हुए देखा था। उस वक्त वहाँ कोई-ब्वाय भी नहीं था।

और वार्ड-ब्वाय? सी.आई.डी. वार्ड-ब्वाय के खिलाफ कुछ क्यों नहीं सोचती? अचानक उमाकान्त ने हरिश्चन्द्र से कहा, "आपका फोन कहाँ है?"

"उधर—गैलरी में। क्यों?"

उसने 'क्यों' का जवाब नहीं दिया। गैलरी में जाकर बादशाह को फोन मिलाया और पूछा, "बादशाह, तुमने उस वार्ड-ब्वाय का क्या नाम बताया था?"

बादशाह ने जवाब दिया, "रामप्रकाश। सर्जिकल वार्ड में उस रात वह ड्यूटी पर था।"

"उसके बारे में कुछ पता लगाया था?"

"हाँ उस्ताद! वह बिहार का रहनेवाला है। कुछ दिनों बनारस के एक अस्पताल में काम करता रहा था। अभी एक महीना हुआ, इस अस्पताल में बदलकर आया है। उसकी चाल-ढाल पर उसी दिन से हमारे दो चेलों की निगाह लगी है। पर उसके खिलाफ कोई भी बात अब तक सामने नहीं आई। वह शहर में बहुत कम लोगों को जानता है। ड्यूटी के बाद सीधा अपने घर जाता है। उसके साथ सिर्फ उसकी माँ रहती है। खाना खाकर वह पड़ोस में एक हनुमानजी के मन्दिर जाकर पड़ा रहता है। फिर सोने के वक्त घर वापस लौट जाता है। माँ और हनुमानजी को छोड़कर उसका शायद किसी से कोई सरोकार नहीं है।"

"ओह!"

बादशाह उधर से हँसा और बोला, "क्या हुआ उस्ताद? वार्ड-ब्वाय के खिलाफ कुछ मसाला निकला क्या?"

"जो मसाला था उस पर तो तुमने पहले ही पानी फेंक दिया है।" कहकर उमाकान्त टेलीफोन रखने जा रहा था, पर कुछ सोचकर रुक गया। उसने कहा, "बादशाह, पाँच-छह बजे अपने होटल में ही रहना।"

गैलरी में हरिश्चन्द्र की ओर आते-आते उसने कहा, "हम लोग क्या आज रूबी से नहीं मिल सकते?"

हरिश्चन्द्र सोचता रहा, फिर बोला, "एक डिप्टी जेलर मेरा मुलाकाती है। अगर वह हुआ तो शायद आज ही मुलाकात हो जाए। नहीं तो तीन दिन तक इन्तजार करना पड़ेगा।"

"पर रूबी से मैं अकेले मिलना चाहता हूँ।"

हरिश्चन्द्र ने उदास होकर कहा, "ठीक है। चलिए, हम लोग पहले डिप्टी जेलर ही के पास चलें।"

रूबी से मुलाकात करने में खास दिक्कत नहीं हुई। डिप्टी जेलर ने उसे अपने कमरे में ही बुला दिया और उमाकान्त से कहा, "मैं पाँच मिनट बाद आ रहा हूँ।"

बातचीत के लिए उसे सिर्फ पाँच मिनट मिले थे।

रूबी का चेहरा पहले से और भी ज्यादा पीला था। उसकी आवाज धीमी थी। साड़ी, लगता था कल से नहीं बदली गई है और सोया भी उसी में गया है। उमाकान्त ने कहा, "अच्छा हुआ, हरिश्चन्द्र मेरे साथ नहीं आये। वे आपको इस हालत में देख लेते तो उन्हें शायद चार दिन तक नींद न आती।"

रूबी ने पहले ही की तरह धीरे-से कहा, "आई एम सॉरी। पर...।" उमाकान्त की निगाह जमीन पर, और वास्तव में रूबी के पैरों पर थी। गोरे और चिकने पैर। हरीसिंह इन पैरों को देखकर क्या सोचेगा? उमाकान्त ने मन-ही-मन अपने से सवाल किया। पर उसकी बात का सम्बन्ध पैरों से न था, उसने कहा, "मैं सिर्फ एक सवाल पूछने आया था। मैं जानना चाहता हूँ कि तुम उस रात अजीतसिंह को अस्पताल में देखने क्यों गई थीं?"

वह सोचती रही। फिर धीरे-से बोली, "क्या आप भी सोचने लगे हैं कि मैं उसे ज़हर देने गई थी?"

"मेरे सोचने या न सोचने का कोई मतलब नहीं। असलियत यह है कि सी.आई.डी. वाले यही सोच रहे हैं। तभी यह सवाल पैदा हुआ है। अजीतसिंह तुम्हारा दुश्मन था। तुम्हें उससे कोई हमदर्दी न थी, फिर भी तुम उसे अस्पताल में देखने गईं। क्यों?"

"यह मेरी बेवकूफी थी।"

"पर, क्यों?"

रूबी ने सिसकना शुरू कर दिया। उमाकान्त उसी तरह कहता रहा, "मेरे लिए यह जानना बहुत जरूरी है। तुम वहाँ गई क्यों थीं?"

रूबी ने अपने को संयत किया और धीरे-से बोली, ''इसका मेरे पास कोई भी जवाब नहीं है, सिवाय इसके कि मैं नहीं चाहती थी कि वह मेरे पति की गोली से मरे। मैं अपने पति की बचत के लिए चाहती थी कि चाहे जैसे हो, अजीतसिंह को बच जाना चाहिए। इसीलिए मैं बराबर घर पर उसके बचने की प्रार्थना करती रही। अचानक मेरे मन में आया, मैं अगर उसके पास जाकर, उसकी हालत देखकर ईश्वर से उसके लिए माफी माँगूँ और वहाँ उसके लिए प्रार्थना करूँ, तो शायद वह ज्यादा कारगर होगी।'' उसने फिर सिसकना शुरू कर दिया। बोली, ''उमाकान्त जी, यकीन मानिए, मैं वहाँ उसकी जीवन-रक्षा की प्रार्थना करने गई थी, उसे ज़हर देने नहीं।''

उमाकान्त की निगाह उसके पैरों से हटकर सामने एक अल्मारी पर टिक गई थी। रूबी के चुप हो जाने पर भी वह उसी तरह बैठा रहा। थोड़ी देर बाद वह एक साँस खींचकर उठा और धीरे-धीरे रूबी का कन्धा थपथपाकर कमरे के बाहर चला आया।

## चौदह

शाम को छह बजे वह बादशाह को साथ लेकर जनक्रान्ति प्रेस गया। वहाँ पड़ोस में पता चला, ऊपर के मकान में अजीतसिंह की जगह उसकी चचेरी बहन रत्ना अपने पति के साथ आकर कुछ दिनों के लिए टिक गई है। इस समय वहाँ उनका ताला लगा हुआ था। वे दोनों कहीं बाहर गए थे। नीचे काम खत्म करके बुड्ढा कम्पोजीटर प्रेस बन्द करने जा रहा था। वह बाहर से दरवाजा बन्द कर रहा था कि वे दोनों तेजी से उसकी ओर बढ़े और दरवाजे को धक्का देकर अन्दर घुस गए। कम्पोजीटर की कलाई पकड़कर बादशाह ने उसे अपनी ओर खींच लिया और कहा, ''अन्दर आकर दरवाजा बन्द कर लो। आँधी बड़े जोरों पर है।''

प्रेस तक पहुँचते-पहुँचते बड़ी जोरों की आँधी आ गई थी।

हवा के पहले दो झोंकों से ही कम्पोजीटर के मुँह में गर्द भर गई थी। तेजी से अन्दर आकर उसने दरवाजा बन्द कर दिया। प्रेस के बड़े हॉल में अँधेरा छा गया। कम्पोजीटर ने होंठों-ही-होंठों अपने-आपसे कुछ कहा और टटोलकर बिजली का स्विच दबाया। हॉल में एक तेज बल्ब की नंगी रोशनी फैल गई।

बाहर आँधी के उठने का शोर हो रहा था। बादशाह एक बड़ी-सी मशीन की बगल में खड़ा था। उमाकान्त दरवाजे के पास ही पड़े हुए एक मोढ़े पर बैठ गया। कम्पोजीटर दूसरी ओर एक मेज़ से टिककर खड़ा हो गया। उसने

शिष्टता से कहा, "आप लोग बड़े मौके से इधर भाग आये। बाहर बड़ा अन्धड़ चल रहा है।"

बादशाह ने अपनी जगह पर खड़े-खड़े जवाब दिया, "किस्मत की बात है!"

उमाकान्त ने सिगरेट का पैकेट निकाला। कम्पोजीटर की ओर बढ़ाते हुए कहा, "पिएँगे?"

उसने एक सिगरेट ले ली। बोला, "अपनी सिगरेटवाली हैसियत नहीं है। बीड़ी पीता हूँ। पर आप दे रहे हैं तो..."

उमाकान्त उठकर कम्पोजीटर के पास आया। दियासलाई जलाकर उसकी सिगरेट सुलगाई, फिर उसी से अपनी सिगरेट भी जलाकर वह फिर मोढ़े पर वापस आ गया और आपसी बातचीत के लहजे में पूछा, "अब प्रेस कैसा चल रहा है?"

कम्पोजीटर ने बुड्ढों की तरह रुक-रुककर कहना शुरू किया, "अब बड़ी मुश्किल है, साहब। अखबार तो मालिक के न रहने से बन्द ही हो गया। अब नए मालिक क्या करेंगे, कुछ कहा नहीं जा सकता। दूसरा काम भी कोई ज्यादा नहीं है। आजकल शादी-ब्याह हो रहे हैं। वही दो-चार निमन्त्रण-पत्र छापने का काम आ जाता है...।"

उमाकान्त ने फिर उसी तरह पूछा, "आपके मालिक तो ऊपर ही रहते थे?"

"जी हाँ", उसने शिकायत की आवाज में कहा, "उसमें तो अब नए मालिक आ गए हैं।"

"अजीतसिंह जी का सारा माल-असबाब तो ऊपर ही होगा?"

जैसे इससे बढ़कर बेवकूफी का कोई दूसरा सवाल न हो सकता हो। कम्पोजीटर हँसने लगा। बोला, "और कहाँ होगा? सड़क पर?"

"क्यों? यहाँ प्रेस में नहीं हो सकता?"

कम्पोजीटर की हँसी थम गई। उसने सन्देह के साथ पूछा, "आप? आप कौन हैं?"

उमाकान्त बेतकल्लुफी से सिगरेट पीता रहा। बोला, "मेरा नाम उमाकान्त है। मैं भी एक पत्रकार हूँ। अजीतसिंह जी मेरे दोस्त थे।"

बादशाह अपनी जगह से टहलता हुआ कमरे के दूसरी ओर अँधेरे में चला गया था। कम्पोजीटर ने ऊँची आवाज में, जो उसकी उम्र के बावजूद काफी कड़कदार थी, कहा, "ऐ, उधर कहाँ जा रहे हो? इस तरफ आओ।"

बादशाह ने वहीं से कहा, "घबराने की जरूरत नहीं। मैं कुछ छू नहीं रहा हूँ।"

वह एक ऐसी जगह खड़ा था जहाँ पुरानी डेस्कें कमरे की पूरी चौड़ाई में लगी हुई थीं। उनमें सैकड़ों खाने बने थे और उनके अन्दर विभिन्न अक्षरों के टाइप रखे थे। मशीन के तेल की गन्ध आसपास फैल रही थी। कम्पोजीटर ने दरवाजा खोल दिया। खोलते ही आँधी और धूल का एक बगूला कमरे के अन्दर भर गया।

खाँसते-खाँसते बोला, "आप लोगों को ठीक से एक जगह न बैठना हो तो बाहर चले जाइए।"

उमाकान्त ने तेजी से बढ़कर दरवाजा बन्द कर दिया, फिर बड़ी मुलायमियत से बोला, "नाराज न होओ भाई, मैं पूरी बात बताए देता हूँ। अजीतसिंह जी मेरे दोस्त रहे हैं। उन्होंने मुझसे दो लेख लिए थे। उन्हें वे 'जनक्रान्ति' में छापना चाहते थे। पर इसके पहले ही उनका देहान्त हो गया। अब तुम तो सब समझते ही हो। इतने बड़े प्रेस के कम्पोजीटर हो। कम्पोजीटर क्या किसी पत्रकार से कम होता है? तुम्हें तो मालूम ही है कि पत्रकारों की क्या हालत है। मेरे उन दो लेखों से मुझे कहीं भी सौ-दो सौ रुपए मिल जाते। पर अजीतसिंह जी उन्हें छाप नहीं पाए और मैं उनसे उन्हें वापस भी नहीं ले सका।"

बादशाह टहलता-टहलता उसके पास गया था। उमाकान्त ने एक कार्ड निकालकर कम्पोजीटर को दिया और कहा, "लो भाई, इसे पढ़कर देख लो। यह मेरे नाम का कार्ड है। इसमें मेरा पेशा और पता, टेलीफोन नम्बर, सब कुछ लिखा है। अब बोलो, बिगड़ क्यों रहे हो?"

कम्पोजीटर ने रोशनी के पास ले जाकर, आँखें सिकोड़ते हुए, उमाकान्त का कार्ड पढ़ा। वहीं से बोला, "बिगड़ कौन रहा है? पर आपने पहले ही क्यों नहीं बताया?"

"पहले ही तो बता रहा हूँ।" उसके ठंडे स्वर का फायदा उठाते हुए उमाकान्त ने कहा, "मेरा तो कुल इतना मतलब है कि अगर अजीतसिंह जी के कोई कागज-पत्तर, उनका कोई भी सामान यहाँ पर हो तो मैं एक निगाह उसे देख लेना चाहता हूँ। शायद मेरे लेख उन्हीं में मिल जाते।"

कम्पोजीटर ने लापरवाही से कहा, "यहाँ पर तो कुछ है नहीं। पर आप जहाँ चाहें, देख लें।"

बादशाह ने उमाकान्त को एक इशारा दिया। उमाकान्त बादशाह को वहीं रुकने का संकेत देकर हॉल के दूसरे छोर पर, जहाँ डेस्कों में अक्षरों के टाइप रखे थे, चला गया। कम्पोजीटर बल्व के पास खड़ा हुआ उमाकान्त के कार्ड को उलट-पुलटकर देखता रहा।

सहसा उमाकान्त ने वहीं से पुकारकर कहा, "कम्पोजीटर साहब, यहाँ एक काला बक्स रखा है, उठा लाऊँ?"

कम्पोजीटर ने अनिश्चय से कहा, "बार-बार क्यों पूछते हैं? देखना हो तो देख लीजिए।"

उमाकान्त एक बक्स उठाकर रोशनी के दायरे में ले आया। फर्श पर रखकर उसने बक्स को ध्यान से देखा। उस पर धूल की काफी मोटी पर्त जम गई थी। बक्स लगभग डेढ़ फुट लम्बा और दस इंच चौड़ा था। उसमें एक छोटा-सा ताला लगा था।

बादशाह आसपास की मशीनों पर निगाह डालता रहा। अचानक उसने आगे बढ़कर एक पेंचकस उठा लिया और पंजों के बल बैठकर ताले में उसकी नोक डालने की कोशिश की।

कम्पोजीटर भी उसके पास आ गया था। फिर पहले जैसी बिगड़ैल आवाज में बोला, ''आप लोग ताला तोड़ रहे हैं।''

उमाकान्त ने कहा, ''आपके पास चाभी हो तो उसकी जरूरत न होगी।''

वह बोला, ''चाभी यहाँ कहाँ?''

उमाकान्त ने मुस्कराकर उसकी ओर देखा और कहा, ''तब तो यह ताला खराब ही करना पड़ेगा। पर परेशान होने की बात नहीं। ताले की कीमत मैं दे दूँगा। और जो कुछ देखूँगा, आपके सामने ही देखूँगा।''

यह बात खत्म होने के पहले ही बादशाह ने सन्दूक का ताला खोल दिया। ढक्कन ऊपर उठाकर उमाकान्त ने देखा, उसमें कुछ चिट्ठियाँ, कुछ रजिस्टर और कुछ खुले हुए कागज भरे हैं। उसने सिर हिलाकर एक बड़ा ही हल्का इशारा किया। बादशाह उठकर कमरे के दूसरे छोर में चला गया। उमाकान्त ने सन्दूक के सामान को उलट-पुलटकर ध्यान से देखना शुरू किया। कम्पोजीटर उसी के पास पंजों के बल बैठ गया। थोड़ी देर में बादशाह भी उनके पास वापस लौट आया।

सन्दूक को अच्छी तरह देख चुकने और कागजों को सरसरी तौर से पढ़ लेने पर उमाकान्त ने निराशापूर्वक सिर हिलाया और कहा, ''नहीं, इसमें मेरे लेख नहीं हैं।''

फिर एक मोटे रजिस्टर को उठाकर वह उसके पन्ने उलटने लगा और कम्पोजीटर से कहता रहा, ''दोनों लेख लगभग दस-दस, ग्यारह-ग्यारह पन्ने के होंगे। फुलस्केप में हैं। कागज के एक तरफ उन्हें टाइप किया गया है। मेरा नाम, यानी उमाकान्त, लेख के आखिरी पन्ने पर टाइप होगा। अगर आपको कहीं मिल जाए तो मुझे जरूर खबर कर दीजिएगा। तकलीफ तो होगी... ।''

अचानक वह रुक गया। जिस रजिस्टर के वह पन्ने उलट रहा था, उसके अन्दर, हर दो-तीन पन्ने के बाद कुछ खुली चिट्ठियाँ और फोटो रखे थे। चिट्ठियाँ सिर्फ दो थीं। उन्हें जल्दी से देखकर उमाकान्त ने फोटो देखने शुरू किए। कुल सात तस्वीरें थीं।

उनमें से छह तस्वीरें लड़कियों की थीं। पाँच में अलग-अलग पाँच लड़कियों के फोटो थे। उनके जिस्म पर कम-से-कम कपड़े थे और जाहिर था कि वे फोटो जान-बूझकर गोपनीय ढंग से रखे गए हैं। छठा फोटो भी एक लड़की का था। वह नाच की वेशभूषा में खड़ी थी और राजस्थानी ढंग का लहँगा और ओढ़नी पहने थी। हाथ, पाँव और मत्थे पर पारम्परिक ढंग के गहने थे। देखने में लड़की बहुत ही भोली और सुन्दर थी।

उमाकान्त की नजर थोड़ी देर इस फोटो पर टिकी रही। उसके बाद उसने सातवें फोटो को ध्यान से देखा। इस फोटो में भी वही लड़की थी और वह वैसे ही कपड़े पहने थी। उसके अलावा उस फोटो में तीन आदमी भी थे। दो के हाथ में गिलास थे।

उन तीन आदमियों में एक तो कुरता-धोती में था, उसकी मूँछें छोटी-छोटी थीं। आँख पर काला चश्मा था। उसके हाथ में एक गिलास था। बाकी दो में से एक पतलून-कमीज में था, उसके बाल कायदे से सँवारे हुए थे। चेहरे पर बड़े करीने की फ्रेंचकट दाढ़ी थी। उसके हाथ में गिलास नहीं था। तीसरा आदमी मोटा और भद्दे बदन का था। उसकी दाढ़ी-मूँछ साफ थीं। उसके हाथ में गिलास था। तसवीर में लड़की और तीनों आदमी बड़े खुश नजर आते थे। उमाकान्त ने कम्पोजीटर की ओर से मुँह फिराकर बादशाह से कहा, ''बादशाह, इन तसवीरों को देखो, इसमें तो तुम्हारी मालती नजर आती है।'' उसने आँख के कोने से बादशाह को एक इशारा भी किया। साथ ही उसने महसूस किया कि उसके दिल की धड़कन बढ़ गई है। बादशाह ने आगे बढ़कर उन तसवीरों को हाथ में ले लिया। उन्हें वह थोड़ी देर गौर से देखता रहा। फिर खिलकर बोला, ''अरे वाह, यह मालती बहन की तसवीर यहाँ कैसे आ गई!''

कम्पोजीटर भी उत्सुकता से आगे बढ़ आया। बोला, ''कौन मालती बहन?''

''मेरी ममेरी बहन है।'' बादशाह ने कहा, ''ताज्जुब है, ये फोटो अजीत भाई के पास कैसे आ गए!''

ऐसा लगा, जैसे मन ही मन वह कोई फैसला कर रहा हो। सहसा उसने कम्पोजीटर से कहा, ''देखो भाई, मैं ये दोनों तसवीरें ले जाऊँगा। चाहो तो इनकी कीमत ले लो, और चाहो तो मैं रसीद लिख दूँ।''

कम्पोजीटर ने कहा, ''अब तो ये सब चीजें बिल्कुल बेकार ही हो गई हैं। आप ले जाना चाहें तो तसवीरें ले जाएँ।'' फिर कुछ सोचकर, जैसे कोई ऐतराज करना लाजमी हो, वह बोला, ''पर आपको रसीद लिखनी होगी। क्या पता, कब जरूरत पड़ जाए!''

उमाकान्त ने इस तरह सिर हिलाया, जैसे वह कम्पोजीटर की दिक्कत अच्छी तरह समझता है।

बाहर आँधी का शोर कम हो गया था। उमाकान्त ने दरवाजे की ओर देखकर कहा, ''आप चाहें तो दरवाजा खोल लें। रसीद मैं लिख दूँगा। मेरे साथी गवाही का दस्तखत कर देंगे।''

कम्पोजीटर ने इत्मीनान से कहा, ''उसकी जरूरत नहीं है।''

एक कागज लेकर उमाकान्त ने उस पर लिखा कि स्वर्गीय अजीतसिंह का एक काला सन्दूक आज शाम को साढ़े छह बजे मैंने श्री दुलीचन्द उर्फ बादशाह

और श्री रामाधार कम्पोजीटर के सामने खोला। सन्दूक में और चीजों के साथ दो तस्वीरें भी थीं। उन्हें मैंने अपने कब्जे में ले लिया है। सन्दूक में एक नया ताला डालकर उसकी चाभी श्री रामाधार को दे दी है।

रसीद पर उमाकान्त ने तसवीरों का विवरण भी दे दिया। फोटो नं. एक, राजस्थानी लहँगे और ओढ़नी में एक नर्तकी, साइज 3" × 2"। फोटो नं. दो, वही नर्तकी और तीन दर्शक, साइज 3" × 2"।

बादशाह ने पड़ोस की दुकान से एक नया ताला लेकर उसे सन्दूक में लगा दिया और चाभी रामाधार को दे दी। कम्पोजीटर को धन्यवाद देकर, अपने लेखों के बारे में उसे फिर याद दिलाते हुए उमाकान्त बाहर आया। कुछ दूरी पर उसका स्कूटर खड़ा था। उसके पास उमाकान्त ने सिगरेट सुलगाई और बादशाह से कहा, "लड़की को पहचान लिया न?"

"वह तो मैं पहली निगाह में ही पहचान गया था। मलिना ही है न?"

उमाकान्त ने गम्भीरता से सिर हिलाया। बादशाह बोला, "उन दिनों तो अखबारों में तहलका मचा था। करीब-करीब सभी अखबारों में मलिना की फोटो छपी थी। तभी तो मैं एकदम से पहचान गया। वैसे भी, ऐसा चेहरा कभी कोई भूल सकता है!"

उमाकान्त ने स्कूटर स्टार्ट नहीं किया। चुपचाप सिगरेट पीता रहा। बादशाह ने पूछा, "और उस्ताद, इन आदमियों को आपने पहचाना? ये तीन मुर्गे कौन हैं?"

"वही तो सोच रहा हूँ।"

"चलिए, घर चलकर एक बार फिर कोशिश की जाएगी। वैसे एक मुर्गे को मैं पहचानता हूँ।"

"किसे?" उमाकान्त ने उत्सुकता से पूछा।

"बीचवाले को। वह मुटल्ला आदमी यहीं का एक सिन्धी था। जनरल स्टोर्स की उसकी दुकान थी। मशहूर शराबी और ऐयाश। पारसाल ही तो उसका हार्ट-फेल हुआ है।"

"और बाकी दो मुर्गे?"

बादशाह सिर खुजलाने लगा। बोला, "उन्हें मैं नहीं पहचानता, उस्ताद। बस, इतना जरूर है कि उनमें से एक चेहरा पहचाना-सा लगता है। उसे मैंने कहीं देखा जरूर है।"

"मैंने भी।" उमाकान्त ने सोचते हुए कहा।

जब वे स्कूटर पर चढ़कर सड़क पर भीड़ से बाहर आ गए तो बादशाह ने कहा, "मेरा खयाल है कि मलिना जब रेल की पटरी पर कटी हुई पाई गई थी, तब उसके जिस्म पर शायद वही कपड़े थे जो इस तसवीर में हैं। आपका क्या खयाल है?"

उमाकान्त ने कोई जवाब नहीं दिया। कुछ आगे चलकर उसने स्कूटर एक किनारे रोक दिया और दूसरी सिगरेट सुलगाई। आसमान की ओर धुआँ फेंकते हुए उसने कहा, ''अभी दो साल की हो तो बात है। मलिना का मामला जब अखबारों में छपा था, तभी मैंने सोचा था, उसने रेल की पटरी पर लेटकर आत्महत्या नहीं की है। मुझे लगता था, उसे मारकर किसी ने पटरी पर फेंक दिया है और ट्रेन के नीचे वह बाद में आई है। पर पुलिस ने मामले की काफी दिन जाँच करके उसे आत्महत्या समझकर खत्म कर दिया था।''

बादशाह बोला, ''मुझे वह केस पूरा-पूरा याद है। उसे अब दुबारा क्यों न उभारा जाए? यह फोटो तो पूरे मामले को बिल्कुल ही उलझा देती है। वह सिन्धी व्यापारी और दो आदमी मलिना के साथ खड़े हैं। लड़की नाच के कपड़े पहने है। वे लोग हाथ में गिलास लिये हैं...।''

अचानक बादशाह ने पूछा, ''यह फोटो खींची कैसे गई होगी, उस्ताद! और अजीतसिंह के पास कैसे आई?''

उमाकान्त ने कोई जवाब नहीं दिया।

बादशाह बोला, ''पुलिस को तो बताना ही पड़ेगा उस्ताद।''

उमाकान्त ने सिगरेट का अधजला टुकड़ा फेंकते हुए कहा, ''वह तो बताना ही पड़ेगा। पर पहले यह अजीतसिंह के खून का मामला तो सुलझ जाए!''

## पन्द्रह

शहर के पत्रकारों ने कारपोरेशन-हॉल में अजीतसिंह की मृत्यु पर शोक-प्रस्ताव पास करने के लिए एक सभा आयोजित की थी। पत्रकार की हैसियत से अजीतसिंह के बारे में शायद ही किसी की बहुत ऊँची राय हो। खासकर उसकी मृत्यु के बाद, लोग जानने लगे थे कि वह लोगों की कमजोरियों का व्यापार करके रुपए ऐंठता था। फिर भी, रस्म भी कोई चीज है। एक पत्रकार साथी की हत्या हुई थी और उस पर शोक-प्रस्ताव तो पास होना ही था। कुछ इसलिए भी कि यह हत्या बड़े सनसनीखेज तरीके से हुई थी। अस्पताल में जब वह बेहोशी की हालत में पड़ा था, तब किसी ने उसे ज़हर दिया था। और बातों के साथ ही इससे यह भी साबित होता था कि अस्पतालों का स्टाफ कितना निकम्मा और गैर-जिम्मेदार है। जाहिर है, घटना के इस पक्ष पर भी सभा में काफी प्रकाश डाला जाना था।

पत्रकार होने के नाते सभा में उमाकान्त को भी जाना था। सभा शाम को साढ़े पाँच बजे से थी। रास्ते ही में अस्पताल पड़ता था। अभी पाँच बजे थे। इसलिए वहाँ जाने के पहले वह अस्पताल की ओर मुड़ गया।

अस्पताल में उसने मिस लायल को खोज निकाला। वह एक प्राइवेट वार्ड के बरामदे में आराम–कुर्सी पर बैठी हुई थी। उसका मुँह उसकी धोती पर लटका हुआ था। उमाकान्त ने उससे 'गुड ईवनिंग' कहा।

उसने चौंककर सिर ऊपर उठाया। उमाकान्त से निगाहें मिलते ही उसके चेहरे पर चिड़चिड़ेपन के चिह्न प्रकट होने लगे। बिना आवाज को ऊँची किए, उसने तीखेपन से कहा, "यहाँ क्या करने आए हो? मैं तुमसे बात नहीं कर सकती।"

"क्यों मिस लायल?" उमाकान्त मुस्कराया, "क्या मेरी बातें इतनी बुरी होती हैं?"

वह उसी तरह तीखेपन से कहती रही, "तुमने मुझे धोखा दिया था। मैंने तुम्हारे बारे में सब–कुछ जान लिया है। तुम पुलिस के आदमी नहीं हो।"

"मैंने कब कहा कि मैं पुलिस का आदमी हूँ?"

मिस लायल कहती रहीं, "और उस दिन तुम मेरे घर की तलाशी लेने लगे थे। मैं चाहूँ तो तुम्हें इस धोखाधड़ी के लिए पुलिस में दे सकती हूँ।"

उमाकान्त समझ गया कि मिस लायल को इस वक्त हेराइन के इन्जेक्शन की जरूरत है और अभी उससे आगे बातें करना बेकार है। पर वह इस मौके को खोना भी नहीं चाहता था। उससे कहा, "आपको शायद हमारी पुरानी बातचीत याद नहीं रही। मैंने आपसे कभी नहीं कहा था कि मैं पुलिस का आदमी हूँ। आपने अपनी ओर से ही गलत समझ लिया हो तो मैं क्या कर सकता हूँ।"

"पर तुमने कहा था कि सिपाहियों को बुलाकर तुम्हारे घर की तलाशी करा सकता हूँ।"

"वह तो कहा ही था मिस लायल, और आज भी कह रहा हूँ। तुम ज्यादा बहकोगी तो तुम्हारे घर की तलाशी इस बार पुलिस से ही करानी पड़ेगी।"

अचानक उसने आवाज नीची करके कहा, "मैं जो भी हूँ, यह तो आप जानती ही हैं कि मैं एक निर्दोष की जान बचाने के लिए यह भाग–दौड़ कर रहा हूँ। इसमें आपको मेरी मदद करनी होगी। यदि आप मेरी मदद नहीं करेंगी तो मैं भी आपकी मदद नहीं करूँगा।"

मिस लायल ने फुफकारकर कहा, "मुझे आपकी मदद की जरूरत नहीं।"

उमाकान्त फिर उसी तरह धीरे–से बोला, "नहीं है। अगर अस्पताल के सुपरिंटेंडेंट को बता दिया जाए कि आपने उस दिन नशे की हालत में ड्यूटी दी थी तो आपको तुरन्त मदद की जरूरत पड़ जाएगी।"

मिस लायल बिना बोले हुए उसे कड़ी निगाहों से देखती रही।

तब उमाकान्त ने कहा, "मैं सिर्फ एक बात जानना चाहता हूँ। उस रात को जब वह बुर्केवाली औरत वार्ड की ओर दुबारा आई तब उसने आपसे क्या कहा था?"

मिस लायल की आवाज में नाराजगी थी। पर वह बोली, ''मैंने आपको पहले ही बता दिया है। उसने कहा था कि मेरा पर्स अन्दर छूट गया है और मैं उसे लेने जा रही हूँ।''

''उसने यह बात आपसे कितनी दूरी पर कही थी?''

''मैं एक छोटी-सी मेज के सामने कुर्सी डाले बैठी थी। वह मेज की बगल में आकर खड़ी हो गई थी। मेरा खयाल है, मुझमें और उसमें मुश्किल से डेढ़ फुट का अन्तर होगा। अपना सिर झुकाकर वह अपना मुँह बिल्कुल मेरे कान के पास ले आई थी।''

''उसकी आवाज कैसी थी? मेरा मतलब है, वह आपसे फुसफुसाकर बात कर रही थी। उसकी आवाज बहुत मीठी थी, या गहरी, या भर्राई हुई...? आपको कुछ याद है?''

मिस लायल कुछ देर सोचती रही। फिर बोली, ''उसकी आवाज बहुत धीमी थी। इसलिए साफ तौर से कुछ कहना बड़ा मुश्किल है। पर जहाँ तक मेरा खयाल है, उसमें घबराहट थी और वह भर्राई हुई थी।''

उमाकान्त थोड़ी देर चुप रहा। फिर पूछा, ''उस औरत की लम्बाई का कुछ अन्दाजा दे सकती हैं?''

शायद मिस लायल को अचानक अहसास हुआ कि वह उमाकान्त से नफरत करती है। उसने बिगड़कर कहा, ''मैं आपकी किसी भी बात का जवाब नहीं दूँगी। मुझे जो कहना है मैंने पुलिस से कह दिया है।''

''पुलिस से?'' उमाकान्त ने चौंककर दुहराया।

''मेरा मतलब है, सी.आई.डी. से।''

''और हरीसिंह ने भी उन्हें अपना बयान दिया है?''

''जी, जनाब,'' मिस लायल ने मुँह बनाकर कहा, ''हरीसिंह का भी बयान हो चुका है। हमने यह भी कह दिया है कि एक आदमी पुलिस इंस्पेक्टर बनकर हमसे बात करने आया था। बस, अब आप दफा हो जाइए, नहीं तो हथकड़ी पड़ जाएगी।''

उमाकान्त चुपचाप खड़ा हुआ सोचता रहा—मिस लायल और हरीसिंह की गवाही का इस्तेमाल पुलिस रूबी के खिलाफ जरूर करेगी। रूबी के गोरे और चिकने पाँव उसे फाँसी के फन्दे की ओर चलते हुए जान पड़े। उसने जोर की साँस ली और मिस लायल से कहा, ''आपका बहुत-बहुत शुक्रिया!''

अस्पताल से बाहर आकर वह मुख्य सड़क पर आ गया। उसका चेहरा शान्त था, पर वह बराबर सोच रहा था। उसके पहुँचते-पहुँचते कारपोरेशन-हॉल में सभा आरम्भ हो गई थी। हॉल आधे से ज्यादा खाली था। लगभग अस्सी आदमी मौजूद थे, जिनमें ज्यादातर पत्रकार और राजनीतिक नेता थे। पहली कतार में अजीतसिंह की चचेरी बहन रत्ना बैठी दिखाई दी। उसे देखते ही रत्ना ने मुँह दूसरी ओर फेर

लिया। शायद उसे उमाकान्त के बारे में पहले से मालूम था। उमाकान्त आखिरी कतार में बैठ गया और चुपचाप व्याख्यान सुनने लगा।

कुल पाँच भाषण हुए। सबसे ज्यादा महत्त्वपूर्ण व्याख्यान दो व्यक्तियों के थे। वह दोनों ही राजनीतिक नेता थे। उनमें पहला नेता किसी वामपन्थ पार्टी का प्रतिनिधि था। अपने व्याख्यान में उसे इस बात का बड़ा अफसोस रहा कि वह अजीतसिंह को राजनीति में नहीं खींच पाया। उसने कहा, ''अजीतसिंह के दिल में एक आग थी, क्रान्ति की आग। सर्वहारा वर्ग के हितों की रक्षा के लिए वह अपनी जान की भी बाजी लगा सकता था। मैं सोचता था, ऐसा आदमी राजनीति में आ जाए तो देश का बहुत हित होगा। पर वह मुझसे बराबर यही कहता रहा कि 'नहीं, 'जनक्रान्ति' निकालकर मैं जैसी देश-सेवा कर रहा हूँ, वही बहुत काफी है। पत्रकारिता ही मेरा जीवन है, वही मेरी राजनीति है। सच्चे पत्रकार का किसी राजनीतिक पार्टी से कोई सम्बन्ध नहीं होना चाहिए। तभी वह स्वतन्त्र रूप से पत्रकारिता कर सकता है।' ''

दूसरा सबसे ज्यादा महत्त्वपूर्ण व्याख्यान शहर के प्रसिद्ध नेता शान्ति-प्रकाश का था। वह आजकल कारपोरेशन के चुनाव में पूरी तौर से फँसे थे और किसी तरह आधे घंटे का समय निकालकर आए थे। कारपोरेशन हॉल के बाहर चुनाव-चिह्नों और झंडियों से सजी हुई उनकी जीप इस वक्त भी खड़ी थी और उनके साथ के कार्यकर्त्ता जीप से नीचे नहीं उतरे थे। वह इसी इन्तजार में थे कि जैसे ही शान्तिप्रकाश जी सभा से बाहर आएँ, वे उन्हें लेकर फिर तेजी से किसी चुनाव-मीटिंग में चले जाएँ। समय की कमी के बावजूद सबसे ज्यादा लम्बा व्याख्यान शान्तिप्रकाश जी ने ही दिया।

उन्होंने इस बात पर खास तौर से जोर दिया कि साप्ताहिक 'जनक्रान्ति' समाज में फैले हुए भ्रष्टाचार और गन्दगी का निर्भीकता से भंडोफोड़ करता था और इसी कारण अजीतसिंह के हजारों शत्रु हो गए थे। इसी सिलसिले में उन्होंने जिला पुलिस और सी.आई.डी. की भी निन्दा की। उनकी आवाज मीठी थी और ऊँचाई पर जाकर बहुत पतली हो जाती थी। फिर भी उन्होंने आवाज उठाकर कहा, ''यह हमारी पुलिस का निकम्मापन है। खूनी को गिरफ्तार किए हुए भी चार-पाँच दिन हो गए हैं। पर अभी तक उन्होंने अजीतसिंह की हत्या का मुकदमा कोर्ट में नहीं भेजा है। पता नहीं, वे अब किस बात का इन्तजार कर रहे हैं। शायद वे जान-बूझकर देरी कर रहे हैं, ताकि देरी से मामला बिगड़ जाए। यही नहीं, उस औरत ने, जो पुलिस की हिरासत में है, सिर्फ अजीतसिंह के शरीर की हत्या की है। पर पुलिस अब उसके चरित्र की हत्या कर रही है। और इसीलिए उन्होंने यह थ्योरी निकाली है कि वह ब्लैमेलिंग करता था। पर अजीतसिंह के चरित्र पर इस प्रकार के लांछन का मैं विरोध करता हूँ। हम सभी जानते हैं कि वह एक निर्भीक और चरित्रवान आदमी था। अगर मामले की सही ढंग से छानबीन की गई तो हमें निश्चय ही पता लग जाएगा कि उसकी हत्या

क्यों की गई। उसके चरित्र के खिलाफ कोई बात कहना एक बड़ी शर्मनाक बात है। वह एक स्वतन्त्र और सच्चा पत्रकार था और उसे अपनी निर्भीकता और सच्चाई की सजा मिल गई। ताज्जुब है कि हमारे अधिकारी इस हत्या के पीछे छिपे हुए रहस्यों का पता लगाने के बजाय अजीतसिंह को ही 'ब्लैकमेलर' बनाकर पूरे मसले को इतनी आसानी से निपटा देना चाहते हैं।''

इसके बाद वे काफी देर भारतीय पुलिस की खामियों पर बोलते रहे। उन्होंने कहा, ''पश्चिम के बड़े-बड़े शहरों में पुलिस म्यूनिसिपल कारपोरेशन के मातहत होती है। इसीलिए हरएक काम में उन्हें जनता की भावना का खयाल करना पड़ता है। यहाँ की पुलिस की हालत सभी जानते हैं। इसीलिए हमने तय किया है कि कारपोरेशन के चुनाव के बाद अगर हमारी पार्टी बहुमत में आई तो हम सरकार को प्रस्ताव भेजेंगे कि यहाँ की पुलिस को कारपोरेशन का मातहत बना दिया जाना चाहिए। तभी हम उन्हें सिखा पाएँगे कि एक पत्रकार की हत्या को इतनी आसानी से नहीं टाला जा सकता।''

फिर वे अजीतसिंह के अखबार की तारीफ करने पर उतर आए। बोले, ''भाइयो, 'जनक्रान्ति' में हमेशा दूसरों की निन्दा ही नहीं छपती थी। जब कभी किसी ने समाज-सेवा में कोई प्रशंसनीय काम किया तब अजीतसिंह जी दिल खोलकर ऐसे कार्यों की सराहना करते थे। 'जनक्रान्ति' के पुराने अंक उनकी सच्चाई और हृदय की निश्छलता के सबूत हैं।''

शोक-प्रस्ताव और दो मिनट की खामोशी के बाद सभा समाप्त हो गई।

लोग शायद पहले से ही उकता रहे थे। सभा समाप्त होते ही लगभग सभी तेजी से दरवाजे की ओर बढ़े। पिछली कतार में बैठे होने के कारण उमाकान्त पहले ही बाहर आ गया था। उसके पास दो आदमी खड़े हुए आपस में बात कर रहे थे। एक कह रहा था कि शान्तिप्रकाश ने इतना लम्बा व्याख्यान तो दिया, पर बेटे ने यह नहीं बताया कि 'जनक्रान्ति' का खर्चा कहाँ से निकलता था।

उमाकान्त उन्हीं लोगों की बातचीत में शामिल हो गया। बोला, ''कहाँ से निकलता था?''

वे लोग भी पत्रकार थे और उमाकान्त से घनिष्ठ थे। एक ने कहा, ''इस शान्तिप्रकाश ने अपनी जेब से चन्दा देकर 'जनक्रान्ति' को सालभर जिन्दा रखा था।''

''इसमें बुरा ही क्या है?'' उमाकान्त ने कहा।

वे हँसने लगे। उनमें से एक बोला, ''आप तो इस तरह पूछ रहे हैं जैसे आपको कुछ पता ही नहीं।'' फिर रुककर वह खुद ही कहने लगा, ''पर आपको पता हो भी कैसे सकता था? तब तो आप कानपुर में रहे होंगे!''

दूसरे पत्रकार ने कहा, ''वह जो 'पार्वती महिला आश्रम' है न, शहर के रईसों का चकला, उसके खिलाफ 'जनक्रान्ति' में कई साल पहले न जाने कितनी धमकियाँ

छपी थीं। अजीतसिंह हर अंक में बराबर यही लिख देता था कि अगले अंक में महिलाओं के उद्धार की एक संस्था के बारे में भयंकर, पर सत्य घटनाएँ छपनेवाली हैं। किन्तु वे भयंकर, पर सत्य घटनाएँ किसी अंक में नहीं छपीं। आप जानते हैं कि क्यों? इसलिए कि उन दिनों 'जनक्रान्ति' गरीबी में घिसट रहा था और तभी उसे जिन्दा रखकर मजबूत बनाने का ठेका शान्तिप्रकाश ने ले लिया था।''

उमाकान्त ने लापरवाही से कहा, ''ओह!'' वह उनके पास रुककर थोड़ी देर उनकी बातें सुनता रहा, फिर वहाँ से हट गया।

उसे शान्तिप्रकाश का भाषण सुनकर भीतर-ही-भीतर नफरत-सी हो रही थी। किसी ब्लैकमेलर की तारीफ में एक सार्वजनिक सभा में इतनी अच्छी बातें कही जाएँ, इतना उसे झिंझोड़ देने के लिए काफी था। अब अजीत सिंह और शान्तिप्रकाश के सम्बन्धों की बात जानकर उसे लगा कि सचमुच ही इस देश की राजनीति जहन्नुम को जा रही है।

कारपोरेशन-हॉल कुछ ऊँचाई पर बना था। सीढ़ियाँ उतरकर जैसे ही वह नीचे आया, शान्तिप्रकाश की चुनाववाली जीप आगे बढ़ गई थी। उसके पीछे पाँच-छह कारें कतार में खड़ी थीं और ये भी स्टार्ट होने लगी थीं। सामने जो कार थी उसमें एक आदमी सफेद कुर्ता और पाजामा पहने आँखों पर काला चश्मा लगाए, ड्राइवर की बगल में बैठा था। उमाकान्त ने उसे देखा और देखता ही रह गया। कार स्टार्ट होकर खिसकने लगी। उमाकान्त को लग रहा था कि इसे कहीं देखा है, पर याद नहीं कर पा रहा था कि कहाँ! कई क्षणों तक वह कोशिश करता रहा। आखिर में आगे बढ़ने लगा।

उसके पीछे एक दूसरा पत्रकार आ रहा था। उमाकान्त ने मुड़कर उससे पूछा, ''यह महाशय, जो काला चश्मा लगाए हुए कार में बैठे थे, कौन हैं?''

''इसे नहीं जानते? यह जसवन्त हैं।''

''ओह! जसवन्त!'' उमाकान्त को याद आ गया। बोला, ''तभी मुझे खयाल पड़ रहा था, इसे कहीं देखा जरूर है। यह भी तो कारपोरेशन का चुनाव लड़ रहा है न?''

पत्रकार बोला, ''लड़ रहा है और जीत भी जाएगा। ऐसे ही लोग तो आजकल चुनाव जीतते हैं।''

जसवन्त की कार काफी आगे निकल गई थी। उमाकान्त ने चलते-चलते पूछा, ''आखिर इसमें खराबी क्या है?''

''खराबी?'' पत्रकार ने जोर देकर कहा, ''शहर में इससे बड़ा हरामजादा कोई मिलेगा नहीं।''

दोनों हँस पड़े, जैसे यह कोई बहुत बड़ा मजाक हो। पर अपने स्कूटर पर बैठते ही उमाकान्त की हँसी गायब हो गई। उसके दिमाग में जसवन्त की शक्ल घूम रही

थी। उसने अपने पत्रकार-मित्र से कह तो दिया था कि उसने जसवन्त को कहीं देखा जरूर है, पर उसे यकीन था कि उसने आज उसे पहली बार ही देखा है। वह इतनी आसानी से देखे हुए चेहरों को नहीं भूलता था। वह बराबर इसी गुत्थी में पड़ा रहा कि उसने जसवन्त को पहले कहाँ देखा है।

उस पूरी शाम उसके दिमाग में एक मधुमक्खी-सी भिनभिनाती रही। बात बहुत छोटी थी, फिर भी वह उसे भुला नहीं पा रहा था। रात को लगभग नौ बजे वह अजीतसिंह के खूनवाले कागजों को उलट-पलट रहा था। उसका दिमाग थक गया था, फिर भी अब तक जितने बयान और दूसरी चीजें उसके हाथ में आ गई थीं, उन्हें दुबारा देखकर वह उनमें कोई अर्थ ढूँढ़ने की कोशिश कर रहा था। अचानक अजीतसिंह के प्रेस से लाई हुई तसवीरों को देखते-देखते वह चौंक पड़ा। उसके दिमाग में जैसे कोई क्लिप एक खटके के साथ खुल गया हो। उसकी निगाह उस तसवीर पर रुक गई थी जिसमें एक लड़की के साथ तीन आदमी खड़े हुए थे। उमाकान्त को बिना किसी सन्देह के मालूम हो गया कि उनमें से एक आदमी जसवन्त है और दूसरा सिन्धी व्यापारी जिसे बादशाह ने पहचान लिया था। दोनों ही के हाथों में गिलास थे, शायद ह्विस्की के गिलास! तसवीर के जसवन्त में और कारपोरेशन का चुनाव लड़नेवाले जसवन्त में सिर्फ एक फर्क था। तसवीर में उसके होंठ पर काफी बड़ी और नुकीली मूँछें थीं। असली जसवन्त की दाढ़ी-मूँछ सफाचट थीं।

उमाकान्त ने एक सन्तोष की साँस ली, और उसकी थकान एकदम से गायब हो गई। उसने बादशाह को फुर्ती से फोन मिलाया। उसके होटल से खबर मिली कि वह घर जा चुका है। तब उसने उसके घर पर फोन मिलाया। पर फोन वीराने में किसी घयल चिड़िया की तरह चीखता रहा। उस समय किसी ने उसका रिसीवर नहीं उठाया।

## सोलह

'जनक्रान्ति' प्रेस में बादशाह ने जिस लड़की का नाम मालती और जिसे अपनी ममेरी बहन बताया था उसका असली नाम मलिना था। मरने के पहले वह उन्नीस साल की थी और एक स्थानीय कालिज में पढ़ती थी। मलिना ने कत्थक नृत्य का अभ्यास किया था और अभी से उसे अच्छे कलाकारों में गिना जाने लगा था। लोगों को उससे बड़ी-बड़ी आशाएँ थीं। लोगों को जितना आनन्द उसका नाच देखने में आता उससे ज्यादा आनन्द उसे खुद नाचने में आता था। नाच के पीछे

वह पागल थी और शहर का कोई भी सांस्कृतिक कार्यक्रम उसके नाच के बिना पूरा नहीं होता था।

मलिना बहुत सुन्दर भी थी। उसके घर की हैसियत बहुत मामूली थी। पिता किसी दफ्तर में क्लर्की करते थे। पर मलिना की कला के कारण उसका परिवार अचानक प्रसिद्ध हो गया था। लखनऊ के दर्जनों रईसजादे मलिना को अपने जाल में फँसाने की कोशिश में थे। पर सांस्कृतिक कार्यक्रमों के अलावा उसका कोई भी सामाजिक जीवन नहीं था। वह अपने परिवार में रहती और बाहरी आदमियों को उससे जान-पहचान करना बड़ा मुश्किल था।

पर एक दिन अचानक वह गायब हो गई। लगभग दो साल पहले वह अपने कालिज के ही एक कार्यक्रम में भाग लेने गई थी। उसके बाद वह घर वापस नहीं लौटी। पुलिस ने उसे खोजने की बहुत कोशिश की, पर कई दिन तक उसका पता नहीं चला। पन्द्रह दिन बाद वह शहर के ही पास रेल की पटरी पर कटी हुई पाई गई। उसके ऊपर से कोई डाकगाड़ी निकली होगी, क्योंकि उसके जिस्म के कई टुकड़े हो गए थे और वे तितर-बितर पड़े थे। बीच का हिस्सा एक तरह से गायब ही हो गया था। उसका बहुत-सा भाग पहियों में चिपका हुआ चला गया होगा। इस तरह के शरीर का बाकायदा पोस्टमार्टम तक नहीं हो सकता था।

फिर भी जितने संकेत मिल सके उसके सहारे सी.आई.डी. ने मामले की छानबीन की, पर उसका कोई खास नतीजा नहीं निकला। सी.आई.डी. ने आखिर में यही निष्कर्ष निकाला कि यह हत्या का मामला नहीं था और मलिना ने आत्महत्या की थी। आत्महत्या की सम्भावना मजबूत करने के लिए सी.आई.डी. की जानकारी में और भी कई बातें आईं। उन्हें पता लगा कि मलिना अपने कॉलिज के ही एक विद्यार्थी से प्रेम करती थी। कुछ दिन पहले उसका देहान्त हो गया था। तब से मलिना काफी उदास रहने लगी थी। उस लड़के की मृत्यु को मलिना की आत्महत्या का सबसे बड़ा कारण समझा गया था।

कुछ दिनों तक अखबारों में छुटपुट खबरें छपने के बाद मामला खत्म हो गया था। बाद में स्थानीय अखबारों में मलिना की कला पर एकाध छोटे-छोटे लेख भी उसके चित्रों के साथ निकले। उन लेखों ने पूरी कहानी के उपसंहार का काम किया। तब से अब तक लगभग दो साल बीत चुके थे और लोग मलिना को भूल गए थे। पर अजीतसिंह के सन्दूक में मिली हुई इन दो तसवीरों को देखकर उमाकान्त को लगा कि लोग मलिना को कुछ ज्यादा जल्दी भूल गए हैं। उन तसवीरों की असलियत जानने के लिए उसका मन छटपटाने लगा। यह एक पत्रकार का मन है जो हर नई चीज के पीछे भागना चाहता है, ऐसा सोचकर उसने अपने को समझाना चाहा। पर उसे लगा, इन तसवीरों में उसकी दिलचस्पी इससे भी ज्यादा गहरी है।

जिस दिन उमाकान्त को ये तसवीरें मिलीं उसके तीसरे दिन रात को नौ बजे के लगभग वह बादशाह के साथ एक बार में बैठा था।

बार काफी सस्ता और मटमैला था। वह एक चौकोर कमरे में था जिसकी लम्बाई से सटाकर कुछ छोटे-छोटे केबिन निकाल लिए गए थे। केबिनों के बीच में प्लाईवुड की दीवारें थीं और उनके सामने पर्दे पड़े थे। बाकी जगह में लोहे की वर्गाकार मेजें और उनके आसपास लोहे के स्टूल पड़े हुए थे। यह इलाका भी इक्कों, ताँगों, रिक्शों, मैली और छोटी दुकानों, सस्ते और पुराने मकानों, गुंडों, छुरेबाजों, चोरी का माल बेचने वालों, आवारा औरतों और उनके दलालों का था।

उमाकान्त और बादशाह एक केबिन में बैठे हुए थे। इस समय उन्होंने सामने का पर्दा हटा रखा था और उन्हें बाहर से कोई भी देख सकता था। बादशाह ने जम्हाई लेते हुए कहा, "यह जगह तो जहन्नुम जैसी तप रही है। मैंने तो उसे पैराडाइज होटल के 'बार' में बुलाया था, पर उसने कहा कि आजकल चुनाव के दिन हैं। इन दिनों वह अपने इलाके के होटलों में शराब नहीं पी रहा है। उसे डर है कि वहाँ कोई ऊलजलूल हालत में उसका फोटो लेकर अखबारों में न छपा दे। वोटरों पर इसका बड़ा बुरा असर पड़ेगा।"

उमाकान्त ने कहा, "उसका डर बहुत सही है। अपने देश में शराब ऐसे ही बदनाम चीज है। पक्के से पक्का शराबी भी दूसरों की बदनामी करने के लिए उनको शराबी बताता है।"

उसके सामने कॉफी का प्याला था। बादशाह ह्विस्की पी रहा था। उमाकान्त ने अपनी कलाई की ओर देखा। बोला, "नौ बजकर दस मिनट हो गए। अब मैं बगलवाले केबिन में जाता हूँ।" कहकर उसने अपना प्याला उठाया और पड़ोस के केबिन में जाकर बैठ गया। उसने सामने का पर्दा खींचकर लोगों की निगाहों से अपने को दूर कर लिया। बादशाह अपने केबिन में अकेला रह गया। उसके और उमाकान्त के बीच प्लाईवुड की एक पतली-सी दीवार थी जो केवल छह फुट ऊँची थी।

बार में दो आदमियों ने प्रवेश किया। आगेवाला आदमी जसवन्त था। वह लगभग छह फुट लम्बा था, और इस समय सिल्क का कीमती कुर्ता और महीन धोती पहने हुए था। बाल बड़े करीने से सँवारे हुए थे और लगता था, वह अभी-अभी नहाकर आया है। फिर भी उसके चेहरे पर पसीना छल-छलाया हुआ था और बगलों और पीठ पर से कुर्ता गीला हो रहा था। पीछेवाला आदमी ठिगने कद का था, उसकी उम्र तीस साल होगी। उसके कन्धे चौड़े और कमर पतली थी। देखते ही लगता था कि वह काफी बलिष्ठ है और बड़ी फुर्ती से घूम सकता है। वह सँकरी मोहरी की पतलून और एक मोटी टी-शर्ट पहने था। पतलून की जेब जरूरत से ज्यादा उभरी हुई थी और मारपीट की दुनिया में रहनेवालों को बताने की जरूरत नहीं थी कि उसमें रिवाल्वर या कम से कम छुरा होगा।

बादशाह ने अपने केबिन से बाहर आकर इन दोनों का स्वागत किया। थोड़ी देर में वे तीनों केबिन में बैठ गए। बादशाह ने तीन गिलासों में ह्विस्की का ऑर्डर दिया और कच्चे प्याज के साथ कबाब की एक प्लेट मँगाई। यह आ जाने पर सामने का पर्दा खींच दिया।

जसवन्त ने कहा, "बहुत गर्मी है। यह पर्दा खींचने की कोई जरूरत नहीं। इस इलाके में मेरी जान-पहचानवाले बहुत कम हैं। क्या समझे?"

बादशाह बोला, "फिर भी, जब तक चुनाव नहीं हो जाता आपके दुश्मन आपको ऐसी जगह पर न देखें, यही ज्यादा अच्छा है। वैसे तो शहर के इस हिस्से में उधरवाले बहुत कम आते हैं, फिर भी एहतिहयात के लिए मैं बाहर खुले में न बैठकर इस केबिन में बैठ गया था।"

जसवन्त ने लापरवाही से कहा, "ठीक किया। पर यहाँ कोई उधर वाला नहीं आएगा। क्या समझे?" उसने अपने हाथ से पर्दा आधा खींचकर खोल दिया।

गिलास से ह्विस्की की एकाध शिष्टतापूर्ण चुस्की लेने के बाद जसवन्त ने कहा, "बड़ी प्यास लगी है।" फिर उसने पूरा गिलास एक साँस में ही खाली कर दिया। उसके साथी ने भी अपना गिलास उसी तरह खत्म किया। बादशाह ने जसवन्त को बड़े आदर की निगाहों से देखा और ह्विस्की के दो नए गिलास मँगाये। अपने लिए कहा, "मैं बुड्ढा हो रहा हूँ। धीरे-धीरे ही पीता हूँ।"

दूसरे गिलासों के आ जाने पर वे लोग ज्यादा इत्मीनान से हो गए और आपस में बातें करने लगे। जसवन्त ने कहा, "आजकल तो चुनाव में मेरा रुपया पानी की तरह बह रहा है। पाँच-पाँच सौ रुपए की तो शराब ही रोज खर्च हो रही है। क्या समझे?"

"सब समझ गया भाई साहब, यह चुनाव का खेल फटीचरों के लिए नहीं है।" बादशाह ने कहा।

"जी, तभी तो जब मोहन ने आपकी तारीफ की और बताया कि चुनाव में आपसे बड़ी मदद मिलेगी तो मैंने चाहा था कि आप मेरे घर पर ही आ जाएँ। वहाँ मैंने एक कमरा एयरकंडीशंड करा रखा है। ठाठ से वहीं बैठकर ह्विस्की पीते और बातें करते। पर कोई बात नहीं। आपकी जिद थी कि मैं यहीं आऊँ। इसलिए यहीं आ गया। क्या समझे?"

इस बार बादशाह ने नहीं कहा कि वह क्या समझा है। वह समझ गया था कि जसवन्त को हर जुम्ले के बाद अपनी बात को रोबीली बनाने के लिए 'क्या समझे' कहने की आदत पड़ गई है। उसने सहज ढंग से कहा, "मेरा घर तो इस लायक है नहीं कि आपको वहाँ बुलाता। उधर आपके घर पर आजकल चुनाव का चक्कर है। दिन-रात भीड़-भाड़ रहती है। इसलिए वहाँ कोई मतलब की बात तो हो नहीं पाती। तभी मैंने सोचा पैराडाइज में हम लोग थोड़ी देर बैठेंगे और बात करेंगे। पर वह जगह आपको ठीक नहीं लगी। इसलिए हारकर यहीं आना पड़ा।"

जसवन्त ने खुले हुए पर्दे से कमरे के एक छोर से दूसरे छोर तक का निरीक्षण किया। बोला, ''यह जगह भी उतनी बुरी नहीं है। यहाँ गर्मी जरूर है, पर जाड़े के लिए बहुत बढ़िया है। क्या समझे?''

जसवन्त के साथी ने पहली बार मुँह खोला, ''मैं यहाँ जाड़ों में आता हूँ।''

इसके बाद वे चुनाव की बातें करने लगे। पहले जसवन्त ने मोहन की तारीफ की। बताया कि लोग उसे गुंडा कहते हैं और वह गुंडा है भी। पर आदमी बड़ा सच्चा और वफादार है। ''मैं अगर कह दूँ कि कुएँ में कूद पड़ो तो वह बिना हिचक कुएँ में कूद पड़ेगा।'' जसवन्त ने कहा, ''पिछले पन्द्रह दिनों से वह रात को सिर्फ दो-तीन घंटे सो रहा है। बाकी वक्त चुनाव के अभियान में लगाता है। दो-तीन मुहल्लों में तो उसका इतना दबदबा है कि वहाँ एक चिड़िया भी मेरे खिलाफ वोट नहीं देगी। क्या समझे?''

बादशाह ने कहा, ''मोहन मेरा बड़ा पुराना दोस्त है। हम दोनों फतेहगढ़ जेल में साथ ही साथ थे।''

जसवन्त के साथी ने बादशाह को गौर से देखा। उसके बाद उसके चेहरे से लगा, वह इस घोषणा से काफी प्रभावित हुआ है।

जसवन्त ने कहा, ''तभी तो मैंने मोहन से कहा कि तुम अपने सब दोस्तों को ले आओ। इस समय मुझे सभी के सहयोग की जरूरत है। अगर आपके असर से नाले के पासवाले उन दस-पन्द्रह परिवारों के वोट टूट सकें, तो फिर चुनाव में कोई मेरे आगे नहीं खड़ा हो पाएगा। क्या समझे?'' अचानक उसने नेताओं के लहजे में कहा, ''बादशाह जी, आपके सहयोग के बिना मेरा काम चल नहीं पाएगा। मोहन से मैंने कह दिया है, आपका सहयोग मुझे किसी भी कीमत पर मिलना चाहिए।''

''कीमत?'' बादशाह ने उसे बड़े आश्चर्य से देखा और कहा, ''मुझे तो आप मोहन ही मानिए। आपके ही घर का आदमी हूँ। हमारे-आपके बीच कीमत का क्या जिक्र।''

पुराने गिलास बदलकर उनके सामने ह्विस्की के नए गिलास आ गए। वे आधा घंटे तक चुनाव की बातों में डूबे रहे। जसवन्त बादशाह को बताता रहा कि दूसरे दिन से ही उसे सब काम छोड़कर मोहन के साथ आ जाना चाहिए । बादशाह ने कहा, ''कल मैं बाहर रहूँगा। परसों सबेरे से आपकी ताबेदारी में आ जाऊँगा।''

चुनाव की बातें होते-होते न जाने कैसे और कहाँ से लड़कियों का जिक्र आ गया। जसवन्त अब अपनी बातचीत में काफी खुल चुका था और बादशाह को 'अमाँ यार' कहकर सम्बोधित करने लगा था। पहले बादशाह ने उसे अपने दो-एक तजुर्बे सुनाये। कलकत्ता में दो-तीन चीनी-जापानी लड़कियों के पीछे वह एक बार मुसीबत में फँस चुका था। वहाँ से लड़कियों को सब तरह से खुश करके और उनके दलालों को हराकर वह किस तरह सही-सलामत निकल आया, यह किस्सा

उसने काफी विस्तार से सुनाया। बीच-बीच में कहता रहा, "अब तो मैं बुड्ढा हो गया हूँ।"

जवाब में जसवन्त ने भी अपने किस्से सुनाने शुरू किए। उनमें जोर इसी बात पर रहा कि उसकी दोस्ती अपने जमाने की सबसे सुन्दर लड़कियों से थी, हालाँकि उसकी लड़कियों में कोई खास दिलचस्पी नहीं थी। वे ही हमेशा उसके पीछे लगी रहती थीं। बादशाह जसवन्त की खूबसूरती की तारीफ करता रहा और उसकी बातें आदर से सुनता रहा। जसवन्त का साथी चुपचाप ह्विस्की पी रहा था। तभी बादशाह ने धीरे से कहा, "कुछ दिन हुए, यहाँ भी एक लड़की से मेरी दोस्ती हो गई। उस तरह का चेहरा फिर देखने को नहीं मिला।"

जसवन्त ने पूछा, "अब कहाँ रहती है वह?"

बादशाह ने गहरी साँस ली। बोला, "अब वह इस दुनिया में नहीं है।"

उससे सहानुभूति दिखाने के लिए जसवन्त ने होंठ दबाकर सिर हिलाया।

बादशाह ने कहा, "सिर्फ उसकी यह यादगार मेरे पास रह गई है।"

कहते-कहते उसने कमीज की जेब से निकालकर एक फोटो जसवन्त के सामने रख दी। यह मलिना की फोटो थी। जसवन्त थोड़ी देर उसे निश्चल निगाहों से देखता रहा। फिर अचानक उसने चीखकर वैरे को आवाज दी और कहा, "तीन बड़ा ह्विस्की!" उसने दुबारा अपनी निगाह मलिना की फोटो पर लगा दी। उसके बाद उसने बादशाह की ओर घूरते हुए पूछा, "यह फोटो तुम्हें कहाँ से मिली?"

बादशाह ने सहज ढंग से कहा, "उसी लड़की ने दी थी। उसे शायद आपने भी देखा हो। बहुत अच्छा नाचती थी।"

जसवन्त की निगाह बादशाह के चेहरे पर जमी हुई थी। पर उसका हाथ धीरे-धीरे मेज पर रखी मलिना की फोटो की ओर बढ़ रहा था। बादशाह ने धीरे से उसे खींचकर अपनी जेब में रख लिया।

जसवन्त ने अपना सवाल दोहराया, "तुम्हें यह फोटो किसने दी थी?"

उसके साथी ने शराब पीना बन्द कर दिया था। ह्विस्की का नया गिलास उसके सामने आ गया था, पर वह उसे देख भी नहीं रहा था। उसकी निगाह भी बादशाह के चेहरे पर लगी हुई थी और दायाँ हाथ पतलून की जेब पर था।

बादशाह ने जोर से साँस खींची और एक बार पर्दे के बाहर कमरे की ओर निगाह डाली। उससे थोड़ी ही दूर पर खुले में लोहे की एक मेज पर तीन नौजवान बैठे हुए बियर पी रहे थे। बादशाह से निगाह मिलते ही एक ने धीरे-से सिर हिलाया। अचानक बादशाह ने पूछा, "आप इस तरह संजीदा क्यों हो गए? क्या आप इस लड़की को जानते हैं?"

जसवन्त ने जोर से कहा, "मैं पूछा रहा हूँ यह फोटो तुम्हें किसने दी थी?"

बादशाह ने अपनी कमीज की जेब में उँगलियाँ डालकर उसके अन्दर झाँका। सहज भाव से बोला, "आप जानना ही चाहते हैं तो आपसे बताने में मुझे ऐतराज ही क्या है? जैसे मोहन के लिए, वैसे ही मेरे लिए, आप तो घर के आदमी हैं।"

उसने अपनी जेब से एक दूसरी फोटो निकाली। "सच पूछिए तो यह फोटो मुझे उस लड़की ने नहीं, इस दोस्त ने दी थीं।" कहकर उसने दूसरी फोटो जसवन्त के सामने रख दी। पर उसे उसने हाथ से छोड़ा नहीं, उँगलियों में मजबूती से पकड़े रहा। यह फोटो उस दाढ़ीवाले आदमी की थी जो मलिना, जसवन्त और सिन्धी व्यापारी के साथवाले फोटोग्राफ में मौजूद था। जाहिर था कि उमाकान्त ने उसकी अकेली तसवीर को फोटोग्राफ से अलग करके बड़ा करा लिया था। इस तरह उस अकेले आदमी का अलग से यह एक दूसरा फोटो बन चुका था। फ्रेंचकट दाढ़ीवाला आदमी फोटो में एक अजीब-सी मुद्रा में खड़ा हुआ था। उसके चेहरे पर हँसी थी और हाथ में एक गिलास था। जसवन्त के साथी ने फोटो देखते ही कहा, "तो चचा, इसका मतलब यह कि तुम भी दरबार में जाते हो?"

पर जसवन्त ने उसको हाथ से पीछे हटाकर कहा, "चुप बे।" वह आँखें फाड़कर इस फोटो को देख रहा था। लगा वह उसे अपनी निगाहों से जला डालेगा। अचानक उसने चीखकर कहा, "यह सब क्या घपला है? तुम क्या कहना चाहते हो, तुम्हारा मतलब क्या है?"

बादशाह ने धीरे से पूछा, "क्या आप इन्हें जानते हैं?"

जसवन्त के साथवाला आदमी उछलकर केबिन के बाहर आ गया था। उसी के साथ जसवन्त भी खड़ा हो गया। उसने अपने साथी का हाथ पकड़कर कहा, "हमें फँसाने की कोशिश की जा रही हे। यह भी चुनाव का कोई जाल है। खबरदार, कोई बेवकूफी मत कर बैठना।"

कमरे में बाहर मेज पर बैठे हुए तीनों नौजवान ने बियर पीनी बन्द कर दी थी। वे गौर से केबिन की पूरी घटना देख रहे थे। पर उनमें से कोई भी अपनी जगह से हिला नहीं। उमाकान्त अपने केबिन से निकलकर धीरे-से बाहर आया और उन्हीं नौजवानों के पास खड़ा हो गया।

बादशाह पर जैसे जसवन्त की नाराजगी का कोई असर ही न हुआ हो। उसने दाढ़ीवाले आदमी की फोटो अपनी जेब में रख ली और शान्ति के साथ कहा, "आपको गलतफहमी हो गई है। मुझे नहीं पता था कि आप यह तसवीरें देखकर इतना परेशान होंगे। बैठ जाइए। जब तक आपसे हमारी गलतफहमी दूर नहीं हो जाती, मैं आपको जाने नहीं दूँगा।"

पर तब तक जसवन्त अपने साथी का हाथ पकड़कर केबिन से बाहर आ गया था। बोला, "मैंने तुम्हें अच्छी तरह पहचान लिया है। याद रखना इसका नतीजा अच्छा नहीं होगा।"

वे दोनों तेजी से बाहर चले गए। उनके जाते ही उमाकान्त और तीनों नौजवा़न बादशाह के पास आकर केबिन में बैठ गए। बादशाह और उमाकान्त, दोनों ही गम्भीर हो गए थे। उमाकान्त ने कहा, ''एक कॉफी और पी लें, तब यहाँ से चला जाए।''

बादशाह ने थकी हुई आवाज में कहा, ''तुम्हें अभी कुछ देर और रुकना पड़ेगा उस्ताद। इन लड़कों ने इतनी देर चौकीदारी की है। इन्हें भी कम-से-कम एक-एक बोतल बियर का इनाम तो देना ही चाहिए।''

## सत्रह

दूसरे दिन सवेरे नौ बजे उमाकान्त ने सी.आई.डी. के पुलिस सुपरिंटेंडेंट विद्यानाथ को फोन किया। उमाकान्त की आवाज सुनते ही उन्होंने कहा, ''मैं आपको खुद फोन करने जा रहा था। ऐसा लगता है कि रूबी के खिलाफ मुकदमे को हम अब ज्यादा दिन रोक नहीं सकते।''

''क्यों बॉस? क्या कोई नया सबूत हाथ लग गया है?'' उमाकान्त ने हँसकर पूछा। उसके लहजे से लगा, विद्यानाथ के वह काफी नजदीक है।

''सबूत के अलावा आप लोगों का भी डर है, इधर हमारे खिलाफ क्या-क्या कहा जा रहा है, आपने अखबारों में पढ़ा ही होगा!''

''पुलिस की निष्क्रियता, वगैरह-वगैरह...।'' उमाकान्त ने मजाक-सा उड़ाते हुए कहा।

''जी हाँ, आप भी तो कारपोरेशन-हॉल वाली सभा में थे। आपके सामने ही तो हम पर चार्ज लगाया गया था कि रूबी के खिलाफ मामले को जान-बूझकर ढीला छोड़ दिया गया है।''

''पर उसका इलाज भी तो बताया गया था कि पुलिस को कारपोरेशन के मातहत कर दिया जाए।''

''इलाज तो लाजवाब है। वैसे मैं तो अपने को अभी से कारपोरेशन के मातहत समझता हूँ।''

'डेमोक्रेसी में हर अफसर को यही समझना चाहिए।''

''तो?'' विद्यानाथ की आवाज में हल्का-सा परिवर्तन जान पड़ा।

उमाकान्त ने भी सवाल किया, ''तो?''

''तो रूबी का मुकदमा हम आज कोर्ट में भेज देंगे।''

उमाकान्त कुछ सोचने लगा। विद्यानाथ ने उधर से यह देखने के लिए कि वह अभी फोन पर ही है, कहा, ''हलो!''

उमाकान्त ने हमदर्दी से कहा, ''मैं आपकी हालत समझ सकता हूँ। आप पर चारों ओर से जोर पड़ रहा होगा कि मुकदमे की जाँच जल्दी खत्म की जाए।''

विद्यानाथ की आवाज में रुखाई थी। उन्होंने कहा, ''मैं तो आपको सिर्फ बता रहा था कि हमारी ओर से जाँच खत्म हो चुकी है।''

उमाकान्त ने कहा, ''पब्लिक की ओर से बहुत-बहुत शुक्रिया। पर मैं समझता हूँ, तो-तीन दिन मामले को अगर आप और ठंडा रहने दें तो शायद...''

''आप कुछ और वक्त चाहते हैं?''

''बॉस, आप भी तो चाहते हैं कि अन्याय न होने पाए।''

थोड़ी देर उधर से कोई आवाज नहीं आई। इस बार उमाकान्त ने कहा, ''हलो!''

''मि. उमाकान्त!'' विद्यानाथ की आवाज, जिसमें थकान-सी थी, उसे सुनाई दी, ''अगर आप इसे बहुत ही लाजमी समझें तो मैं दो दिन और रुका रहूँगा।''

उमाकान्त हँसने लगा। कहा, ''दुबारा पब्लिक की ओर से शुक्रिया।''

''ठीक है, ठीक है।'' कहकर विद्यानाथ शायद फोन रखने जा रहे थे, पर उमाकान्त ने टोककर कहा, ''हलो बॉस, इस समय मैंने एक दूसरे मकसद से फोन किया था।''

''अभी कुछ और बाकी है?''

'जी हाँ। मुझे बिल्कुल निजी तौर पर, आपके दफ्तर से एक पुराने मामले की जाँच की फाइल देखनी है।''

''कौन-सा मामला?''

''आपको याद होगा, दो साल पहले एक लड़की मलिना अपने कॉलेज से घर आते समय गायब हो गई थी। बाद में उसकी कटी हुई लाश रेल की पटरी पर मिली। सी.आई.डी. ने उस मामले की जाँच की थी।''

''मुझे अच्छी तरह याद है। पर इन खुफिया फाइलों को आपको दिखाना...''

उमाकान्त ने बात काटकर कहा, ''प्लीज, बॉस। इतने वर्षों तक आप मुझ पर न जाने कितने मामलों में कितना विश्वास कर चुके हैं। क्या कभी भी आपको ऐसा लगा कि मैं आपके विश्वास के लायक नहीं हूँ? और फिर, यह तो पुराना मामला है। खत्म हो चुका है।''

शायद वह कुछ हिचक रहे थे। पर जब उनकी आवाज फोन पर आई तब साफ और दृढ़ थी। उन्होंने कहा, ''आप मेरे दफ्तर में साढ़े दस बजे आ जाइएगा। और मेरे ही पास आइएगा।''

फिर वह हलके ढंग से बोले, ''पर इस समय इन पुराने मामलों में फँसना क्या ठीक होगा? अभी तो आप शायद अजीतसिंह की हत्या में दिलचस्पी दिखा रहे थे।''

उमाकान्त ने कहा, ''आदत से लाचार हूँ। मेरे रास्ते में जो कुछ भी आ जाता है, मैं उसे ले लेता हूँ।'' सहसा उसकी आवाज कामकाजी ढंग की हो गई, ''थैंक्यू बॉस, मैं साढ़े दस बजे आपके पास होऊँगा।''

साढ़े दस बजे से बारह बजे तक वह विद्यानाथ के कमरे से लगे हुए एक छोटे-से रिटायरिंग रूम में बैठा हुआ मलिना की पुरानी फाइल देखता रहा। जाहिर था, विद्यानाथ ने अपने कर्त्तव्य को पुचकारने के लिए उससे कई गोपनीय कागजात पहले ही निकाल लिए थे। फिर भी फाइल में काफी काम की बातें थीं। सी.आई.डी. और जिला पुलिस—दोनों ने मिलकर मलिना को ढूँढ़ने की पूरी कोशिश की थी। उन्होंने दूसरे शहरों में, और लखनऊ में भी, कई जगह छापे मारे थे। उन्हीं दिनों साप्ताहिक 'जनक्रान्ति' में एक सम्पादकीय छपा था, 'भ्रष्टाचार के अड्डे'। इसमें शहर के एक बड़े प्रसिद्ध महिला-आश्रम के खिलाफ कई प्रकार के सन्देह प्रकट किए गए थे। सम्पादक ने लिखा था कि 'उस महिलाश्रम में—जिस का नाम सभी जानते हैं और लिखने की जरूरत नहीं है—लड़कियों को फँसाकर लाया जाता है। महिला आश्रम की इमारत पुरानी है और उसमें कई ऐसे कमरे हैं जिनमें किसी भी लड़की को आसानी से छिपाकर रखा जा सकता है। उन्हें संस्था के प्रबन्धकों और शहर के दूसरे रईसों के साथ पापाचरण के लिए मजबूर किया जाता है। यह सब कानून की निगाहों के नीचे बरसों से होता आ रहा है और...'

सम्पादकीय में इस तरह से पुलिस की भी काफी निन्दा की गई थी।

इस सम्पादकीय की कतरन फाइल में मौजूद थी। इसके छपने के बाद सी.आई.डी. वालों ने अजीतसिंह से बात की थी और पक्का कर लिया था कि उसका इशारा पार्वती महिला आश्रम की ओर है। इसका हवाला भी फाइल में था। उसी के दूसरे दिन पुलिस ने पार्वती महिला आश्रम पर छापा मारकर वहाँ की तलाशी ली थी। पर वहाँ मलिना नहीं मिली, न कोई ऐसी चीज ही मिली जिससे उस संस्था के खिलाफ कोई बात प्रमाणित होती। तलाशी के दूसरे दिन ही स्थानीय अखबारों में इसकी कड़ी निन्दा की गई थी। कहा गया था कि पुलिस अपराध और भ्रष्टाचार के अड्डों पर निगाह नहीं डालती, वह सिर्फ पार्वती महिला आश्रम जैसी पवित्र, समाज-सेवी संस्थाओं की तलाशी लेती है ताकि लोगों की निगाह में उन संस्थाओं की हैसियत गिर जाए और वे दीन दुखी महिलाओं की जो सेवा कर रही हैं, उसे छोड़कर पुलिस के इशारे पर नाचना शुरू कर दें। इन पत्रों की भी कतरनें फाइल में थीं।

पार्वती महिला आश्रम की तलाशी के बाद तीसरे दिन मलिना की लाश रेल की पटरी पर कटी हुई मिली थी। उसके जिस्म के टुकड़े-टुकड़े हो गए थे और धड़ का हिस्सा खत्म-सा हो चुका था। अत: पोस्टमार्टम से कोई बात साफ नहीं हो पाई थी। यह जरूर था कि जिस्म के उन अलग-अलग हिस्सों में पहियों की चोट से जितना भाग बचा था उस पर कोई दूसरी तरह की चोट न थी। इस बात का कोई प्रमाण नहीं था कि मलिना जिन्दा हालत में रेल की पटरी पर जाकर लेटी या लिटाई गई थी, या उसे पहले ही मार डाला गया था। फाइल में मलिना की लाश के कुछ फोटो भी थे, और उसके जिस्म पर जो कपड़े थे उनका विवरण भी। उमाकान्त ने अपने पास से

मलिना का फोटो निकालकर देखा, उस फोटो में वह वही कपड़े पहने हुए थी—राजस्थानी घाघरा और ओढ़नी, जो मरने के समय उसके जिस्म पर थे।

सी.आई.डी. ने इस फाइल में तेरह आदमियों के नाम और उन की निजी जिन्दगी के ब्योरे भी लिख रखे थे। ये ब्योरे पढ़ने से ही घिनौने दिखते थे। वे लोग शहर के मशहूर आदमी थे और शक था कि ये पार्वती महिला आश्रम में प्रायः जाया करते हैं और वहाँ के मामलों में अस्वाभाविक ढंग की दिलचस्पी लेते हैं। मामले की जाँच निराशा के वातावरण में खत्म हुई थी। यह प्रमाणित नहीं हो सका था कि मलिना की हत्या की गई है और न यही जाना जा सकता था कि गायब होने के पन्द्रह दिन बाद तक वह कहाँ रही। आखिर में, सी.आई.डी. ने इस सम्भावना को मान लिया था कि उसने आत्महत्या की होगी।

फाइल में अखबारों की कई कतरनें थीं। उनमें लगभग सभी ने मलिना की फोटो भी छापी थी। कुछ फोटो नृत्य की मुद्रा में थे, कुछ में सिर्फ चेहरा दिखाया गया था। उमाकान्त ने देखा, हर तसवीर में वह बहुत आकर्षक और सुन्दर दिख रही है। लगभग सभी तसवीरों में उसके चेहरे पर मुसकान थी, पर उसकी सुन्दरता को हर तसवीर में उसकी आँखों से धक्का लगा था। आँखें बड़ी जरूर थीं, पर ऐसा लगता था कि उन आँखों में रोशनी नहीं है। नाच के समय आँखें जैसी भी दिखती हों, उन तसवीरों में वे बड़ी ही साधारण जान पड़ती थीं, लगभग भाव-रहित।

उसने अपने पासवाले फोटो से इन तसवीरों का मुकाबला किया। इस फोटो में मलिना का चेहरा खुशी से दमक रहा था, आँखों में एक असाधारण-सी चमक थी। उसके पास खड़े हुए लोगों के चेहरे भी चमक रहे थे। उमाकान्त के दिमाग में सहसा एक विचार कौंधा—इन आँखों की चमक का क्या कारण है? कहीं मलिना को कोई नशा तो नहीं पिलाया गया था? किसी बहाने उसे शराब न पिलाई गई हो!

शराब का खयाल आते ही उसने सोचा कि कहीं ऐसा न हो कि उसे अफीम दी गई हो। गहरी बेहोशी में उसे बाद में पता ही न चला हो कि उसे कब अपनी जगह से हटाया गया, कब रेल की पटरी पर लिटाया गया।

अफीम...अफीम...अफीम!

उमाकान्त ने अपनी नोटबुक में कुछ आवश्यक बातों के नोट उतार लिए थे और विशेष रूप से उन तेरह आदमियों के नाम ले लिए थे जो सी.आई.डी. की निगाह में पार्वती महिला आश्रम में गलत दिलचस्पी ले रहे थे। फाइल विद्यालय को वापस करके, उन्हें धन्यवाद देकर, लगभग साढ़े बारह बजे उमाकान्त अपने स्कूटर के साथ सड़क पर आ गया। रास्ते में एक छोटा-सा पोस्ट ऑफिस पड़ता था। वहाँ से उसने पार्वती महिला आश्रम को फोन मिलाया। एक महिला ने उधर से जवाब दिया। उमाकान्त ने कहा, ''मैं आश्रम की सुपरिंटेंडेंट से बात करना चाहता हूँ।''

''मैं सुपरिंटेंडेंट ही बोल रही हूँ।''

उसने कहा, "मैं उमाकान्त हूँ। शायद आपने मेरा नाम सुना हो। मैं पत्रकार हूँ। दिल्ली के 'क्रानिक्लर' ने मुझसे खास तौर से निवेदन किया है कि मैं लखनऊ की समाज-सेवी संस्थाओं पर एक लेखमाला तैयार करूँ। आपकी संस्था यहाँ सबसे ज्यादा महत्त्वपूर्ण है। अत: शुरुआत आपके यहाँ से ही करना चाहता हूँ। आपको आपत्ति न हो तो चार बजे मैं वहाँ आकर लेख की सामग्री तैयार कर लूँ।"

"हमारे यहाँ मर्दों के आने की इजाजत नहीं है।"

उमाकान्त ने हँसकर कहा, "पर मैं तो पत्रकार हूँ। पत्रकार न मर्द होता है, न औरत। वह तो सिर्फ पत्रकार रहता है।" फिर उसने गम्भीरता से कहा, "सच तो यह है कि आपकी संस्था के बारे में मेरा लेख देश के एक मशहूर पत्र में छपेगा। मुझे पता नहीं कि आपकी आर्थिक स्थिति कैसी है। पर दूसरी संस्थाएँ तो खुशामद करके मुझसे ऐसे लेख लिखवाती हैं, ताकि उनमें संस्था को सहायता देने की अपील भी की जा सके। कुछ संस्थाओं को तो इसी तरह हजारों रुपए दान में मिले हैं।"

अधीक्षक की आवाज में अब वह दृढ़ता न थी। उसने कहा, "पर हमारे यहाँ का नियम ऐसा ही है। मर्द यहाँ नहीं आ सकते। आपके लिए मुझे मैनेजर से पूछना पड़ेगा। पर वह भी शहर से बाहर गए हैं।" उसकी आवाज पहले की अपेक्षा मीठी हो गई। बोली, "आप अगर कल फोन कर लें तो..."

"...पर कल सुबह ही मैं पन्द्रह दिन के लिए दिल्ली जा रहा हूँ। आज अगर मैं आपके यहाँ आ सकता तो पूरी सामग्री के साथ दिल्ली जा सकूँगा। वह लेख वहीं पूरा कर डालूँगा। लेख क्या होगा, एक तरह की अपील कहिए। समाज-सेवियों से अपील!"

कुछ क्षणों के लिए फोन पर सन्नाटा रहा। फिर उमाकान्त को उधर से सुनाई दिया, "तो आप चार बजे आ जाएँ। मैं मैनेजर साहब को बाद में समझा दूँगी।"

फोन का रिसीवर रखकर वह फिर सड़क पर आ गया।

दो दिन पहले आँधी-पानी आ जाने से आज लू नहीं चल रही थी, पर दोपहर बहुत तपने लगी थी। उमाकान्त के मत्थे पर बल पड़ गए थे और लगता था, वह किसी गुत्थी में उलझा हुआ था। दोपहर की तपन का उस पर कोई भी असर नहीं दिख रहा था। स्कूटर 'जनक्रान्ति' प्रेस के पास जाकर रुका। प्रेस का काम चालू था, मशीनें धड़ाधड़ चल रही थीं। दो-तीन छोकरे कम्पोजीटर और मशीनमैनों की जगह बैठे अपना काम कर रहे थे। बूढ़ा कम्पोजीटर एक कुर्सी पर पड़ा-पड़ा ऊँघ रहा था। उमाकान्त ने उसे जगाकर बड़ी आत्मीयता से नमस्ते की। उसने उमाकान्त को मोढ़े पर बैठने का इशारा करके कहा, "इतनी जल्दी आपके लेख कैसे मिल सकते हैं? परसों ही तो आप उन्हें खोजकर गए हैं।"

उमाकान्त ने उसे एक सिगरेट दी, एक खुद ली और दोनों को सुलगाकर बोला, "आज एक दूसरा काम लेकर आया हूँ। अजीतसिंह जी पर अभी तीन दिन पहले ही हमने एक शोक-प्रस्ताव पास किया था, अब मुझे उन पर एक लेख लिखना है। दो

साल हुए, उन्होंने देश की आर्थिक समस्याओं पर कुछ बड़े अच्छे सम्पादकीय लिखे थे। अपने लेख के सिलसिले में मेरा उन्हें पढ़ना बहुत जरूरी है।''

कम्पोजीटर के गले में सिगरेट का धुआँ फँस गया था। खाँसते-खाँसते बोला, ''तो यह कहिए, आप 'जनक्रान्ति' के पुराने अंक देखना चाहते हैं!''

बुड्ढा कम्पोजीटर खाँसता हुआ एक अलमारी के पास गया और वहाँ से मोटी जिल्दों में तीन बड़ी-बड़ी फाइलें उठा लाया। कहने लगा, ''ये पिछले तीन सालों के 'जनक्रान्ति' के अंक हैं। यहीं बैठकर देख लें।''

उमाकान्त ने एक जिल्द उठाकर पलटनी शुरू कर दी। उस पर निगाह डालते-डालते ही उसने कहा, ''मुझे आपका फोटो भी चाहिए। अजीतसिंह पर कोई लेख आपका जिक्र किए बिना पूरा नहीं होगा। पर उसके लिए मुझे फिर आना होगा। अभी मैं कैमरा नहीं लाया हूँ।''

बुड्ढे के चेहरे पर झेंप और खुशी साथ-साथ फैल गई। वह आँख मूँदकर कुर्सी पर बैठ गया। उमाकान्त 'जनक्रान्ति' के पुराने अंग देखता रहा। मलिना की मृत्यु के बाद भी 'जनक्रान्ति' के चार अंकों में व्यभिचार के अड्डों के बारे में जोर-शोर से लिखा गया था। उन लेखों में बताया गया था कि कुछ समाज-सेवी संस्थाएँ किस तरह रईसों के अनाचार का अड्डा बनी हुई हैं। जनता से इस गन्दगी को खत्म करने की अपील की गई थी। यह भी कहा गया था कि इन संस्थाओं के बारे में कई सच्ची कहानियाँ सम्पादक को लिखित रूप में मिल चुकी हैं। अजीतसिंह ने लिखा था कि जरूरत पड़ने पर वह अपनी बातों का प्रमाण भी जनता के आगे पेश कर सकता है।

उसके बाद ही इस प्रकार के सम्पादकीय आने बन्द हो गए थे। उसकी जगह कुछ दिन बाद 'जनक्रान्ति' के आखिरी पृष्ठ पर शहर के प्रमुख उद्योगपति और समाज-सेवी व्यक्तियों के सचित्र परिचय छपने लगे थे। उमाकान्त ने देखा कि नगर के उन प्रमुख उद्योगपतियों और समाज-सेवियों में ज्यादातर यही तेरह लोग हैं जिनका नाम सी.आई.डी. ने अपनी फाइल में दर्ज कर रखा था। पर अजीतसिंह ने इन सभी के व्यवहार, आचरण और समाज-सेवा की तारीफ की थी। मन-ही-मन उसने अजीतसिंह को एक भद्दी-सी गाली दी। अजीतसिंह का ब्लैकमेल का तरीका इतना साफ था कि ज्यादा छानबीन जरूरी नहीं थी।

बुड्ढा कम्पोजीटर अब कुर्सी पर पड़े-पड़े ऊँघ गया था। उमाकान्त उसकी ओर पीठ करके मोढ़े पर बैठ गया। फिर उसने सात अंकों में छपे हुए सात प्रमुख उद्योगपति और समाजसेवी लोगों के परिचय, उनकी तसवीरों के साथ, धीरे-से फाड़कर अपनी नोटबुक में रख लिए।

तीन बजे के लगभग वह अपने घर वापस पहुँचा। वहाँ उसने पहला फोन एक रेस्तराँ को किया जो उसके घर से दो सौ गज पर था। उसने मैनेजर से कहा, ''हलीम साहब, आप मुझे जिन्दा देखना पसन्द करेंगे या मुर्दा?''

हलीम साहब ने फोन के दूसरे सिरे से दो बार 'इंशा अल्लाह' कहा और 'कैसी मनहूस बात जबान से निकालते हैं, जनाब' की इबारत दोहराई।

"तो ठीक है, अगर आपको मेरे जिन्दा रहने में दिलचस्पी है तो दस मिनट में आप मेरा खाना यही भेज दें...जी हाँ,...शुक्रिया।"

कहकर उसने फोन काट दिया और फिर बादशाह को मिलाया।

उधर से बादशाह की आवाज सुनते ही उमाकान्त बोला, "बादशाह तुमने बताया था कि अजीतसिंह के खून की रात जसवन्त अस्पताल से निकलकर जीप से दो-तीन जगहों पर होता हुआ अपने घर वापस गया था। इसका आज ही पता लगवा लो कि वे दो-तीन लोग कौन-कौन थे। उनके नाम तो तुम्हारे पास होंगे ही। यह भी मालूम करो कि वे लोग उस रात को जसवन्त से मिलने के बाद क्या करते रहे। और जिस जीप से जसवन्त घर वापस गया था, वह जीप उस रात कहाँ रही। मैं जानता हूँ, यह सब मुश्किल से ही मालूम होगा। पर तभी मैं यह तुमसे कह रहा हूँ, किसी और से नहीं। पूरी सूचना मुझे आज रात या कल सुबह तक मिल जानी चाहिए। दूसरा काम यह है कि आर्ट्स कॉलेज में किसी को भेजकर रवीन्द्र को खबर कर दो। हाँ, हाँ, वह रवीन्द्र जो वहाँ पेन्टिंग सिखाता है, उसे ही, कि आज रात के दस बजे मेरे घर आ जाए। हाँ, दस बजे। इसके बाद भले ही आए, पहले नहीं। एक बात और। अभी पाँच बजे शाम को तुम पार्वती महिला आश्रम के फाटक के पास आकर सड़क के दूसरी ओर मेरा इन्तजार करना। पाँच के बाद मैं किसी भी वक्त आ जाऊँगा।"

## अठारह

पार्वती महिला आश्रम के अन्दर एक बड़े कमरे में सिलाई की क्लास चल रही थी। आश्रम की लेडी सुपरिंटेंडेंट और उमाकान्त के कमरे में प्रवेश करते ही सभी छात्राएँ खड़ी हो गईं। छात्राओं की संख्या सोलह थी। उनमें तीन-चार सत्रह-अठारह साल की लड़कियों को छोड़कर सभी प्रौढ़ महिलाएँ थीं। लेडी सुपरिंटेंडेंट ने कहा, "हम इन्हें सिलाई के डिप्लोमा के लिए तैयार करते हैं। अगर इनमें किसी की शादी हो जाए, या वह आश्रम के बाहर स्वतन्त्र रूप से रहना चाहे तो उसे सिलाई की एक मशीन मुफ्त में देते हैं।"

उमाकान्त ने उन्हें अपनी-अपनी जगह बैठने का इशारा किया। सिलाई सिखाने वाली महिला से कहा, "क्लास को पहले की तरह चलने दीजिए। मैं ऐसा फोटो लेना चाहता हूँ जो कक्षा के लिए बिल्कुल स्वाभाविक हो।"

महिलाएँ जब बैठने लगीं तब उमाकान्त ने पाया, उसकी निगाहें अपने-आप उनके पाँवों की ओर चली गई हैं। यह कई दिन से हो रहा था। जिस दिन वह बादशाह के साथ हरीसिंह से होटल में मिलने गया था, उसी दिन के बाद से उसकी आँखें बार-बार लोगों के पैरों की ओर खिंचने लगी थीं। उसने अपने-आपसे अपना ही मजाक उड़ाते हुए कहा—दुनिया में करोड़ों पाँव गोरे होंगे। उन्हें अपनी निगाहों से कहाँ तक नापते रहोगे?

लेडी सुपरिंटेंडेंट कह रही थी, ''इनमें से कुछ लड़कियाँ,'' वह आश्रम में रहनेवाली प्रत्येक स्त्री को लड़की ही कहती थी, ''तो बहुत ही अभागी हैं। पर मैं आपको अभी आँकड़े देकर बताऊँगी, इससे भी ज्यादा कठिन मामलों में हमें सफलता मिली है। अभी कल ही एक अनाथ लड़की की, जिसे लोग स्टेशन पर, क्या बताऊँ किस हालत में डाल गए थे, हम लोगों ने एक कारखाने के फोरमैन से शादी कराई है। साल-भर यहाँ रहकर वह लड़की बिल्कुल ही बदल गई थी।''

उमाकान्त सिर हिलाकर उसकी बात सुनता रहा और फोटो लेने के लिए अपना कैमरा ठीक करता रहा। लेडी सुपरिंटेंडेंट ने कम उम्र की एक गोरी लड़की की ओर आँख से इशारा करके अंग्रेजी में कहा, ''उसका केस तो बड़ा ही भयंकर है। आप जानते हैं, खुद उसके बाप ने शराब पीकर...'' लेडी सुपरिंटेंडेंट ने हिचककर अपनी बात अधूरी ही छोड़ दी।

यह वही लड़की थी जिसके पाँवों पर उमाकान्त की निगाह खास तौर से अटकी थी। उसके पाँव गोरे और सुडौल थे। हरीसिंह ने बुर्के से झाँकते हुए ऐसे ही पाँव देखे होंगे और उसका मन तड़प उठा होगा—उमाकान्त ने सोचा। फिर मन-ही-मन अपनी कल्पना का मखौल-सा उड़ाने लगा। उसने अलग-अलग कोने से कक्षा के दो फोटो लिए। इस बात का ध्यान रखा कि एक फोटो में कक्षा की अध्यापिका और लेडी सुपरिंटेंडेंट जरूर आ जाएँ, दूसरे फोटो में उसने गोरे पाँववाली लड़की को इस तरह से शामिल किया कि उसका चेहरा भी साफ तौर से आ जाए।

मन-ही-मन उसने अपने-आपसे तीसरी बार कहा कि यह बेवकूफी है। इस तरह अपराधी का पता नहीं चलेगा। इस शहर में कम-से-कम दो लाख औरतें ऐसी होंगी जिनके चिकने और गोरे पैर देखकर हरीसिंह पागल हो सकता है। उसने लेडी सुपरिंटेंडेंट से सिलाई की मशीनों की संख्या और कक्षा की दूसरी जरूरतों की बाबत दो-चार वाजिब सवाल किए।

इसी तरह वे कताई, बुनाई, ड्राइंग, फल-संरक्षण आदि कक्षाओं का चक्कर लगाते रहे। हर जगह उमाकान्त ने फोटो लिया। हर जगह लेडी सुपरिंटेंडेंट उसे बताती रही कि पिछले वर्षों से जब से वह आश्रम में आई है, कितनी महिलाओं को रोजी दिलाई गई, कितनी महिलाओं की शादियाँ हुईं, कितनी लड़कियाँ गन्दी बीमारियों

के साथ आई थीं, उन्हें नीरोग किया गया, कितनी लिखना-पढ़ना नहीं जानती थीं, उन्हें धीरे-धीरे जूनियर हाईस्कूल पास कराया गया।

उमाकान्त कभी-कभी रुककर इस तरह की बातें अपनी नोटबुक में दर्ज कर लेता। हर जगह वह आश्रम में अच्छी इमारत और सामान की कमी का जिक्र करके लेडी सुपरिंटेंडेंट को आश्वासन देता रहा कि वह जनता का ध्यान संस्था की इन जरूरतों की ओर आकृष्ट करेगा। आश्रम की इमारत शानदार, पर बहुत पुरानी थी। उन्नीसवीं सदी में वह किसी नवाब की कोठी रही थी। आम सड़क से वह बिल्कुल सटी हुई थी। उसके सामने कोई सहन न था। बाहर काफी ऊँचा महराबदार फाटक था, जिसमें, शायद बाद में, लोहे के सीखचोंवाले दरवाजे लगवा लिए गए थे। फाटक के अन्दर सहन पड़ता था और उसके बाद ही कोठी का भीतरी भाग शुरू हो जाता था। इमारत कहीं-कहीं दोमंजिली भी थी, पर ऊपर के कमरे ज्यादातर बन्द थे। दो जगहों पर बड़े-बड़े कमरों के पास उमाकान्त को नीचे की ओर जाते हुए जीने दिखाई दिए। उसने लेडी सुपरिंटेंडेंट से कहा, ''ये क्या तहखाने हैं?''

''जी हाँ। गर्मियों में पुराने नवाबों की आरामगाह।'' उसने मुसकराकर जवाब दिया, ''आजकल तो उधरवाले तहखाने में लायब्रेरी है और इधरवाले में स्टोर।''

''चलिए, आपकी लाइब्रेरी देख ली जाए।'' कहकर उमाकान्त तेजी से दूसरी ओर के जीने की ओर बढ़ा।

लेडी सुपरिंटेंडेंट ने उसे पुकारकर कहा, ''तो पाँच मिनट बाद चलिए। दरअसल हमने अभी लायब्रेरी का इस्तेमाल शुरू नहीं किया है। गर्मियों में वहाँ काफी ठंडक मिल जाती है, इसलिए वहीं लायब्रेरी रखने की बात सोच रहे हैं, पर उसे दुरुस्त करने में कुछ टाइम लगेगा।''

एक बुड्ढा माली सामने एक क्यारी में काम कर रहा था, उसे पुकारकर लेडी सुपरिंटेंडेंट ने कहा, ''नीचे के तहखाने में किसी को भेजकर दिखवा लो, वहाँ ठीक से रोशनी है या नहीं। हम लोग अभी लौटकर आते हैं।''

फिर वे लोग इमारत के दूसरे छोर पर उन कमरों को देखने गए जहाँ महिलाओं के रहने की जगह थी। उन कमरों का डार्मिटरी की तरह इस्तेमाल किया जा रहा था। कुछ-एक पलंग टूटे हुए थे। उमाकान्त ने कहा, ''आपको कहीं से दस-बीस हजार रुपए का दान मिल जाए तो ये कमियाँ दूर हो जाएँ।''

लेडी सुपरिंटेंडेंट लगभग चालीस साल की, छरहरे बदन की थी। वह अब भी काफी आकर्षक थी। इतनी देर में वह उमाकान्त को बता चुकी थी कि वह दिल्ली के स्कूल ऑफ सोशल वर्क से डिप्लोमा ले चुकी है, वहीं की रहनेवाली है और अपने स्वतन्त्र स्वभाव के कारण और बाप से न पटने के कारण, यहाँ नौकरी कर रही है। दान का जिक्र आते ही उसने उमाकान्त को बड़े आकर्षक ढंग

से देखा। बोली, "यह मेरी निजी बात है, किसी से बताइएगा नहीं। मैं चाहती हूँ कि अगर आप हमारी संस्था के लिए कोई दान दिला सकें तो उसकी लिखा-पढ़ी मुझी से की जाए। न जाने क्यों, पिछले साल से हमारे मैनेजर साहब को यही शिकायत रहती है कि मैं संस्था के लिए कुछ कर ही नहीं पाती। उस हालत में वे कम-से-कम इतना तो मानेंगे ही कि खुद मैंने संस्था के लिए दान की रकम हासिल की है।"

"जरूर, जरूर!" उमाकान्त ने बेतकल्लुफी से कहा, "मेरी कोशिशों से जो भी दान संस्था को मिलेगा, वह आपकी ही मार्फत दिया जाएगा।"

डार्मिटरी से बाहर आते ही इमारत की चहारदीवारी पर नजर पड़ती थी। उधर बूगनबेलिया की लतरें बहुत घनी होकर छाई थीं। चहारदीवारी के उस पार एक मस्जिद की मीनारें दिखाई देती थीं। दृश्य काफी लुभावना था। उमाकान्त ने कैमरा उठाकरा आँख से लगाया। लेडी सुपरिंटेंडेंट ने कहा, "आपका कैमरा बहुत कीमती दीखता है, कौन-सा मेक है?"

उमाकान्त ने कैमरा उसके हाथ की ओर बढ़ाकर कहा, "देख लीजिए। बल्कि ले सकती हैं तो एकाध फोटो आप भी खींच लीजिए।"

उसने कैमरा हाथ में ले लिया और उसे घुमा-फिराकर देखा। फिर उसे वापस करते हुए बोली, "थैंक यू।"

वे लोग तहखाने की ओर बढ़ने लगे थे। लेडी सुपरिंटेंडेंट कहती रही, "एक जमाने में मुझे भी फोटोग्राफी का बड़ा शौक था। पर वह जमाना ही दूसरा था। उन दिनों डैडी हांगकांग में थे। उन्होंने मेरे लिए वहीं से कैमरा भेजा था। मेरे कुछ फोटोग्राफ एक बार दिल्ली की एक नुमाइश में थी दिखाए गए थे..."

उमाकान्त देख चुका था, लेडी सुपरिंटेंडेंट को बात करने का शौक है, यह दिखाने का भी शौक है कि वह अपनी मौजूदा हैसियत से कहीं ज्यादा ऊँची जगह पर जाने लायक है। वह दिलचस्पी के साथ फोटोग्राफी के बारे में उससे बातें करता रहा। जब वे जीने से उतरकर लायब्रेरी वाले तहखाने में आए, वहाँ शायद सफाई की जा चुकी थी, चारों दीवारों पर ट्यूबलाइट जल रही थी। एक ओर छत के पास बड़े-बड़े दो जंगले थे जिनसे दिन की रोशनी अन्दर आ रही थी। तहखाने का यह कमरा काफी बड़ा और प्रकाशपूर्ण था। लायब्रेरी के नाम पर वहाँ एक मेज पर किताबों का एक ढेर-भर पड़ा था। इधर-उधर कुछ कुर्सियाँ पड़ी थीं। लेडी सुपरिंटेंडेंट ने कहा, "मैंने बताया ही था..."

उमाकान्त लौटकर तहखाने के दरवाजे के पास जीने की पहली सीढ़ी पर आ गया था। लेडी सुपरिंटेंडेंट कमरे के बीच में थी। अचानक उमाकान्त ने पलटकर कमरे पर सरसरी निगाह डाली और सामने की दीवार को एकटक देखने लगा।

लेडी सुपरिंटेंडेंट ने कहा, "क्या हुआ?"

वह सहज भाव से मुस्कराया। बोला, "कुछ नहीं। बस, आप वहीं खड़ी रहें। ऐसे ही।"

"क्यों? कोई खास बात है?" पर उसकी आँखें हँस रही थीं। वह शायद समझ गई थी कि उमाकान्त उसका फोटो लेनेवाला था।

उमाकान्त ने बड़े तकल्लुफ से अपने खड़े होने का कोण दुरुस्त करते हुए, जीने की पहली सीढ़ी के पास दरवाजे से टिककर लेडी सुपरिंटेंडेंट का फोटो लिया। पेशेवर फोटोग्राफरों की तरह बोला, "थैंक यू!"

वह तेजी से सीढ़ियाँ चढ़कर ऊपर आया। लेडी सुपरिंटेंडेंट उसके पीछे-पीछे थी। उसने कहा, "मेरा काम पूरा हो गया। बहुत-बहुत धन्यवाद!"

एक लड़की ने, जो वहाँ क्लर्क का काम करती रही होगी, सामने आकर एक कागज उमाकान्त के हाथ में दिया। लेडी सुपरिंटेंडेंट ने कहा, "आपने पिछले साल और इस साल के दानकर्त्ताओं की सूची माँगी थी न! वही है। वैसे, पिछले साल की सूची हमारी वार्षिक रिपोर्ट में भी शामिल है।"

उमाकान्त ने वहाँ से विदा लेनी चाही। लेडी सुपरिंटेंडेंट ने अपनी मुस्कान को चारों ओर बिखेरते हुए कहा, "चाय?"

"आज नहीं, मैडम। पर मैं चाय पीने का हक रिजर्व रखे जा रहा हूँ। किसी भी दिन आ जाऊँगा।"

"मोस्ट वेलकम। पर पहले मेरे घर फोन कर लीजिएगा।"

"यह तो मेरे लिए और भी खुशी की बात होगी। मैं तो इसलिए भी आऊँगा कि आपके खींचे फोटोग्राफ देख सकूँ। इस आर्ट में मेरी भी थोड़ी-बहुत दिलचस्पी है।"

"जरूर आइए। मुझे भी बड़ी खुशी होगी।"

उमाकान्त को लगा, लेडी सुपरिंटेंडेंट सचमुच ही उससे दुबारा मिलकर बहुत खुश होगी। बड़ी सद्भावना के साथ वह बाहर आया। चलते-चलते उसने आश्वासन दिया कि आश्रम पर उसका लेख बहुत जल्द 'क्रानिक्लर' में आ आएगा। मजाक में यह भी कहा कि उसका सबसे आकर्षक अंश लेडी सुपरिंटेंडेंट का फोटोग्राफ होगा।

शाम हो गई थी। दो-चार आवारा-से दिखनेवाले आदमी महिला आश्रम के फाटक के पास टहल रहे थे। उमाकान्त को देखकर वे कुछ दूर चले गए। उमाकान्त ने उन पर विशेष ध्यान नहीं दिया। कुछ क्षणों के बाद उसे बादशाह दिखाई पड़ा। वह उससे लगभग पचहत्तर गज की दूरी पर, सड़क के उस पार, एक ठेलेवाले से आइसक्रीम खरीदकर खा रहा था।

उमाकान्त से मिलते ही उसने कहा, 'उस्ताद, नई खबर यह है कि सिद्दीकी ने मिस लायल का बयान ले लिया है।"

"और हरीसिंह का?"

''उसका भी।''

उमाकान्त ने कहा, ''माफ करना बादशाह, मैं तुम्हें पहले बता नहीं पाया। यह खबर मेरे लिए बहुत पुरानी है।'' उसने मिस लायल से अपनी पिछली मुलाकात का पूरा हाल बता दिया।

दोनों फुटपाथ के दूसरे किनारे बिल्कुल एकान्त में आ गए थे। उमाकान्त ने पूछा, ''सिद्दीकी अब क्या सोच रहा है?''

''उन दोनों का बयान लेने के बाद ही सिद्दीकी ने अपने एक दोस्त से कहा कि रूबी का बचना मुश्किल है। मुकदमा कोर्ट में जाने ही वाला है।''

उमाकान्त ने कुछ रुककर एक सिगरेट जलाई। दोनों नथुनों से धुआँ निकालते हुए उसने कहा, ''मतलब साफ है। हरीसिंह ने सी.आई.डी. को बता दिया है कि बुर्केवाली औरत वार्ड में दुबारा आई थी। उसने उसके गोरे-गोरे पाँवों की बात भी जरूर कही होगी। सिद्दीकी बहुत होशियार आदमी है। उसे यह समझने में देर न लगी होगी कि वह बुर्के वाली औरत जरीना नहीं हो सकती। उसके चेहरे का रंग साँवला है और उसके पाँव करीब-करीब काले हैं। मुझे लगता हे कि सिद्दीकी ने यह नतीजा निकाला है कि रूबी जरीना के जाने के बाद बुर्का पहनकर उसे ज़हर देने के लिए आई थी। रूबी के पाँव बिलकुल वैसे ही हैं, जैसे कि हरीसिंह ने देखे थे। सी.आई.डी. की तरफ से कहा जाएगा कि अगर रूबी ने बिना अपने को छिपाए हुए वार्ड में जाकर अजीतसिंह को ज़हर दिया होता तो वह बिलकुल ही पकड़ी जाती। लिहाजा उसने अजीतसिंह को वार्ड में एक बार देखकर मौके का नए सिरे से इन्तजार किया। जरीना अस्पताल में पहले से ही मौजूद थी। उसे देखकर रूबी ने भी एक बुर्के का इन्तजाम कर लिया और...''

''पर क्या रूबी के रिश्तेदार गवाही नहीं देंगे कि अस्पताल से वह सीधे घर गई थी? वे यह भी साबित कर देंगे कि गोलीकांड के बाद वह एक मिनट के लिए भी अकेली नहीं रही कि कहीं से ज़हर ला सकती।''

उमाकान्त ने रुखाई से कहा, ''ये गवाह रूबी के रिश्तेदार हैं। अदालत मान सकती है कि वे रिश्ते के कारण, उसे बचाने के लिए, झूठी गवाही दे रहे हैं।'' फिर अपने स्कूटर की ओर बढ़ते हुए उसने पूछा, ''तुम कार लाए हो?''

''नहीं। आपके साथ चलना है न, उस्ताद।''

जब वे स्कूटर पर बैठकर चल दिए तब उमाकान्त ने पूछा, ''रवीन्द्र को खबर करा दी? उसे आज रात दस बजे तक मेरे घर आना है।''

''हाँ उस्ताद। वह ठीक दस पर आएगा।''

''और जसवन्त के साथियों के बारे में?''

बादशाह ने अफसोस से कहा, ''बहुत मुश्किल है उस्ताद! इतने दिन बाद, इतने कम समय में, यह बताना बहुत मुश्किल है कि वे लोग रात को कहाँ-कहाँ गए।

जसवन्त अस्पताल से निकलकर जिन-जिनके घर गया, उनके नाम तो मालूम हैं। उससे आगे और कोई बात पता चलना बहुत मुश्किल है।''

''और जीप के बारे में?''

''उसका पता चल जाएगा। मेरा एक पट्ठा जीप-ड्राइवर के पीछे चिपका हुआ है। पर ड्राइवर को फुरसत नहीं है। वह चुनाव में फँसा हुआ है। अभी साढ़े छह बजे से अमीनुद्दौला पार्क में एक चुनाव-सभा हो रही है। इस वक्त जीप वहीं होनी चाहिए। ड्राइवर खाली होगा। तभी कोशिश की जाएगी। मुझे उम्मीद है, उस रात जीप की पूरी यात्राओं का हाल कल सवेरे तक हमारी हथेली में होगा।''

''बहुत अच्छा।'' उमाकान्त ने इस तरह कहा जैसे किसी शेर पर दाद दी हो।

एक चौराहे पर उसने स्कूटर बाईं ओर मोड़ दिया। बादशाह ने पूछा, ''इधर कहाँ चल रहे हैं, उस्ताद?''

''अमीनुद्दौला पार्क। हम लोग भी चुनाव-सभा देख लें।''

कुछ देर दोनों चुप रहे। फिर बादशाह ने पूछा, ''इस महिला आश्रम में कुछ मिला उस्ताद?''

उमाकान्त ने कहा, ''बहुत कुछ मिला है। बताऊँगा तो ताज्जुब में पड़ जाओगे!''

''क्या हुआ?'' बादशाह ने 'उस्ताद' कहना भूलकर सीधे-सादे ढंग से पूछा।

''अभी कुछ कहना मुश्किल है। रात में इत्मीनान से बात की जाएगी।''

अमीनुद्दौला पार्क के पास स्कूटर खड़ा करके वे लोग पार्क के अन्दर पहुँचे। वहाँ मंच पर एक नेता का भाषण हो रहा था। लगभग तीन हजार लोग जमा थे। उमाकान्त बादशाह के साथ धीरे-धीरे मंच के बिल्कुल किनारे पहुँच गया। उसने देखा, वहाँ शान्तिप्रकाश भी मौजूद हैं। वह चार-पाँच आदमियों के साथ पीछे की ओर मंच के नीचे उतरकर पार्क के बाहर जा रहे हैं। उधर, सड़क पर एक जीप खड़ी थी। उनके साथ जसवन्त था, दो आदमी और थे जो उन्हीं की पार्टी की ओर से चुनाव लड़ रहे थे। जसवन्त को देखते ही उमाकान्त ने बादशाह को इशारा किया। वह भीड़ में पीछे छिप गया। उमाकान्त आगे बढ़ा।

शान्तिप्रकाश कह रहे थे, ''यहाँ की सभा तो चल निकली, अब चलकर उस दूसरी सभा का भी हालचाल ले लिया जाए। पार्टी के हर उम्मीदवार का काम देखना है।''

उमाकान्त आगे बढ़कर शान्तिप्रकाश के सामने आ गया। नमस्कार करके कहा, ''देखता हूँ, अब से मेयर होने के दिन तक आपको एक मिनट की भी फुरसत नहीं है।''

वह मुहब्बत की हँसी हँसकर बोले, ''और मैं देखता हूँ कि आपने मुझे अभी से मेयर बना दिया है। अरे भाई, अभी तो यह भी नहीं मालूम कि हमारी पार्टी मेयर के चुनाव के लिए अपना टिकट किसे देगी?''

उमाकान्त उनके पास आ गया। बोला, "पर मुझे मालूम है। पार्टी का टिकट श्री शान्तिप्रकाशजी को दिया जा रहा है।"

शान्तिप्रकाशजी की आँखें नकली आश्चर्य से फैल गईं। वह इस तरह बोले जैसे शान्तिप्रकाश कोई तीसरे आदमी हों। कहने लगे, "भाई, अपनी पार्टी में उससे ज्यादा अच्छे दर्जनों आदमी मिल जाएँगे।"

"ऐसा है?" उमाकान्त ने कहा, "तो इसी बात पर अपना इन्टरव्यू दे दीजिए।"

"बहुत-बहुत शुक्रिया भाई!" वह बोले, "पर बैठकर बात करने की अभी तो फुरसत नहीं है।"

"पर सोचिए तो, आपका इन्टरव्यू अभी अखबारों में छपे तो ज्यादा फायदा होगा, या चुनाव के बाद?"

शान्तिप्रकाश चलते-चलते रुक गए। ठठाकर हँसते हुए बोले "बहुत सही प्वाइन्ट पकड़ा आपने। अच्छी बात है, समझ लीजिए कि इन्टरव्यू हो चुका। आप अपने मन से जो चाहें छाप दें। मेरी ओर से कोई उल्टी-सीधी बात आप थोड़े ही कहेंगे।"

शान्तिप्रकाश दुबले-पतले खूबसूरत आदमी थे। चुनाव के अभियान में वे और भी दुबले हो गए थे। उमाकान्त ने आगे बढ़कर उनका फोटो ले लिया और कहा, "अब सिर्फ दो सवाल। पहला यह कि पिछले तीन हफ्तों में आपने कितना वजन खोया?"

वह फिर ठठाकर हँसे। बोले, "आप पूछिए कि कितना वजन हासिल किया। पार्टी के लिए कम-से-कम दो लाख वोटों का वजन हाथ लगा है!"

उनके साथ वाले भी हँसने लगे। उमाकान्त ने उनके पास जाकर, उन्हें एक किनारे खींचते हुए उनके कान में पूछा, "और दूसरा सवाल यह है कि आप सब-कुछ जानते हुए भी जसवन्त जैसे आदमी का साथ देते हैं। क्या आपको नहीं मालूम कि वह..."

शान्तिप्रकाश ने होंठों पर उँगली रखकर उमाकान्त को चुप होने का इशारा किया और उसके कान में कहा, "बस, बस। ये बातें चुनाव के बाद की हैं, फुरसत से कभी घर आइए तो बताऊँगा।" फिर उन्होंने भाषण जैसा देते हुए कहा, "आप तो जानते हैं, जिन्दगी में फूलों के साथ काँटों से भी निबाह करना पड़ता है।"

वे लोग तेजी से जीप की ओर बढ़ने लगे। उमाकान्त ने कहा, "क्या आपको..."

उन्होंने इशारे से मना करते हुए कहा, "नहीं उमाकान्तजी, आपके दो सवाल पूरे हो गए। अब तीसरा नहीं।"

"अच्छी बात है, पर एक छोटे..." उमाकान्त ने कैमरा आँख के पास ले जाकर क्लिक किया। शान्तिप्रकाश की मुसकान कुछ और चौड़ी हो गई।

वे लोग जीप पर बैठकर चले गए। जसवन्त पीछे की सीट पर बैठा था, जीप जब आगे बढ़ गई तो उसने उमाकान्त के साथ खड़े हुए बादशाह को देखा और अपने एक साथी से कुछ कहते हुए बादशाह की ओर इशारा किया।

सूरज डूबने वाला था। उमाकान्त ने बादशाह से कहा, ''हम लोगों को अब यहाँ से अलग-अलग जाना होगा। मैं अपने फोटोग्राफ इसी वक्त धुलवाने जा रहा हूँ। इसी ओर से मैं मोहन स्टूडियो में रीलें देता हुआ निकल जाऊँगा। दस बजे तक वह तैयार कर देंगे। तुम दस बजे वहाँ से फोटो लेकर घर आ जाना। तब तक शायद रवीन्द्र भी आ जाएगा।''

बादशाह ने पूछा, ''रवीन्द्र को बुला तो लिया है, पर उसकी जरूरत क्या है?''

उमाकान्त ने तत्काल कोई जवाब नहीं दिया। रुककर बोला, ''अभी मुझे खुद साफ नहीं मालूम। अभी मैं अँधेरे में ही चल रहा हूँ। दस बजे आना। जसवन्त के बारे में और भी कुछ मालूम हो सके, तो मालूम करते आना। और, उस रात उसकी जीप कहाँ गई, इसकी इत्तला तो मिलनी ही चाहिए।''

दूसरे दिन सबेरे ही उमाकान्त स्कूटर लेकर घर से बाहर निकल गया। उसने एक बार रूबी से मिलने की कोशिश की, पर जेल वालों ने बताया कि उस दिन मुलाकात नहीं हो सकेगी। वहाँ से वह हरिश्चन्द्र के घर गया और उससे उन रिश्तेदारों के बारे में बात करता रहा जिनके यहाँ अजीतसिंह पर हमला होने के बाद रूबी ने दो रातें बिताई थीं।

दिन बहुत गर्म हो गया था और लू चलने लगी थी। हरिश्चन्द्र ने जिद करके अपनी कार की चाभी उसे दे दी और कहा, ''ऐसे मौसम में स्कूटर पर चलना ठीक नहीं है।''

पिछले दो-तीन दिनों से उमाकान्त ठीक तरह से सो नहीं पाया था और उसकी आँखों के नीचे कालिमा फैलने लगी थी। वह कोशिश करके अपने को समझाता रहा था कि वह बिल्कुल नहीं थका है, पर थकान धीरे-धीरे उस पर हावी हो रही थी, इसलिए उसने अपना स्कूटर हरिश्चन्द्र के यहाँ ही छोड़ दिया और बाकी दिन उसकी कार पर चलता रहा। हरिश्चन्द्र ने भी उसके साथ चलना चाहा। पर उसने मना कर दिया।

लगभग तीन-चार घंटे वह दूर-दूर बसे हुए मुहल्लों में जाकर नए-नए लोगों से मिलता रहा। वह जसवन्त के घर भी गया। वहाँ उसे मालूम हुआ कि वह तो सूरज निकलने के पहले ही कहीं चला गया है। वहाँ से चलकर सबसे नजदीक के पब्लिक कॉल ऑफिस से उसने बादशाह को फोन किया और कहा कि जसवन्त का पता चाहे जैसे हो, जल्द-से-जल्द लगाया जाना चाहिए। उसने बादशाह को पाँच बजे मुलाकात के लिए आने को भी कहा।

दो बजते-बजते वह आर्ट्स कॉलिज की ओर गया। रवीन्द्र वहीं शिक्षक था और उसका घर कॉलिज के पास ही था। इतवार का दिन होने के कारण कॉलिज

बन्द था। वह सीधा रवीन्द्र के घर पहुँचा। रवीन्द्र उस समय अपने स्टूडियो में एक मेज पर कागज फैलाकर स्केचिंग कर रहा था। अपने काम में वह इस तरह खोया हुआ था कि उसे पता ही नहीं चला कि उमाकान्त ने कब कमरे का दरवाजा खोला और कब उसके पीछे आकर खड़ा हो गया। रवीन्द्र के सामने मेज पर चार आदमियों के फोटोग्राफ रखे थे। इनमें सभी प्रौढ़ अवस्था के लोग थे। ज्यादातर सभी की दाढ़ी-मूँछ साफ थीं। पर तीन फोटो ऐसे भी थे जिनमें लोगों ने मूँछें रख छोड़ी थीं। किसी भी फोटो में कोई दाढ़ीवाला आदमी नहीं था।

दो फोटो मेज के एक ओर रखे थे। उनमें रवीन्द्र ने मुड़ी हुई ठुड्डी पर अपनी स्केचिंग पेंसिल से निहायत खूबसूरत फ्रेंचकट दाढ़ी जोड़ दी थी। इस समय वह तीसरी तसवीर के चेहरे पर उसी तरह दाढ़ी जोड़ रहा था।

पीछे मुड़कर उमाकान्त को देखते ही वह मुस्कराया। बोला, ''आप कब से खड़े हैं, भाई साहब?''

उमाकान्त ने कहा, ''इधर से निकल रहा था। सोचा तुम्हारा काम खत्म हो गया हो तो तसवीरें लेता चलूँ। पर आप तो अभी योग साधे हुए हैं। कितना टाइम लगेगा?''

''कम-से-कम तीन घंटे।'' कहकर रवीन्द्र ने पेन्सिल रख दी और कहा, ''पर आइए, पहले हम लोग एक-एक प्याला कॉफी खींच लें।''

''नहीं, डियर। अभी नहीं। पहले तुम अपना काम खत्म कर लो। और कोशिश करना, पाँच बजे तक हमारे यहाँ तसवीरें आ जरूर जाएँ।''

कहकर उमाकान्त सीधे अपने घर लौट आया। ढाई बज चुके थे। उसने पड़ोसवाले होटल को टेलीफोन करके गर्म सूप और आमलेट मँगाया। डबलरोटी घर पर ही पड़ी थी। हल्का खाना खाकर उसने अपने लिए कॉफी का प्याला रखकर, बिस्तर के सिरहाने से अपनी पीठ टिकाकर आराम से सिगरेट पीता रहा। उसके आसपास बिस्तर पर ही कुछ लिफाफे और कागज फैले हुए थे। थोड़ी देर बाद वह एक कागज लेकर पेन्सिल से कुछ लिखने लगा। वास्तव में लिखा उसने बहुत कम। हाथ में पेंसिल लेकर वह काफी देर तक चुपचाप बैठा रहता और बाद में कागज पर एकाध शब्द लिख लेता।

कुछ देर में उसने घड़ी की ओर देखा। पाँच बजनेवाले थे। उसने बादशाह को फोन मिलाया। उधर से जवाब मिला कि वह होटल छोड़कर अभी-अभी कहीं चला गया है। वह फिर कुछ देर के लिए अपने कागजों में खो गया। तभी बादशाह ने दरवाजा खोला। माथे का पसीना पोंछते हुए वह उमाकान्त के सामने आकर कुर्सी पर बैठ गया और बोला, ''कल वाले फोटोग्राफ मैं एक बार फिर देखना चाहता हूँ।''

उमाकान्त ने एक बड़ा लिफाफा उठाकर उसकी ओर बढ़ाया और कहा, ''कल रात तुम उन्हें एक बार देख तो चुके ही हो। पर अभी मैंने तुम्हें फिर इसलिए बुलाया था, मैं खुद चाहता था, तुम एक बार इन्हें फिर से देख लो।''

बादशाह ने लिफाफे से कई फोटो निकाले और उन्हें एक-एक करके देखने लगा। ये वे ही फोटो थे जो कल शाम उमाकान्त ने पार्वती महिला आश्रम में और अमीनुद्दौला पार्क में खींचे थे। बादशाह ने एक बार सब फोटो देख डाले और फिर उन्हें दुबारा देखना शुरू किया। देखते-देखते वह पार्वती महिला आश्रम की लेडी सुपरिंटेंडेंट के फोटो को लेकर रुक गया। उसे वह काफी देर तक देखता रहा। कैमरे ने उसके चेहरे को एक ऐसी मुद्रा में पकड़ा था जिससे वह बहुत ही कम उम्र की मालूम देती थी। कोई सोच भी नहीं सकता था, वह चालीस साल की होगी। तसवीर में वह एक छरहरे बदन की पच्चीस साल की युवती जैसी दीखती थी।

बादशाह ने तसवीर से निगाह नहीं हटाई। धीरे से कहा, ''उस्ताद, मलिना वाली वह तसवीर देना, वही तसवीर जिसमें वह अपने तीन तिलंगों के साथ खड़ी हुई है।''

उमाकान्त ने वह तसवीर निकालकर दे दी। बादशाह की प्रशंसा के लिए उसके चेहरे पर एक बहुत घरेलू मुसकान खेलने लगी। बोला, ''इसे कहते हैं उस्तादों की नजर।''

बादशाह उन दोनों तसवीरों का मुकाबला करके देख रहा था। थोड़ी देर गौर से देख चुकने के बाद उसने उन्हें मेज पर रख दिया और कहा, ''बड़ी भयंकर बात है, उस्ताद! इसका मतलब तो यह हुआ कि मलिना की लाश मिलने के पहले उसे कुछ दिन पार्वती महिला आश्रम में रखा गया था।'' वह टकटकी बाँधकर उमाकान्त को देख रहा था।

उमाकान्त ने एक सिगरेट जला ली थी। सिर हिलाते हुए उसने धीरे से कहा, ''हाँ, यही जान पड़ता है। महिला आश्रम में दो तहखाने हैं। उनमें से एक में इस वक्त आश्रम का स्टोर है। दूसरे में लाइब्रेरी बनने जा रही है। लाइब्रेरी वाले तहखाने में जाते ही कल मुझे ऐसा लगा, किसी को छिपाने के लिए वह आदर्श जगह हो सकती है। आश्रम में रहनेवाली महिलाओं की डारमिटरी उस जगह से काफी दूर है। तहखाने में बिना हिचक के कुछ भी किया जा सकता है। कल वहाँ पहुँचते ही मुझे अपने मन में एक उलझन का अहसास हुआ था। इसे भाग्य की ही बात मानना चाहिए कि मलिना की फाइल देखकर और 'जनक्रान्ति' के पुराने अंक पढ़कर मैं इस नतीजे पर पहुँचा था कि मुझे पार्वती महिला आश्रम को अन्दर से देखना चाहिए। वहाँ पहुँचते ही मुझे लगा कि यहाँ सब-कुछ ठीक नहीं है। आश्रम का खर्चा ज्यादातर चन्दे से चलता है। चन्दा देनेवालों की सूची देखकर मेरा शक और भी मजबूत हो गया।

''चन्दा देनेवालों में बहुत-से ऐसे हैं जिन्हें हम सभी शहर के मशहूर व्यभिचारियों में शुमार करते हैं। उन सभी के पास बेशुमार पैसा है। तहखाने में पहुँचते ही मुझे अचम्भा-सा हुआ। लगा, इस जगह को मैं जानता हूँ। यह कुछ-कुछ वैसा ही था जैसा मुझे पहली बार जसवन्त को देखकर लगा था। उसका चेहरा देखते ही मुझे जान पड़ा था कि मैंने उसे पहले कहीं देखा है, हालाँकि उस वक्त मुझे उसकी मूँछवाली

तसवीर की याद नहीं आई थी। इस तहखाने में भी मुझे वैसा ही जान पड़ा। पर लेडी सुपरिंटेंडेंट उस वक्त बराबर कुछ कहती जा रही थी इसलिए मैं ध्यान देकर सोच नहीं पा रहा था। पर यह हालत काफी देर नहीं रही। दरवाजे के पास जीने की पहली सीढ़ी तक पहुँचते-पहुँचते मैं जान गया कि तहखाने वाले इस कमरे को मैंने पहले भी देखा है। वास्तव में सामने की दीवार पर नक्काशीदार दरवाजेवाली एक अलमारी है। उसी ने मेरे लिए सब-कुछ आसान कर दिया। यह अलमारी मलिना वाली इस फोटो में आ गई है। उसे देखते ही मुझे याद आ गया, इस कमरे की तसवीर मैंने देखी है। तभी मैंने लेडी सुपरिंटेंडेंट को कमरे के बीच में खड़ा करके उसका फोटो इस ढंग से ले लिया कि अलमारी भी उसमें आ जाए।

''मैंने तुम्हें यह घटना जान-बूझकर नहीं बताई थी। मैं देखना चाहता था कि दोनों तसवीरें देखकर तुम्हारी भी प्रतिक्रिया मेरी ही जैसी होती है या नहीं। अब तो बात साफ हो गई है। मलिना वाली फोटो और लेडी सुपरिंटेंडेंट की यह फोटो—दोनों एक ही बैकग्राउंड में ली गई हैं। मलिना की फोटो भी उसी तहखाने में ली गई थी। ये तीनों आदमी उसके साथ उसी तहखाने में थे।''

कुछ देर दोनों चुपचाप बैठे रहे। आखिर में बादशाह ने कहा, ''इस सबसे तो लगता है मलिना के मामले की जाँच फिर से होनी चाहिए। हमें पुलिस को बताना होगा। मलिना के मामले में जसवन्त के खिलाफ इतना सबूत मिल चुका है... ।''

''पर हम लोग इस वक्त मलिना के मामले की नहीं, अजीतसिंह की हत्या की छानबीन कर रहे हैं।''

बादशाह उमाकान्त को कुछ देर स्थिर निगाहों से देखता रहा। बोला, ''इसका क्या मतलब है? क्या इसका कोई सम्बन्ध अजीतसिंह की हत्या से भी है?''

उमाकान्त आँखें सिकोड़कर कुछ सोच रहा था। धीरे-से बोला, ''मैं नहीं जानता। सच तो यह है कि मैं नहीं जानता।''

तभी दरवाजा खोलकर रवीन्द्र अन्दर आया। उसने एक बड़ा-सा लिफाफा उमाकान्त को देते हुए कहा, ''लीजिए, आपके स्केच तैयार है।''

उमाकान्त ने उसे बैठने के लिए भी नहीं कहा। हाथ में लिफाफा आते ही उसने तेजी से उसे खोला। कुल सात फोटोग्राफ थे। जैसे यह किसी छोटे स्कूली लड़कों का खेल हो, रवीन्द्र ने उन्हें बिगाड़ दिया था। हर तस्वीर के चेहरे पर उसने एक फ्रेंचकट दाढ़ी जोड़ दी थी। सब तसवीरों को ताश की तरह एक बार सरसरी तौर पर देखे जाने के बाद उमाकान्त की निगाह एक तसवीर पर टिक गई। बादशाह उसके सामने बैठा था। इसलिए वह तसवीरें तो नहीं देख पाया सिर्फ उमाकान्त के चेहरे को देखता रहा। थोड़ी देर बाद उसने पूछा, ''कोई खास बात है, उस्ताद?''

उमाकान्त ने सिर हिलाया भी या नहीं, कहना मुश्किल था। उसकी भौंहें सिकुड़ गई थीं। बादशाह जानता था, ऐसे मौके पर उसे छेड़ा नहीं जा सकता। वह धीरे-से

उठकर खिड़की के पास चला गया। वहाँ कमरे की ओर पीठ फेरकर रवीन्द्र चुपचाप सिगरेट पी रहा था और खिड़की के बाहर झुलसती हुई दुनिया को धुएँ के जाले के बावजूद एक कलाकार की निगाह से देखने की कोशिश कर रहा था। बादशाह ने भी उसी की बगल में खड़े होकर एक सिगरेट सुलगा ली।

एक हल्का-सा खटका हुआ। बादशाह ने देखा, उमाकान्त ने सातों तसवीरें बिस्तर पर लापरवाही से फेंक दी हैं। तसवीरें उलट-पुलट गई थीं, पर उनमें तीन-चार के चेहरे ऊपर की ओर थे। उन पर एक-सी फ्रेंचकट दाढ़ी थी। उनमें से एक तसवीर खास तौर से बादशाह को घूरती हुई जान पड़ी। उसने उमाकान्त से कुछ कहने के लिए मुँह खोला, पर तब तक वह टेलीफोन की ओर बढ़कर कोई नम्बर मिलाने लगा था। बादशाह ने अपने होंठ दबा लिए। फिर साँस खींचकर वह चुपचाप पहले की तरह सिगरेट पीने लगा।

## उन्नीस

पुलिस सुपरिंटेंडेंट विद्यानाथ के बँगले पर उस दिन साढ़े पाँच बजे शाम जब उमाकान्त का फोन आया, तब इंस्पेक्टर सिद्दीकी वहीं मौजूद था। विद्यानाथ ने फोन पर सारी बातें शान्ति के साथ सुनीं और कहा, ''ठीक है, पुलिस फोर्स तुम्हारे घर पर पन्द्रह मिनट में पहुँच जाएगी।''

फोन का रिसीवर रखकर उन्होंने सिद्दीकी से कहा, ''उमाकान्त का फोन था। मैंने तुम्हें पहले ही आगाह कर रखा है।'' घंटी बजाकर उन्होंने अर्दली को बुलाया और बोले, ''कोतवाली से फोन मिलाओ।'' अर्दली जब तक फोन मिला रहा था, उन्होंने सिद्दीकी से कहा, ''मैं भूपसिंह को यहीं बुला रहा हूँ। वह तुम्हें लेकर सीधे उमाकान्त के घर जाएगा। उसके साथ तुम्हें दो-एक घरों में तलाशी लेनी होगी।''

इंस्पेक्टर भूपसिंह कोतवाली का इंचार्ज था। सिद्दीकी ने विनम्रता से कहा, ''पर अजीतसिंह के मामले की जाँच तो खत्म हो चुकी है। उसमें कोई नई गुंजाइश तो मालूम नहीं पड़ती।''

विद्यानाथ तब तक फोन पर भूपसिंह से बात करने लगे थे। उनकी बात बहुत जल्दी खत्म हो गई। फोन रखने के पहले वह बोले, ''ठीक है, मैं इन्तजार कर रहा हूँ। उम्मीद है सात मिनट में तुम यहाँ आ जाओगे।'' फोन रखकर सिद्दीकी की ओर देखा और बोला, ''रूबी के खिलाफ जो सबूत मिला है, उसे तुम कैसा समझते हो?''

''कह नहीं सकता कि अदालत का क्या रुख होगा। पर हमने पूरी कोशिश की है।''

विद्यानाथ बोले, "हत्या करने का मोटिव (कारण) तो पूरी तरह साबित है। पर हत्या को साबित करने के लिए हमारे पास कुछ परिस्थितियाँ भर हैं। और जानते ही हो, परिस्थितियों के सबूत को लेकर कानून हमसे बड़ी जबर्दस्त माँग करता है।"

सिद्दीकी कुछ नहीं बोला।

विद्यानाथ कहते रहे, "तुमने बाद में हरीसिंह और मिस लायल का भी बयान लिया है। इससे रूबी के खिलाफ मुकदमे का एक नया पहलू खुलता है। इससे पता चलता है कि वार्ड में वह दुबारा आई थी और बुर्का डालकर आई थी। पर इससे यह भी साबित होता है कि यह बयान लेने के पहले हमें सही घटना का पता नहीं था। उस हालत में हो सकता है कि सही घटना का हमें अब भी पता न हो।"

सिद्दीकी ने कहा, "सर, तभी तो अब तक हमने अपनी तफतीश खत्म नहीं की है।"

बँगले के बाहर एक जीप आकर रुकी। विद्यानाथ और सिद्दीकी कमरे से निकलकर बरामदे में आ गए। भूपसिंह जीप से उतर रहा था। पर विद्यानाथ ने आगे बढ़कर उसे रोक दिया। उसका सैल्यूट अधूरा ही रह गया। थोड़ी देर वह उसे जीप के पास ही धीरे-धीरे कुछ समझाते रहे। फिर जीप सिद्दीकी को लेकर उमाकान्त के घर की ओर चल दी।

जीप के मकान के सामने पहुँचते ही उमाकान्त और बादशाह बाहर निकल आए। आर्टिस्ट रवीन्द्र वहाँ से पहले ही जा चुका था। भूपसिंह और सिद्दीकी से अभिवादन करके उसने अपने दरवाजे पर ताला लगाया और जीप की आगेवाली सीट पर बैठ गया। भूपसिंह ड्राइव कर रहा था। उनके बीच में सिद्दीकी था। बादशाह पीछे सिपाहियों के साथ बैठा था। सिद्दीकी ने कहा, "इस वक्त आप हमारे बॉस हैं। हुक्म दीजिए, किधर चला जाए?"

उमाकान्त ने गम्भीरता से कहा, "हममें से कोई किसी का बॉस नहीं। हम दोनों ही गुलाम हैं। अपने-अपने ढंग से जनता की गुलामी कर रहे हैं, और इसी में हमारी इज्जत है।"

भूपसिंह अब कुछ नहीं बोला था। उमाकान्त उसके बारे में जानता था कि वह बहुत मुस्तैद और बेधड़क पुलिस ऑफिसर है। उसके बारे में मशहूर था कि वह एक खामोश मशीन की तरह काम करता है और जहाँ तक बने, अपने शब्द नहीं बरबाद करता। वह छह फुट से भी ज्यादा लम्बा था और उसके सुडौल बदन में चीते जैसी फुर्ती थी। उमाकान्त को बड़ी खुशी हुई कि विद्यानाथ ने भूपसिंह को उसके साथ के लिए भेजा है।

अब भूपसिंह ने पहली बार मुँह खोला। कहा, "आगे चलने के पहले यह ज्यादा अच्छा होगा कि आप समझा दें, हमें कहाँ जाना है और क्या करना है?"

उमाकान्त बोला, "अभी हम लोग जसवन्त के यहाँ जाएँगे। जसवन्त को आप जानते ही हैं। वह कार्पोरेटर बननेवाला है। हमें उसके घर की तलाशी लेनी होगी। मुझे शक है कि अजीतसिंह की ही नहीं, कुछ और हत्याओं का सबूत भी हमें उसके यहाँ मिल सकता है। अगर सबूत मिल गया तो उसे आप अपने-आप गिरफ्तार करेंगे। अगर जसवन्त घर पर न मिला तो हमें अभी तलाशी का खयाल छोड़कर आगे बढ़ जाना होगा।"

"वहाँ से हम कहाँ चलेंगे?"

"इसके बारे में वहीं बता सकूँगा।"

भूपसिंह ने गम्भीरता से पूरी बात सुनी। सिर्फ सिर हिलाकर इशारा किया कि वह समझ गया है। जीप जसवन्त के मकान की ओर चल दी।

बाजार की भीड़-भाड़, रिक्शे और पैदल आदमियों की ठेलमठेल और खोमचेवालों के चक्रव्यूह को तोड़ती हुई पुलिस की जीप धीरे-धीरे ही आगे बढ़ पा रही थी। जसवन्त के मकान तक पहुँचते-पहुँचते आध घंटा लग गया। जीप वहाँ से लगभग सौ गज पहले ही रुक गई।

उमाकान्त ने सिद्दीकी से कहा, "कृपया पता लगवा लें, जसवन्त घर पर है भी या नहीं।"

वह बोला, "मैं खुद देखता हूँ।"

सिद्दीकी गाड़ी से उतरकर जसवन्त के मकान की ओर चला गया। उमाकान्त ने भूपसिंह से कहा, "मैं आपको पहले ही आगाह कर देना चाहता हूँ, और साथ ही माफी माँग लेना चाहता हूँ। मैं यह पूरी कार्रवाई एक सन्देह पर कर रहा हूँ। बहुत मुमकिन है कि मेरा सन्देह गलत हो। उस हालत में आपकी मेहनत बेकार जाएगी, और हो सकता है, पुलिस को कुछ बदनामी भी सहनी पड़े। पर ज्यादा उम्मीद यही है कि मैं सही रास्ते पर चल रहा हूँ और..."

भूपसिंह ने संक्षेप में कहा, "मैं अपने सुपीरियर्स के हुक्म पर चल रहा हूँ, इतना मेरे लिए काफी है। नेकनामी-बदनामी से मेरा कोई सरोकार नहीं।"

थोड़ी देर में सिद्दीकी तेजी से बढ़ता हुआ वापस लौटा। उमाकान्त ने उसके बैठने के लिए जगह कर दी। सिद्दीकी ने कहा, "जसवन्त आज सुबह चार बजे ही घर से निकल गया है। वह अपने साथ दो अटेची-केस ले गया है। अभी तक वापस नहीं लौटा है और उसके घरवालों का खयाल है कि वह शहर से बाहर कहीं गया है। पर उन्हें भी पता नहीं कि कहाँ।"

बादशाह ने सीट के पीछे से कहा, "मुझे पहले ही शुबहा था।" भूपसिंह ने इस पर कोई ध्यान नहीं दिया। पूछा, "अब कहाँ जाना है?"

उमाकान्त ने कहा, "शान्तिप्रकाश जी के यहाँ जसवन्त आजकल उन्हीं की मदद से चुनाव लड़ रहा है और प्रायः उन्हीं के साथ रहता है। अजब नहीं कि वह उनके बँगले पर ही हो।"

शान्तिप्रकाश का बँगला वहाँ से लगभग चार मील पड़ता था और रास्ते में सड़क पर वैसी ही भीड़-भाड़ थी। वहाँ पहुँचते-पहुँचते उन लोगों को फिर आधा घंटा लग गया। वे जब वहाँ पहुँचे तब सूरज डूब चुका था।

वहाँ भी उन्होंने जीप बँगले से पहले ही रोक दी। गाड़ी से नीचे उतरकर उमाकान्त ने भूपसिंह और सिद्दीकी से लगभग चार मिनट तक धीरे-धीरे बातें कीं। उनके साथ पुलिस के छह सिपाही थे। दो सिपाही दूसरी ओर से चलकर बँगले के पीछे पहुँच गए। उन्हें हिदायत दी गई थी कि वे बँगले के पिछवाड़े की ओर कड़ी निगाह रखें, और अगर कोई उधर से निकलता हुआ दिखाई दे तो उसे रोक लें। बाकी लोग सामने से बँगले के अन्दर पहुँच गए।

शान्तिप्रकाश उस समय सामने की बैठक में चार-पाँच आदमियों के साथ बैठे बात कर रहे थे। बातचीत का विषय शायद कार्पोरेशन का चुनाव ही था। कमरे में कूलर लगा हुआ था। काफी ठंडक थी। वे काफी प्रसन्न दीख रहे थे। उमाकान्त, सिद्दीकी, बादशाह और पुलिस के सिपाही बैठक से लगे हुए दूसरे कमरे के सामने खड़े हो गए। उसके दरवाजे पर पर्दा पड़ा हुआ था, पर किवाड़ खुले हुए थे। भूपसिंह ने बैठक के सामने जाकर शान्तिप्रकाश को नमस्कार किया। उन्होंने बड़े उत्साह से उठकर कहा, "ओह, भूपसिंह जी! आइए-आइए, कैसे तकलीफ की।"

वह कमरे के अन्दर पहुँचकर धीरे-से बोला, "एक जरूरी काम है। एक मिनट के लिए बाहर आ जाएँ।" वे जैसे ही बाहर आए, भूपसिंह उन्हें साथ लेकर बगल के कमरे के पास चला आया। पुलिस को देखकर शान्तिप्रकाश अचकचाये। बोले, "कहिए, क्या बात है?" अचानक उमाकान्त को एक ओर देखकर उनकी खुशी चेहरे पर लौट आई। उन्होंने कहा, "और आप? आप यहाँ कहाँ? उधर बैठक में आइए।"

पर उमाकान्त ने कोई जवाब नहीं दिया। सिर्फ उनका हाथ मजबूती से पकड़कर सामने के दरवाजे का पर्दा उठाते हुए उन्हें अन्दर खींच लाया। यह कमरा घर के दफ्तर की तरह इस्तेमाल होता था और उसमें इस वक्त कोई न था। उनके साथ पुलिस-पार्टी के बाकी लोग भी कमरे के अन्दर आ गए। भूपसिंह ने कहा, "जसवन्त शायद आपके बँगले में छिपा हुआ है। हमें तलाशी लेनी है।"

"पर मेरा जसवन्त से क्या मतलब? यहाँ आप तलाशी कैसे ले सकते हैं?" उन्होंने जोर से कहा। पर दफ्तरवाले कमरे में शान्तिप्रकाश को उन लोगों से प्रतिवाद करने का मौका नहीं मिला। सिद्दीकी, भूपसिंह और उमाकान्त तब तक अन्दरवाले कमरे में पहुँच गए थे। शान्तिप्रकाश हाँफते हुए उन लोगों के पीछे-पीछे भागे। बोले, "उधर मत जाइए। उधर हमारा बेडरूम है। घर की स्त्रियाँ होंगी।"

बाहर के ड्राइंगरूम में बैठे हुए लोगों में कुछ कसमसाहट पैदा हो गई थी। दो-एक लोग बाहर निकलकर बरामदे में आ गए थे। दो सिपाही उनकी ओर बढ़ आए। उनमें से एक ने उन्हें धीरे-से ड्राइंगरूम की ओर खींच लिया और कहा, "आप लोग

अभी बाहर न आएँ। चुपचाप यहीं बैठे रहें। एक मुल्जिम की खोज की जा रही है। दस मिनट में आप जहाँ चाहें, जा सकेंगे।'' लोग थोड़ी देर के लिए सन्नाटे में आ गए। फिर धीरे-धीरे उन्होंने आपस में बातें करनी शुरू कर दीं।

मकान के अन्दर शान्तिप्रकाश ने दुबारा आवाज दी, ''उधर हमारा बेडरूम है। लेडीज होंगी। आप इस तरह अन्दर नहीं जा सकते।''

उमाकान्त ने अन्दर के कमरे का दरवाजा खोलते हुए अपने सिर को मोड़कर कहा, ''आप झूठ बोल रहे हैं, शान्तिप्रकाश जी! आपके परिवार के सब लोग तो बहुत पहले नैनीताल जा चुके हैं। इस वक्त आप यहाँ अकेले रह रहे हैं।''

दरवाजा खोलते ही वह झिझककर पीछे हट आया। पर एक क्षण बाद ही उसने पूरा दरवाजा खोलकर भूपसिंह से कहा, ''आप आगे चलिए।''

यह कमरा काफी बड़ा था और बेडरूम के रूप में इस्तेमाल होता था। कमरा नवीनतम ढंग से सजाया गया था। पर उन लोगों की निगाह सजावट पर नहीं गई। सभी ने अन्दर घुसते ही सबसे पहले एक छरहरे बदन की औरत को देखा जो कमरे के दूसरे छोर पर ड्रेसिंग टेबल के सामने बैठी मेक-अप कर रही थी।

दरवाजा खुलते ही उन लोगों की परछाईं सामने के शीशे में पड़ी। औरत ने चौंककर पीछे देखा और इतने लोगों को एकसाथ बेडरूम में घुसते हुए देखकर वह अचानक खड़ी हो गई।

औरत की उम्र का अन्दाजा लगाना मुश्किल था। पर वह तीस साल आसानी से पार कर गई होगी। उसका गेहुआँ रंग था और आँखें बड़ी-बड़ी थीं। चेहरा तो सुन्दर था ही, पर उम्र के बावजूद उसके छरहरे शरीर का गठन बहुत ही आकर्षक था। इस वक्त उसके जिस्म पर सिर्फ एक झीनी-सी शमीज थी। उसने झपटकर बिस्तर पर पड़ा हुआ एक गाउन उठा लिया और अपने को उससे ढँक लिया। फिर वह घूमी। घबराकर उसने इन लोगों की तरफ देखा और कुछ बोलने के लिए मुँह खोला। तब तक भूपसिंह और सिद्दीकी उसके पास आ गए थे। भूपसिंह ने पूछा, ''तुम कौन हो? तुम्हारा नाम क्या है?''

पीछे से शान्तिप्रकाश ने कड़ी आवाज में कहा, ''मिस्टर भूपसिंह, उसे परेशान मत कीजिए। वह हमारे एक दोस्त की लड़की है। आज ही दिल्ली से आई है।''

उन्होंने चीखना शुरू कर दिया, ''इस वक्त आप हमारे विरोधियों से मिलकर हमें जलील कर रहे हैं। पर याद रखिए, कानून सबके लिए बराबर है। आपसे मैं इसका पूरा-पूरा बदला लूँगा।''

दो सिपाहियों ने उन्हें मजबूती से पकड़ रखा था। वह आगे बढ़ना चाहते थे, पर तिलमिलाते हुए अपनी जगह खड़े रहे। भूपसिंह के सवाल से वह औरत और भी घबरा गई थी। उसने पहले की तरह ही अपना सवाल दोहराया। पूछा, ''तुम्हारा नाम?''

तब तक उमाकान्त उनके पास आ गया था। उसने भूपसिंह से कहा, 'मैं बताता हूँ। इनका नाम कुमारी वीणा गहलौत है। यह यहाँ पार्वती महिलाश्रम की सुपरिंटेंडेंट हैं।''

वीणा के कुछ बोलने से पहले ही उसने कहा, ''गुड ईवनिंग, मिस गहलौत! आपसे इस खूबसूरत बेडरूम में मिलकर बड़ी खुशी हुई। यकीन मानिए, मैं आपसे कुछ ऐसी ही जगह मिलने का ख्वाब देख रहा था।''

लेडी सुपरिंटेंडेंट ने नफरत के साथ कहा, ''तुम! तुम पुलिस के साथ हो?''

''जी हाँ, मैडम, जिस तरह आप हत्यारों के साथ हैं।''

उसके जवाब देने से पहले ही उमाकान्त ने भूपसिंह से कहा, ''इन्हें यहीं रोकिये। इनसे बहुत बातें करनी हैं। तब तक हम लोग दूसरे कमरों की तलाशी ले लें।''सिद्दीकी साहब,'' उसने पीछे खड़े हुए सिद्दीकी से घूमकर कहा, ''तब तक आप इनसे बातचीत कीजिए। पहले शायद यह अजीतसिंह के बेडरूम में जाकर कपड़े बदलती थीं। आपको इनमें काफी दिलचस्पी होनी चाहिए।''

कहकर वह भूपसिंह के साथ आगे बढ़ गया। उसी कमरे से मिला हुआ एक दूसरा बेडरूम था। उसके अन्दर जाते-जाते भूपसिंह ने पुकारकर कहा, ''शान्तिप्रकाश जी, आप हमारे साथ आइए।''

शान्तिप्रकाश के मुँह से बेतहाशा कड़ी बातें निकल रही थीं। वह उनके पीछे-पीछे दूसरे बेडरूम में आए और बोले, ''अब तो आपने देख लिया। यहाँ जसवन्त कहीं नहीं है। मेरे चुनाव को चौपट कर देने के लिए इतनी बेइज्जती बहुत है। अब आप लोग बाहर निकल जाइए।''

तब तक इस बेडरूम में दीवार से लगी हुई एक बड़े-से वार्डरोब का दरवाजा उमाकान्त ने खोल दिया था। उसमें शान्तिप्रकाश के कपड़े टँगे थे। नीचे के एक खाने में उनके जूते और चप्पलें रखी थीं। उमाकान्त एक-एक चीज को पैनी निगाह से देख रहा था। अचानक उसकी निगाह जूतोंवाले खाने पर आकर स्थिर हो गई। उसने मुड़कर भूपसिंह को पुकारा और कहा, ''उन चप्पलों को आप देख रहे हैं? उन्हें बाहर निकाल लीजिए।''

वार्डरोब में सभी मर्दाने कपड़ों, जूतों, चप्पलों आदि के बीच ये जनानी चप्पलें सुनहरे काम की थीं और दूर से ही झलक रही थीं। उनकी ओर और उमाकान्त की ओर घूरते हुए, शान्तिप्रकाश ने कड़ककर कहा, ''खबरदार, मेरे वार्डरोब में हाथ न लगाइए।''

पर तब तक चप्पलें बाहर निकाल ली गई थीं। उमाकान्त ने उन्हें अपने हाथ में लेकर ध्यान से उलटा-पलटा फिर उन्हें शान्तिप्रकाश के पास ले गया। उनकी आँखों से लगभग एक फुट की दूरी पर उन्हें हवा में हिलाते हुए उसने गम्भीरता से पूछा, ''आप खुद बता दें तो ज्यादा अच्छा होगा। नहीं तो कहिए, मैं ही बताऊँ ये चप्पलें कब और कहाँ से आई हैं।''

शान्तिप्रकाश का चेहरा पीला पड़ गया था। उसने अपना होंठ काटते हुए कहा, ''ये वीणा की चप्पलें हैं!''

उमाकान्त ने बगल के कमरे में पुकारकर कहा, ''सिद्दीकी साहब, मिस गहलौत को लेकर जरा यहाँ आ जाइए।''

थोड़ी देर में घबराई हुई कुमारी वीणा गहलौत, लेडी सुपरिंटेंडेंट, पार्वती महिलाश्रम, दाखिल हुईं। तब तक शान्तिप्रकाश अपने बिस्तर के पास पड़ी हुई एक आरामकुर्सी पर बैठ गए थे। कमरे का पंखा चला दिया गया था। पर उनके माथे पर पसीना छलक रहा था। उमाकान्त और सिद्दीकी उनके सामने खड़े हुए थे। बादशाह कुछ दूर हटकर वार्डरोब में रखे हुए कपड़ों का निरीक्षण कर रहा था। दो कान्स्टेबल शान्तिप्रकाश के पीछे खड़े हुए थे।

उमाकान्त ने वीणा से कहा, ''मिस गहलौत, यह आपकी चप्पल हैं?''

पर इसका जवाब शान्तिप्रकाश ने दिया, ''हाँ, मैं कह तो चुका हूँ। यह इन्हीं की हैं।''

वीणा ने घबराई हुई निगाह से शान्तिप्रकाश को देखा। फिर बहुत धीरे-से बोली, ''हाँ, मेरी ही हैं।''

उमाकान्त ने वे चप्पलें वीणा के सामने रख दीं। कहा, ''इन्हें पहनकर दिखाइए।''

उसने हिचकते-हिचकते एक चप्पल में अपना पैर डाला। वह उसके पाँव से लगभग आधे इंच से ज्यादा बड़ी थी और पाँव में बुरी तरह ढीली लग रही थी।

उमाकान्त ने चप्पल खींच ली। बोला, ''आप अब भी कहेंगी कि ये चप्पलें आपकी हैं?''

वीणा ने इसके जवाब में मुँह दूसरी ओर फेर लिया। वह अपने गाउन का किनारा दोनों हाथों से इस तरह खींच रही थी जैसे उसे फाड़ डालना चाहती हो।

उमाकान्त ने इस पर कोई ध्यान नहीं दिया। वह चप्पलों को शान्तिप्रकाश के पास ले आया और ठंडे सुरों में बोला, ''अब आप क्या कहते हैं?''

''यही कि ये चप्पलें वीणा की ही हैं।''

वार्डरोब के पास से तब तक बादशाह ने कहा, ''और यह बुर्का भी वीणा का ही है?''

''भूपसिंह उछलकर वार्डरोब के पास आ गया। बादशाह अपनी उँगली एक काले कपड़े के उस हिस्से की ओर दिखा रहा था जिसे एक ब्रीफकेस के नीचे दबा हुआ देखा जा सकता था। भूपसिंह ने हाथ बढ़ाकर उसे बाहर खींच लिया। वह सचमुच ही एक बुर्का था। उमाकान्त ने बुर्के की ओर एक निगाह डाली और कहा, ''शान्तिप्रकाश जी, अब यही अच्छा होगा कि आप साफ-साफ बता दें।''

शान्तिप्रकाश ने गरजकर कहा, ''मुझे फँसाया जा रहा है। मैं एक-एक से बदला लूँगा।'' उन्होंने कुर्सी से उठने की कोशिश की। पर अचानक ही उनका जोश

ठंडा हो गया। तब तक सिद्दीकी आगे बढ़ आया था। उसने कहा, "जितना जी चाहे, बदला ले लीजिएगा। पर अभी तो बताइए, यह बुर्का कैसा है, किसका है?"

शान्तिप्रकाश सिर झुकाए बैठे रहे। अचानक उन्होंने कहा, "बता रहा हूँ। यह बुर्का वीणा का है।"

पर उनके मुँह से बात निकली भी न थी कि वीणा उछलकर सामने आ गई। उसने शान्तिप्रकाश को झकझोरकर कहा, "झूठे! बेईमान!"

"नहीं, नहीं, नहीं," उमाकान्त ने लगभग पुचकारते हुए उसे शान्तिप्रकाश से दूर खींच लिया, "अच्छे बच्चे मुँह से गन्दी बात नहीं निकालते।"

गुस्से के मारे वीणा का चेहरा जैसे फटा जा रहा हो। उसने शान्तिप्रकाश की ओर जलती हुई आँखों से देखा और बोली, "इसी ने मुझे इस बुर्के और चप्पलों के लिए फोन किया था। ये दोनों चीजें हमारे आश्रम की एक लड़की की हैं। उसका नाम आयशा है। इसने मुझे फोन करके ये चीजें मँगवाई थीं। इसने आश्रम के फाटक पर खुद जाकर इनका बंडल लिया था।" उसने फिर पहले की तरह चीखकर कहा, "और अब मुझे ही फँसाना चाहता है! कहता है कि ये चीजें मेरी हैं; झूठा!"

उमाकान्त ने उसे खींचकर सीधा खड़ा किया। पहले ही की तरह पुचकारते हुए कहा, "नहीं-नहीं, मिस गहलौत! अपने पर इस तरह काबू मत खोइए। आपसे हमें बहुत बातें करनी हैं।"

उसने उसे एक सिपाही की ओर धकेल दिया और कहा, "इन्हें काबू में रखो।"

सिद्दीकी शान्तिप्रकाश से कह रहा था, "तो बताइए, महिला आश्रम से बुर्का और चप्पलें लेकरन आप किधर गए थे?"

"मैं बताता हूँ," कहकर उमाकान्त उन दोनों के बीच में आ गया। एक स्टूल खींचकर वह उस पर बैठ गया और धीरे-धीरे कहने लगा, "सुनिए शान्तिप्रकाश जी, कुसूर मिस गहलौत का नहीं है। उस पर नाराज मत होइए। उन्होंने आपको धोखा नहीं दिया है। धोखा तो किसी और ने ही दिया है।"

वह आरामकुर्सी पर मुर्दे-जैसे लुढ़के पड़े थे। उन्होंने अपनी आँखें उमाकान्त की ओर उठाईं। वह कहता रहा, "आपको इन गोरे-गोरे पाँवों ने धोखा दिया है।" उसने शान्तिप्रकाश के औरतों जैसे खूबसूरत पाँवों की ओर इशारा किया, "और इन चप्पलों ने धोखा दिया है।" उसने चप्पलों के जोड़े को एक बार फिर हवा में हिलाया, "और सबसे बड़ा धोखा आपको उस खत ने दिया है।" कहकर उसने अपनी निगाह शान्तिप्रकाश के चेहरे पर गड़ा दी।

इस बार शान्तिप्रकाश घबराकर कुर्सी पर आगे बढ़ आये। बोले, "कैसा खत?"

"वही खत," उमाकान्त ने निहायत चिकनी आवाज में कहा, "जो उस वक्त आपके पास था। अजीतसिंह के बिस्तर के पास शीशी निकालते वक्त वह खत आपके पास से वहीं सर्जिकल वार्ड में गिर गया था। आपको शायद पता नहीं।"

उसने सिद्‌दीकी की ओर इशारा करके कहा, ''वह खत इस समय इंस्पेक्टर सिद्‌दीकी के पास है।''

शान्तिप्रकाश के चेहरे से पसीने की धारें छूट रही थीं। पर आवाज की बची-खुची कड़ाई को समेटकर उन्होंने जोर से कहा, ''आप झूठ बोल रहे हैं। उस वक्त मेरी जेब में कोई खत नहीं था।''

बात पूरी होते-होते भूपसिंह ने उनकी कलाई मजबूती से पकड़ ली। सिद्‌दीकी बाज की तरह झपटकर उनके आगे आ गया और तेजी से बोला, ''उस वक्त? आपने 'उस वक्त' कहा है। शान्तिप्रकाश जी, आपने अपना जुर्म स्वीकार कर लिया है। अब यह भी बताइए, उस वक्त आपने अजीतसिंह को ज़हर कैसे दिया था? और क्यों? बताइए, शान्तिप्रकाश जी।''

उन्होंने एक बार जोर लगाकर कुर्सी से उठने की कोशिश की, पर उन्हें मिस वीणा गहलौत, उमाकान्त, भूपसिंह, सिद्‌दीकी—सभी के चेहरे हवा में तैरते-से जान पड़े। वह कुर्सी पर ढीले होकर गिर गए। उनकी आँखें मुँद गईं।

उमाकान्त ने कमरे की खामोशी तोड़ते हुए कहा, ''सिद्‌दीकी साहब, अब आप अपनी कानूनी कार्रवाई पूरी कीजिए। मैं मिस गहलौत से तब तक पड़ोस के कमरे में कुछ बातें करूँगा!''

## बीस

उसी रात लगभग दस बजे उमाकान्त सी.आई.डी. के सुपरिंटेंडेंट विद्यानाथ के बँगले पर बैठा हुआ था। विद्यानाथ के अलावा वहाँ उसके साथ इंस्पेक्टर सिद्‌दीकी भी मौजूद था। वे लोग लॉन में बैठे थे। एक शेडदार टेबुल-लैम्प उनसे कुछ दूरी पर जल रहा था। पास ही में एक पेडस्टल फैन घूम-घूमकर उन तीनों की कुर्सियों पर हवा फेंक रहा था। हवा में अब ठंडक आ गई थी।

सड़क पर रह-रहकर कोई कार या स्कूटर-रिक्शा लाउडस्पीकर पर चुनाव का प्रचार करता हुआ निकल जाता था। शान्तिप्रकाश के विरोधी अपने प्रचार में इस समय खास तौर से उनकी गिरफ्तारी का विवरण शामिल करके पूरे शहर को इस घटना की जानकारी दिए दे रहे थे।

उमाकान्त सिद्‌दीकी से कह रहा था, ''आप ठीक कहते हैं। पर मेरा मंशा जसवन्त के घर की तलाशी लेने की नहीं थी। मैं तो सिर्फ इतना चाहता था कि वह आप लोगों को देखकर घबरा जाए। फिर मैं उसे अपने साथ लेकर शान्तिप्रकाश के बँगले की तलाशी के समय उसका इस्तेमाल करना चाहता था। मेरा खयाल था कि

उस वक्त घबराहट में वह जरूर कोई-न-कोई ऐसी बात कहेगा जो आपके मतलब की होगी। वैसे ही जैसे वीणा गहलौत ने वहाँ घबराहट में यह बता दिया कि बुर्का और चप्पलें उसी ने सप्लाई की थीं।''

एक नौकर ट्रे में कोकाकोला के गिलास ले आया। विद्यानाथ ने कहा, ''अब हमें शुरू से बताइए, शान्तिप्रकाश तक आप किस तरह पहुँच सके?''

उमाकान्त की निगाह लॉन के उस पार फाटक की ओर थी। उसने कहा, ''अगर आप फुरसत से सुनना चाहते हैं तो मेरे एक दोस्त को भी यहाँ बुला लीजिए। वह बाहर मेरा इन्तजार कर रहा है। उसका नाम बादशाह है। इस जाँच में बराबर वह मेरे साथ रहा है।''

विद्यानाथ ने खुद उठकर जाना चाहा, तब तक सिद्दीकी खड़ा हो गया था। बोला, ''सर, यह बादशाह भी बड़े काम का आदमी है। मैं बुलाए लाता हूँ।'' वह फाटक की ओर चला गया।

विद्यानाथ ने पूछा, ''करता क्या है?''

''मि. बादशाह एक होटल के मालिक हैं।''

विद्यानाथ ने कुछ सोचकर कहा, ''ओह! आपका मतलब श्री चार सौ बीस से है। तो वही आपके दोस्त हैं...!''

तब तक बादशाह बड़े सहज ढंग से सिद्दीकी के साथ उनकी ओर आता दीख पड़ा। पास आकर उसने विद्यानाथ को नमस्कार किया और इत्मीनान से एक कुर्सी पर बैठ गया। लगा, वह हमेशा ऐसे ही लोगों के साथ उठता-बैठता रहा है।

सबों के हाथ में जब कोकाकोला आ गया तब सिद्दीकी ने कहा, ''आपके कुछ और कहने के पहले जसवन्त की बात खत्म कर ली जाए। हमारे आदमी भी थाने की पुलिस के साथ उसके पीछे लगे हुए हैं। उनका खयाल है कि वह कहीं शहर ही में छिपा है। हमें यकीन है कि हम उसे बहुत जल्द खोज लेंगे।''

उमाकान्त ने कहा, ''हाँ, इसकी बहुत जरूरत है।'' उसने विद्यानाथ की ओर रुख करके कहना शुरू किया, ''शान्तिप्रकाश के खिलाफ अजीतसिंह की हत्या ही नहीं, मलिना की हत्या का भी आरोप लग सकता है। और मुझे शक है कि उसमें जसवन्त का भी हाथ रहा है।''

विद्यानाथ ने सिद्दीकी की ओर देखा। उसने कहा, ''हम पूरी कोशिश कर रहे हैं, सर!''

उमाकान्त कुर्सी पर कुछ और फैलकर बैठ गया। विद्यानाथ ने कहा, ''मैं इन्तजार कर रहा हूँ। अब हमारे महान जासूस को बताना चाहिए, शान्तिप्रकाश को उन्होंने कैसे पकड़ा?''

उमाकान्त ने कहा, ''अजीतसिंह के मामले में एक बात मेरे दिमाग में शुरू से ही स्पष्ट थी। बाद में सी.आई.डी. ने भी इसका महत्त्व समझा था। वह यह कि

अजीतसिंह को ज़हर देने की योजना बहुत पहले से नहीं बन सकती थी। हरिश्चन्द्र की गोली खाकर जब उसे अस्पताल लाया गया तब सबको यही लगा था कि वह मर रहा है। लगभग पौने आठ बजे शाम को उस अस्पताल में ऑपरेशन-टेबुल पर रखा गया। नौ बजे जब उसे ऑपरेशन थियेटर से सर्जिकल-वार्ड में लाया गया तो उस वक्त वह बेहोश था। पर ऑपरेशन के बाद डॉक्टरों को उम्मीद हो गई कि वह बच जाएगा। इसलिए ज़हर देने की बात नौ बजे के बाद ही सोची गई होगी।

''अजीतसिंह को सवा ग्यारह बजे कुछ होश आया। साढ़े ग्यारह बजे से वह नींद और बेहोशी की मिली-जुली हालत में डूब गया। फिर उसकी वह नींद खत्म नहीं हुई। दूसरे दिन सबेरे आठ बजे तक वह मर गया। डाक्टरों का खयाल है, उसे जिस प्रकार का ज़हर दिया गया था उससे उसकी मृत्यु आठ-नौ घंटे में होनी चाहिए। इसका मतलब यह है कि उसे बारह बजे के आसपास ज़हर दिया गया। यही नहीं, ऑपरेशन के बाद जब तक उसे होश नहीं आया, कोई भी बाहरी आदमी उसे देखने नहीं गया। जाहिर है कि, जब तक अस्पताल के ही किसी आदमी ने उसे ज़हर न दिया हो, उसे होश में आने के बाद यानी सवा ग्यारह बजे के बाद ही ज़हर दिया गया था।

''पर ज़हर देने का सवाल उठा कैसे? यह सवाल तभी उठा जबकि ऑपरेशन के बाद किसी को यह मालूम हुआ कि अजीतसिंह गोलीकांड के बावजूद बच जाएगा। तभी उसके किसी दुश्मन ने सोचा होगा कि उसे इसी वक्त ज़हर देकर खत्म कर दिया जाए। इसलिए जरूरी था कि नौ बजे के बाद, अजीतसिंह जिस वक्त ऑपरेशन थिएटर से हटाया गया उस वक्त अस्पताल में जो बाहरी लोग मौजूद थे, उन्हीं के बीच से या उनकी मार्फत हत्यारे का पता लगाया जाए। उन्हीं में से किसी ने नौ और बारह बजे के बीच अजीतसिंह को ज़हर देने की व्यवस्था की होगी या उसके किसी ऐसे दुश्मन को अजीतसिंह की हालत बताई होगी जो उसी रात उसे खुद ज़हर दे सके, या किसी से दिला सके।

''अस्पताल के स्टाफ पर मुझे ज्यादा सन्देह नहीं था। इस तरह की हत्याओं में सबसे पहले स्टाफ पर ही शुबहा होता है। ज्यादातर स्टाफ का कोई भी आदमी इस तरह के अपराधों में जल्दी-जल्दी शामिल नहीं होना चाहता। दूसरी बात यह थी कि अस्पताल के स्टाफ में किसी का अजीतसिंह से ऐसा सम्बन्ध नहीं था कि वह उसे जहर देना चाहता। समय इतना कम था कि सिर्फ दो-तीन घंटों में कोई बाहरी आदमी अस्पताल के स्टाफ को रुपए या किसी दूसरे प्रकार का लालच देकर उनके द्वारा अजीतसिंह को ज़हर दिला देता, इसकी भी बहुत कम सम्भावना थी। इसीलिए मैंने बाहरी आदमियों पर ही ज्यादा ध्यान दिया और बाहरी आदमियों में जसवन्त पर मेरा ध्यान विशेष रूप से गया। उसका अजीतसिंह से काफी पुराना सम्बन्ध था और इस वजह से वह अस्पताल में काफी देर मौजूद रहा था।

"रूबी के साथ अजीतसिंह के जैसे सम्बन्ध थे, उससे साफ जाहिर हो चुका था कि अजीतसिंह वास्तव में पत्रकार नहीं था। उसका असली पेशा लोगों को ब्लैकमेल करना था। सी.आई.डी. ने उसके घर से जो तस्वीरें बरामद की थीं उनसे भी इस बात की पुष्टि होती थी। यह भी मालूम हो गया था कि ब्लैकमेल करने के लिए वह तसवीरों का इस्तेमाल करता था।

"जहाँ तक रूबी का सम्बन्ध है, मैं उसे शुरू से ही निर्दोष समझ रहा था। एक तो इसलिए कि गोलीकांड के बाद वह अपने एक रिश्तेदार के साथ चली गई थी और फिर बराबर उसी के साथ रही। उसे यह मौका ही नहीं मिल सकता था कि वह ज़हर देने का इन्तजाम कर सके। दूसरे, उस रात अजीतसिंह के घर की तलाशी अगर उसके हत्यारे ने ली हो तो रूबी नहीं ले सकती थी। अजीतसिंह के पास उसका जो फोटो था उसमें कोई ऐसी बात नहीं थी कि रूबी पर कोई लांछन लगा सके। फोटो में सिर्फ रत्ना और रूबी के साथ एक लड़का है, इतने से ही रूबी के खिलाफ कोई बात साबित नहीं होती। इसलिए अजीतसिंह के जिन्दा रहते हुए रूबी भले ही उस फोटो को उससे वापस ले लेना चाहती हो, उसके मर जाने के बाद रूबी रात के वक्त फोटो के लिए उसके घर की तलाशी नहीं ले सकती थी। फिर, यदि उसने तलाशी ली भी होती तो कोई वजह नहीं कि यह अपने ही दिए हुए आठ हजार रुपए वहाँ से न ले आती।

"तलाशी जिस किसी ने भी ली हो, यह स्पष्ट था कि अजीतसिंह के पास उसे नुकसान पहुँचाने का कोई खतरनाक सबूत मौजूद रहा होगा। साथ ही तलाशी लेनेवाला इतना अमीर भी होगा कि उस सबूत के अलावा उसे अजीतसिंह के घर से आठ हजार रुपए लेने का बिलकुल लालच नहीं हुआ। मेरी समझ में यह बातें रूबी पर लागू नहीं होती थीं। मैंने एकदम से यह भी नहीं माना था कि जसवन्त और अजीतसिंह का सम्बन्ध दोस्ती ही का था। रूबी से उसका प्रेम-सम्बन्ध माना जाता था, पर वहाँ दुश्मनी निकली। वही बात जसवन्त के साथ भी हो सकती थी। हमें पता चला कि जसवन्त अस्पताल से शान्तिप्रकाश के घर होता हुआ दो राजनीतिक कार्यकर्त्ताओं के घर गया और फिर अपने घर वापस चला गया। बाद में बादशाह की छानबीन से हमें यह भी मालूम हुआ कि जिस जीप पर जसवन्त अस्पताल आया था, वह शान्तिप्रकाश की थी। वह जीप उसके पास लगभग दस बजे तक रही। बाद में उसे घर पर छोड़कर शान्तिप्रकाश के यहाँ वापस चली आई। बादशाह की खोज से यह भी पता लगा कि बँगले पर जीप खड़ी करके ड्राइवर खाना खाने जाने लगा तब शान्तिप्रकाश ने उसकी चाभी ले ली थी और ड्राइवर के वहाँ से जाते-जाते शान्तिप्रकाश खुद कहीं को रवाना हो गए थे।

"शान्तिप्रकाश के अलावा जिन दो आदमियों के घर जसवन्त उस रात को गया था, उनमें एक धोबी और एक घोसी था। वे सीधे-साधे और बेपढ़े-लिखे लोग हैं,

पर वे अपनी बिरादरी के चौधरी हैं। जसवन्त उनके पास उनकी बिरादरी के वोट माँगने गया था। उनका हत्या से कोई सम्बन्ध नहीं हो सकता था। किस्मत से मुझे अजीतसिंह के एक सन्दूक में, जो कि 'जनक्रान्ति' प्रेस में रखा हुआ था, मलिनावाली दो फोटो मिलीं। उनसे दो बातें साबित हुईं। एक तो यह कि मलिना जिस पोशाक में मरी हुई पाई गई थी उसी पोशाक में वह जसवन्त और दो दूसरे आदमियों के साथ मौजूद थी। जाहिर है कि वह फोटो मलिना के करने के बहुत पहले का नहीं है। पर वह फोटो अजीतसिंह के पास से बरामद हुआ था। इससे मुझे लगा कि वह फोटो अजीतसिंह के ब्लैकमेल का हथियार हो सकता है। पार्वती महिला आश्रम के तहखाने को देख चुकने के बाद जब मुझे मालूम हुआ कि वह फोटो वहाँ लिया गया था, तब यह स्पष्ट हो गया कि मलिना के रहस्य को लेकर इस फोटो का बहुत महत्त्व है और इसमें जिन आदमियों की तसवीर है, वे अपना रहस्य छिपाने के लिए अजीतसिंह की हत्या तक कर सकते हैं।

''यह स्पष्ट है कि इसके सहारे अजीतसिंह जसवन्त को तथा उस तसवीर में मौजूद दो दूसरे आदमियों को बराबर ब्लैकमेल कर सकता था। उस तसवीर से वह साबित कर सकता था कि वे लोग मलिना के पास शराब के नशे की हालत में मौजूद थे। यही नहीं, उस तसवीर से यह भी प्रमाणित होता है कि उन लोगों ने मलिना को उस पोशाक में देखा था जिसमें वह बाद में मरी हुई पाई गई थी। मुझे इस बात का भी प्रमाण मिला कि मलिनावाले मामले को लेकर अजीतसिंह शहर के कुछ रईसों को ब्लैकमेल करता रहा है। जिस वक्त मलिना गायब हुई थी, उसने पार्वती महिला आश्रम का नाम दिए बिना उस संस्था के खिलाफ एक सम्पादकीय लिखा था और सी.आई.डी. को बताया भी था कि वह संस्था व्यभिचारियों का अड्डा है। उसी के बाद पुलिस ने उस संस्था पर छापा मारा था।

''मलिना की मृत्यु के बाद भी वह उस संस्था का नाम दिए बिना उसके खिलाफ सम्पादकीय लिखता और धमकाता रहा कि वह शहर के बड़े-बड़े रईसों के खिलाफ उचित समय पर प्रमाण दे सकता है। उसके बाद ही वे सम्पादकीय बन्द हो गए और शहर के कुछ रईसों के सचित्र विवरण उसके अखबार में छपे। यह सब ब्लैकमेल की कार्रवाई थी। सी.आई.डी. को मलिना के प्रसंग में उसने जिस तरह पार्वती महिला आश्रम के पीछे लगाया था, उससे मुझे सन्देह हुआ कि अजीतसिंह को यह मालूम था कि मलिना पार्वती महिला आश्रम में कुछ समय तक छिपाकर रखी गई थी। उससे यह भी साफ था कि उस तसवीर में जो आदमी मलिना के साथ मौजूद हैं उनका सम्बन्ध भी पार्वती महिला आश्रम से होना चाहिए।

''उनमें से एक आदमी, जो सिन्धी व्यापारी था, मर चुका है। एक जसवन्त था। मुझे अब तीसरे आदमी का पता लगाना था। अत: मैंने उस शक्ल के आदमी की तलाश आश्रम के कार्यकर्त्ताओं और दूसरे समाज सेवियों में करनी शुरू की। मुझे

शक था कि अजीतसिंह ने ब्लैकमेल करके उससे कुछ-न-कुछ रुपया जरूर ऐंठा होगा और बहुत मुमकिन था कि वह आदमियों में से हो जिनके सचित्र जीवन-चरित्र उसने अपने अखबार में छापे थे। अत: जितने समाज-सेवियों के चित्र उसने उस सिरीज में छापे थे, उनका मैंने मलिना की फोटो के दाढ़ीवाले आदमी से मुकाबला किया। अजीतसिंह ने जो फोटो छापा था उनमें से किसी के भी दाढ़ी नहीं थी। इसलिए पहले मुझे उस दाढ़ीवाले आदमी का पता नहीं चला। पर बाद में मैंने देखा कि जसवन्त मूँछें नहीं रखता। उधर, मलिनावाले फोटोग्राफ में उसके काफी बड़ी मूँछें हैं। पता लगाने से मुझे मालूम हो गया कि इधर दो-तीन साल से उसने मूँछें नहीं बढ़ाई थीं। यह स्पष्ट था कि तसवीर में उसके चेहरे पर जो मूँछें दीख रही हैं वे नकली हैं। मुझे शुबहा हुआ कि क्या इस तीसरे आदमी की दाढ़ी भी नकली है? इसके बाद अजीतसिंह के अखबार में छपे हुए समाज-सेवियों की तसवीरों का मैंने फिर से मुकाबला किया। उनमें शान्तिप्रकाश की भी तसवीर है। दाढ़ी के बावजूद उसके चेहरे में तथा शान्तिप्रकाश के चेहरे में मैंने काफी समानता पाई तब मैंने 'जनक्रान्ति' में छपी हुई सातों तसवीरों के चेहरे पर दाढ़ी खींचकर उनका मिलान करना चाहा। नतीजा आपके सामने है।''

उमाकान्त ने एक लिफाफा खोलकर 'जनक्रान्ति' में छपे हुए सात समाज-सेवियों के फोटो निकाले और उन्हें मेज पर फैला दिया। फिर प्रत्येक के नीचे एक-दूसरे फोटोग्राफों का सेट बिछा दिया। यह वही सेट था जिस पर रवीन्द्र ने हर फोटो के चेहरे पर एक फ्रेंचकट दाढ़ी जोड़ दी थी। उमाकान्त ने एक तीसरी तसवीर अपने हाथ में लेकर कहा, ''देखिए, यह मलिनावाला फोटोग्राफ है। इसमें यह जसवन्त है, यह सिन्धी व्यापारी और यह महाशय हैं श्री शान्तिप्रकाश जी। हाँ, इन्हें आप फ्रेंचकट दाढ़ी के कारण नहीं पहचान पा रहे हैं। इधर इनकी वह तसवीर है जो 'जनक्रान्ति' में छपी थी। इसी की दूसरी प्रिंट पर यहाँ देखिए, दाढ़ी खींच दी गई है और यह दाढ़ीदार शान्तिप्रकाश का फोटो मलिना के ग्रुप-फोटो के शान्तिप्रकाश से कितना मिलता है। इस ग्रुप में यह श्री शान्तिप्रकाश ही हैं जो अपनी 'फैन्सी ड्रेस' में ऐयाशी करने के लिए महिला आश्रम पहुँचे हुए हैं।

''इसके बाद मुझे कोई शक नहीं रहा कि अजीतसिंह मलिना के मामले को लेकर शान्तिप्रकाश और जसवन्त को ब्लैकमेल करता रहा था। हो सकता है, इधर चुनाव के दिनों में, जब शान्तिप्रकाश मेयर बनना चाहते थे, तब उसने ब्लैकमेल की कीमत बढ़ा दी हो या इस तसवीर को लेकर उनके विरोधियों से मोल-तोल करने लगा हो, जो भी हो, ऐसी हालत में जसवन्त और शान्तिप्रकाश में कोई भी अजीतसिंह की हत्या करने में हिचकता नहीं। हरीसिंह ने मुझे बताया था कि वह बुर्केवाली औरत जो अजीतसिंह के पास बाद में गई थी, नई और चमकदार चप्पलें पहने थी। वह उस औरत के गोरे-गोरे पाँवों से भी बहुत प्रभावित हुआ था। हरीसिंह ने मुझे

बताया था कि उस चप्पलों में से पाँव बड़े ही सुन्दर दीखते थे। मैं इस सम्भावना पर चल रहा था कि वार्ड में जो दूसरी बार बुर्का ओढ़कर गई थी, उसने अजीतसिंह को ज़हर दिया होगा। अजीतसिंह के मुलाकातियों में उसी को लेकर रहस्य बना हुआ था, बाकी सबको हम अच्छी तरह जान चुके थे। जरीना वहाँ दुबारा गई नहीं थी। और अगर वह गई भी होती, तो वह गोरे पाँववाली औरत नहीं हो सकती थी, क्योंकि उसका रंग साँवला है। दूसरी बात यह है कि इस बुर्केवाली दूसरी औरत ने मिस लायल को पर्स छूट जाने की झूठी कहानी गढ़कर सुनाई थी। इसी से समझा जा सकता है कि वार्ड में वह किसी गलत उद्देश्य से आई थी। मैं सोचता रहा कि यह औरत कौन हो सकती है?

''बाद में यह जानते ही कि शान्तिप्रकाश पार्वती महिला आश्रम में भेष बदलकर गया था, मेरे मन में सवाल उठा कि क्या यह जरूरी है कि अजीतसिंह के पास बुर्के में जानेवाला व्यक्ति औरत ही हो? क्या वह मर्द नहीं हो सकता? शान्तिप्रकाश जी के पाँव मैंने पहले भी देखे थे, उस दिन जब अजीतसिंह की शोक-सभा हुई थी। उनके पाँव बहुत ही गोरे और चिकने हैं और औरतों-जैसे दीखते हैं। कल मैंने उनके कान में फुसफुसाकर एक बात कही थी और उस पर उन्होंने फुसुसाकर जवाब दिया था। उस वक्त उनकी आवाज भर्राई हुई थी। यह शायद चुनाव व्याख्यानों का नतीजा है। पर उनकी आवाज बहुत मीठी है और जब वह फुसफुसाकर बोले, तब मुझे लगा कि इतने धीमे स्वर में इसे मिस लायल आसानी से औरत की आवाज समझ सकती है।

''इस तरह इतना स्पष्ट हो गया था कि शान्तिप्रकाश के पास इस बात का कारण मौजूद है कि अजीतसिंह की हत्या की जाए। उनके पाँव वैसे ही हैं जैसे हरीसिंह ने देखे थे। उनकी आवाज भी वैसे हो सकती है जैसी मिस लायल ने सुनी थी। उन्हें जसवन्त से नौ बजे रात तक यह खबर मिल चुकी थी कि अजीतसिंह के बच जाने की सम्भावना है। उन्हें पूरा मौका था कि अन्दर जाएँ और उसे ज़हर पिला दें। वे दस बजे के बाद अपना बँगला छोड़कर जीप से अकेले बाहर भी गए थे। जिस तरह मलिना के सामने वे भेष बदलकर गए थे वैसे ही वे बुर्का पहनकर वार्ड में भी जा सकते थे। उनका कद छोटा है और जिस्म दुबला है, वे ऐसा आसानी से कर सकते थे। ज़हर देने के बाद या पहले वे अजीतसिंह के घर की तलाशी भी ले सकते थे। वह इतने अमीर हैं कि उन्हें यहाँ से मलिनावाला फोटो ही लेने में दिलचस्पी होती, वहाँ के आठ हजार रुपयों की उन्हें फिक्र नहीं रही। यह भी संयोग की बात थी कि उनके वार्ड में जाने के पहले ही जरीना वहाँ से बाहर आई थी और उन्होंने उसे निकलते हुए देख लिया था। अतः मौके पर पर्स छूट जाने की कहानी गढ़ना उनके लिए मुश्किल नहीं था। अजब नहीं कि ज़हर देने का भी उन्हें पहले से तजुर्बा रहा हो और ट्रेन से कुचलने के पहले उन्होंने ही मलिना को अफीम या कोई दूसरा ज़हर दिया हो।

"उस रात उनकी जीप की आमदरफ्त ने मेरे सन्देह को और भी पक्का कर दिया था। जसवन्त उन्हीं की जीप पर, शायद उन्हीं के कहने से, अजीतसिंह का हाल-चाल लेने गया था। जसवन्त के पास अपनी जीप नहीं है, वह कार पर चलता है। अब यह देखना होगा कि बारह बजे के पहले वह जीप अस्पताल के पास कहीं खड़ी हुई पाई गई या नहीं। शान्तिप्रकाश उसे यकीनन कहीं नजदीक ही छोड़कर अस्पताल आए होंगे। आज की तलाशी से उन चप्पलों और बुर्के का भी पता लग गया, जिन्हें पहनकर शान्तिप्रकाश अजीतसिंह को ज़हर देने गए थे। कुमारी वीणा गहलौत अपनी बचत के लिए अब आपकी ओर से यह गवाही देने को तैयार हैं कि यह सामान शान्तिप्रकाश ने उन्हीं से लिया था। उसे लेने के लिए वे महिला आश्रम तक जीप से गए थे।

"मलिना की जो तसवीरें उसकी मृत्यु के बाद अखबारों में छपी थीं उनसे अजीतसिंह के पास से मिली हुई तसवीरों में थोड़ा-सा अन्तर है। अजीतसिंह के पासवाली तसवीरें में उसकी आँखें चमक रही हैं और वह बड़ी खुश-सी दीखती है। अजब नहीं कि किसी बहाने इन बदमाशों ने उसे शराब पिलाई हो या यह भी हो सकता है कि उन्होंने उसे किसी रूप में अफीम दी हो और बाद में बेहोशी की हालत में उसे रेल की पटरी पर छोड़ दिया हो। पर यह बातें आगे इन्वेस्टीगेशन की हैं। जहाँ तक अजीतसिंह का मामला है, मैं समझता हूँ कि उसमें अब ज्यादा जाँच की जरूरत नहीं है।"

उमाकान्त की बात खत्म हो जाने पर कमरे में थोड़ी देर सन्नाटा रहा।

सिद्दीकी ने कहा, "हमारे पास इस बात का सबूत पहले से ही मौजूद है कि शान्तिप्रकाश ने काफी समय तक 'जनक्रान्ति' प्रकाशन का खर्च उठाया था। पार्वती महिला आश्रम को भी जिस-जिस वर्ष उन्होंने जितना जितना रुपया दिया है, इसकी सूचना हमारे पास है।"

इतनी देर बाद बादशाह ने मुँह खोला। उसने कहा, "शान्तिप्रकाश के खिलाफ सबसे बड़ा सबूत तो वह खत है जिसे उमाकान्त जी ने अजीतसिंह की लाश के पास पाया था।"

विद्यानाथ ने पूछा, "कौन-सा खत ?"

इस पर सब लोग हँसने लगे।

उमाकान्त ने कहा, "ऐसा कोई खत नहीं है। खत की बात तो मैंने शान्तिप्रकाश के लिए गढ़ ली थी। उसका जिक्र आते ही शान्तिप्रकाश ने एक वाक्य में लगभग अपना जुर्म स्वीकार कर लिया। उसने कहा—उस वक्त मेरी जेब में कोई खत नहीं था।"

विद्यानाथ ने पूछा, "किस वक्त ?" उसके बाद ही वे जोर से हँस पड़े। बोले, "ओह, यानी जिस वक्त शान्तिप्रकाश अजीतसिंह के बिस्तर के पास ज़हर लेकर पहुँचे थे। बहुत खूब !"

वे लोग हँसते रहे। कुछ रुककर विद्यानाथ ने पूछा, ''आपने जसवन्त को कैसे मुआफ कर दिया। यह भी तो हो सकता था कि जसवन्त ने ही अजीतसिंह को ज़हर दिया हो ?''

''बिल्कुल हो सकता था। पर उस रात जसवन्त दस बजे तक अपने घर पहुँच गया था। फिर वह निकला ही नहीं। बादशाह ने इसका पता कर लिया है। फिर वह लगभग छह फुट ऊँचा है। कम से कम बुर्का पहनकर तो वह वार्ड के भीतर आने की सोच भी नहीं सकता था।''

''पर जसवन्त आज सवेरे से भागा क्यों है ?''

इसका जवाब बादशाह ने दिया। बोला, ''मैं बताऊँ, हजूर! उसने मेरे पास मलिना का वह फोटो देखा था जो पार्वती महिला आश्रम में खींचा गया था। शान्तिप्रकाश की दाढ़ीवाली तसवीर भी उसने देखी थी। उसे शुबहा हो गया था कि यह मामला फिर से उभरने वाला है। पता नहीं उसने शान्तिप्रकाश को भी बताया या नहीं। जो भी हो, कल शाम उसने मुझे और उमाकान्तजी को शान्तिप्रकाश के साथ बात करते हुए देखा था। अजब नहीं कि वह मुझे देखते ही चौकन्ना हो गया हो और चुनाव के बावजूद दो-चार दिन बाहर रहकर उसने यहाँ की हालत पर निगाह रखने की बात सोची हो।''

वे लोग थोड़ी देर चुप रहे। फिर सिद्दीकी ने कहा, ''पूरी घटना में सबसे ज्यादा हैरत की बात यह है कि मलिना के साथ शान्तिप्रकाश का फोटो किसने खींचा होगा ?''

उमाकान्त ने कहा, ''अभी मैंने लेडी सुपरिंटेंडेंट से बातें की थीं। उससे मुझे पता लगता है कि उसकी अजीतसिंह से दोस्ती थी। अजीतसिंह पुराना ऐक्टर था और बहुत-सी महिलाएँ उससे प्रभावित रहती थीं। यह लेडी सुपरिंटेंडेंट भी उनमें रही होगी। वैसे भी वह काफी स्मार्ट है और आश्रम के अलावा बाहरी चीजों में भी उसकी बड़ी दिलचस्पी है। कल मुझसे कैमरों और फोटोग्राफी के बारे में काफी देर बात करती रही थी। उसे पहले फोटोग्राफी का भी शौक रहा है। हो सकता है कि यह फोटो अजीतसिंह के कहने पर लेडी सुपरिंटेंडेंट ने ही खींची हो। शान्तिप्रकाश और उनके दोनों साथी उस वक्त नशे में रहे होंगे। तब लेडी सुपरिंटेंडेंट को दरवाजे के पास से चुराकर उनका फोटो खींचने में कोई दिक्कत नहीं हुई होगी। कुमारी वीणा गहलौत ने यह सब तो अजीतसिंह की मुहब्बत में किया होगा, या हो सकता है कि अजीतसिंह को मिलनेवाले ब्लैकमेल के रुपए में उसका भी हिस्सा रहा हो। जो भी हो, मलिना के मामले में आप लोग दुबारा जाँच करेंगे ही।''

विद्यानाथ ने सिद्दीकी से कहा, ''मलिनावाली जाँच कल फिर से शुरू हो जानी चाहिए।''

सिद्दीकी ने उमाकान्त और बादशाह की ओर मुस्कराकर देखा, फिर विद्यानाथ से कहा, ''सर, अगर इसी तरह हमें जनता की मदद मिल जाए तो जाँच कल से शुरू होकर कल ही खत्म भी हो जाएगी।''

बादशाह ने अपनी छाती पर हाथ रखकर कहा, ''फिक्र न करें सिद्दीकी साहब, कम-से-कम यह जनता इस मामले में आपके साथ है।''

उमाकान्त चलने को खड़ा हो गया। विद्यानाथ ने भी उठते-उठते कहा, ''हाँ, एक बात और। कल सवेरे ही रूबी के मामले में जाँच की आखिरी रिपोर्ट लग जाएगी। रात हो जाने के कारण आज तो वह छूट नहीं पाएगी। पर कल सवेरे उसे जल्द-से-जल्द छुड़ाना होगा।''

''उस सबमें मुझे दिलचस्पी नहीं है।'' उमाकान्त ने धुन्ध-भरे आसमान की ओर देखा, ''आपको शायद पता नहीं, इस सड़ी गर्मी में नैनीताल जाकर भी मैं उसी दिन लौट आया था। सिद्दीकी साहब को मालूम है। मेरा वह सफर अधूरा पड़ा है। कल सवेरे ही मैं उसे पूरा करने के लिए निकल जाऊँगा।''

उसने सिद्दीकी के कन्धे पर हाथ रखकर नकली अकड़ में कहा, ''इस शहर को अब कम-से-कम पन्द्रह दिन मेरे बिना रहना होगा।''

सिद्दीकी ने उसी तरह जवाब दिया, ''शहर की बदकिस्मती!''

बादशाह ने भी कहा, ''ठीक कह रहे हो, उस्ताद, यह शहर इसी लायक है।''

कहकर वह मुस्तैदी से विद्यानाथ और सिद्दीकी की ओर मुड़ा और बड़े मँजे हुए लहजे में बोला, ''अब हम लोग चल दिए। गुड नाइट, सर!''

थोड़ी देर में लॉन पर सिर्फ पंखे की सनसनाहट रह गई।

✪✪✪